भीष्म साहनी

जन्म : 8 अगस्त, 1915 को रावलपिंडी (पाकिस्तान) में।

शिक्षा : हिन्दी-संस्कृत की प्रारम्भिक शिक्षा घर में। स्कूल में उर्दू और अंग्रेज़ी। गवर्नमेंट कॉलेज, लाहौर से अंग्रेज़ी साहित्य में एम.ए., फिर पंजाब विश्वविद्यालय से पीएच.डी.।

बँटवारे से पूर्व थोड़ा व्यापार, साथ-साथ मानद (ऑनरेरी) अध्यापन। बँटवारे के बाद पत्रकारिता, 'इप्टा' नाटक मंडली में काम, बम्बई में बेकारी। फिर अम्बाला के एक कॉलेज में तथा खालसा कॉलेज, अमृतसर में अध्यापन। तत्पश्चात् स्थायी रूप से दिल्ली विश्वविद्यालय के जाकिर हुसैन कॉलेज में साहित्य का प्राध्यापन। इस बीच लगभग सात वर्ष 'विदेशी भाषा प्रकाशन गृह', मॉस्को में अनुवादक के रूप में कार्य। अपने इस प्रवासकाल में उन्होंने रूसी भाषा का यथेष्ट अध्ययन और लगभग दो दर्जन रूसी पुस्तकों का अनुवाद किया। क़रीब ढाई साल 'नई कहानियाँ' का सौजन्य-सम्पादन। 'प्रगतिशील लेखक संघ' तथा 'अफ्रो-एशियाई लेखक संघ' से भी सम्बद्ध रहे।

प्रकाशित पुस्तकें : *भाग्य-रेखा, पहला पाठ, भटकती राख, पटरियाँ, वाङ्चू, चीलें, शोभायात्रा, निशाचर, पाली, डायन, नीलू नीलिमा नीलोफ़र* (कहानी-संग्रह); *तमस, झरोखे, कड़ियाँ, बसंती, मय्यादास की माड़ी, कुंतो, प्रतिनिधि कहानियाँ* (उपन्यास); *माधवी, हानूश, कबिरा खड़ा बज़ार में, मुआवज़े, सम्पूर्ण नाटक* (दो खंडों में)(नाटक); *आज के अतीत* (आत्मकथा); *गुलेल का खेल* (बालोपयोगी कहानियाँ)।

सम्मान : अन्य पुरस्कारों के अलावा *तमस* के लिए 'साहित्य अकादेमी पुरस्कार' तथा हिन्दी अकादमी, दिल्ली का 'शलाका सम्मान'।

साहित्य अकादेमी के महत्तर सदस्य भी रहे।

निधन : 11 जुलाई, 2003

भीष्म साहनी

बसंती

राजकमल पेपरबैक्स

पहला पुस्तकालय संस्करण
राजकमल प्रकाशन प्राइवेट लिमिटेड द्वारा
1980 में प्रकाशित

राजकमल पेपरबैक्स में
पहला संस्करण : 1983
पन्द्रहवाँ संस्करण : 2024

राजकमल पेपरबैक्स : उत्कृष्ट साहित्य के जनसुलभ संस्करण

राजकमल प्रकाशन प्रा.लि.
1-बी, नेताजी सुभाष मार्ग, दरियागंज
नई दिल्ली-110 002
द्वारा प्रकाशित

शाखाएँ : अशोक राजपथ, साइंस कॉलेज के सामने, पटना-800 006
पहली मंजिल, दरबारी बिल्डिंग, महात्मा गांधी मार्ग, प्रयागराज-211 001
1, अनमोल सोराबजी संतुक लेन, धोबी तलाव, मरीन लाइंस, मुम्बई-400 002

वेबसाइट : www.rajkamalprakashan.com
ई-मेल : info@rajkamalprakashan.com

बी.के. ऑफसेट
नवीन शाहदरा, दिल्ली-110032
द्वारा मुद्रित

मूल्य : ₹ 199

BASANTI
Novel by Bhishma Sahni

ISBN : 978-81-267-0031-8

शीला के लिए

एक

सुबह सवेरे जब चौधरी अपनी कोठरी से निकला तो हवा में कोहरा छाया था—नील-मायल धुँधला-सा कोहरा, जो किसी दिन सुबह उठो तो अकारण ही चारों ओर नजर आने लगता है। और साथ ही सुइयाँ चुभोती ठंडी हवा। उसने आँख उठाकर ऊपर की ओर देखा—मटमैले बादल, जैसे रात-ही-रात में नीचे उतर आए थे। इसी कारण सवेरा हो जाने पर भी दिन का गुमान नहीं होता था। 'बरसेगा, आज जरूर बरसेगा', चौधरी बुदबुदाया। पर बस्ती जाग गई थी और दिन का व्यापार, छिट-पुट, शुरू हो गया था। बगलवाली कोठरी में से बिसेसर की पत्नी जमुना, सिर पर घड़ा रखे नल पर से पानी लेने के लिए निकली और ढलान चढ़ने लगी। ऊपर, बड़े नल के ही पास, ढलान के सिरे पर, गोबिंदी की चाय-पानी की दूकान खुल गई थी, घनी धुंध में से भी उसकी बत्ती की लौ नजर आ रही थी। चौधरी ने घूमकर, ढलान के नीचे नजर दौड़ाई। ऊबड़-खाबड़ गली के दोनों ओर खड़ी छोटी-छोटी कोठरियों में भी हरकत शुरू हो गई थी। किसी-किसी कोठरी के बाहर चूल्हा जलने लगा था। कहीं-कहीं बस्ती की कोई लड़की, चादर में मुँह-सिर लपेटे, ढलान उतरती हुई, बस्ती के बाहर लोगों के घरों में चौका-बर्तन करने जा रही थी। बाहर की बड़ी सड़क अभी से चलने लगी थी, दूर से लारियों-मोटरों के भोंपुओं की आवाजें, धुंध और कोहरे में लिपटी-सी सुनाई पड़ने लगी थीं।

हर बार, बारिश का समा होने पर चौधरी बड़बड़ाता था। आज तो धुंध भी थी और बादल भी घिरे थे जो न जाने कब बरसने लगें। आज तो अपने अड्डे पर जाने में कोई तुक नहीं, कौन इस मौसम में बाल कटवाने या हजामत बनवाने

आएगा। आज का दिन भी बर्बाद गया समझो। उसका मन हुआ, बैठकर बीड़ी सुलगा ले। उसने अपने नीले कुर्ते की जेब से बीड़ी निकाली भी, पर फिर अपनी ही कोठरी के बाहर बैठने के बजाए बाहर निकल आया और गोबिंदी की चाय की दूकान की ओर कदम बढ़ा दिए। कल हीरा और धन्ना और बस्ती के कुछ और लोग हाकिम से मिलने गए थे, दिन-भर बाहर बने रहे, कुछ पता तो चले, स्याह-सफेद क्या कर आए हैं। सरकार ने क्या कहा है, क्या फैसला दिया है। सुबह सवेरे, हर रोज, अपने-अपने काम पर जाने से पहले, कुछ देर के लिए, गोबिंदी की दूकान में छोटा-मोटा जमाव जरूर होता था। कुछ लोग तो जरूर वहाँ बैठे होंगे।

जब चौधरी गोबिंदी के चाय-घर के पास पहुँचा तो सचमुच वहाँ जमाव था, और दूर से ही हीरा की आवाज सुनाई पड़ रही थी, ऊँची आवाज में बोल रहा था, ''हमने हाथ बाँधकर कहा, ''मालिक, हम राज-मिस्त्री, हम ही घर बनावैं और हमारे ही रहने को ठौर नहीं, लोगों को घर जुटावैं और अपना सिर छिपाने के लिए जगह ही नहीं। इस मेंह-बरसात में तो हमें बेघर नहीं करो।''

''फिर हाकिम क्या बोला?'' किसी की आवाज आई।

''हाकिम भला लोग था। बड़े धीरज से बात सुनता रहा। बड़े अफसर तो भले लोग ही होते हैं, हरामी तो नीचेवाले छोटे अफसर होते हैं।''...हीरा कह रहा था।

तभी चौधरी ने चाय-घर में कदम रखा।

''क्या कर आए हो, हीरा? हाकिम लोग मान गए?'' कहते हुए चौधरी चबूतरे पर बैठ गया। चाय-घर में बस्ती के सात-आठ आदमी बैठे थे। हीरा अभी भी सिर पर राजस्थानी पग्गड़ बाँधे और कलवाले ही उजले कपड़े और काली बास्कट पहने था जिन्हें पहनकर वह हाकिमों से मिलने गया था।

चौधरी के अंदर आ जाने पर भी चाय-घर में बैठे लोगों ने उसकी ओर विशेष ध्यान नहीं दिया। बरसों से इस बस्ती के छोर पर रहने के बावजूद उसे अभी भी बाहर का, छोटी जात का आदमी ही माना जाता था। चौधरी अहीर था जबकि ये लोग राजस्थानी थे। फिर वह नौवा, और ये राज-मजदूर, राज-मिस्त्री। वह अपनी जात-बिरादरी से कटा हुआ—बस्ती में तीन-चार ही घर अहीरों के थे, और वे भी एक-दूसरे से फटे हुए—जबकि इन लोगों की पूरी

बिरादरी थी, अपनी पंचायत थी, ये लोग आपस में गठे हुए थे। चौधरी के सवाल की तरफ विशेष ध्यान न देते हुए, हीरा मिस्त्री कहे जा रहा था, "बात तो तब बिगड़ी जब बड़े साहिब ने हमें छोटे अफसर के सुपुर्द कर दिया, कि इनसे बात करो, यह तुम्हें सब बात समझा देंगे। बस, तभी बात बिगड़ी। सच पूछो तो जब यह छोटा अफसर अंदर घुसा तो मेरे अंदर से आवाज आई—हीरा, मामला बिगड़ गया है। मालिक ने जैसे गाय की रस्सी अपने हाथों से कसाई के हाथ में दे दी हो। अंदर से ही जैसे फुरनी फुरती है, मुझे पता चल गया कि मामला बिगड़ गया है।"

"क्यों?"

"क्यों क्या? छोटे अफसर ने हमें बोलने ही नहीं दिया—हमें अपने दफ्तर में ले गया और फैसला सुना दिया—तुम्हें निकलना होगा, बस्ती खड़ी नहीं रह सकती। पूछो रामपरकाश से। इसने कुछ कहने को मुँह खोला कि वह अफसर कड़ककर बोला, 'सरकार ने जो फैसला करना था, कर दिया। अब बहस करने की कोई जरूरत नहीं।' लो सुनो, यह भी कोई बोलने का ढंग है। अरे बोलो तो मीठा, काम तो होगा, नहीं होगा, यह तो भगवान के हाथ है, पर बोलो तो मीठा। हमसे कड़वा बोलकर तुम्हें क्या मिलेगा। तुम्हारे भाग अच्छे थे, तुम अफसर बन गए। हमारे भाग खोटे थे, हम मिस्त्री-मजूर बने, पर भाई, बोलो तो मीठा। हमारा पानी तो नहीं उतारो, हम तुम्हारे द्वार पर आए हैं, हमारी पगड़ी तो नहीं उछालो। हमारे बाप-दादा भी जमीन-जायदादवाले थे, अभी भी राजस्थान में हमारी अपनी खेती है। अब वहाँ सूखा पड़े तो हम क्या करें? बाल-बच्चों का पेट पालने के लिए दिल्ली चले आए। पर हमारे साथ बोलो तो मीठा!"

किसी गीत की स्थायी पंक्ति की भाँति हीरा बार-बार यही वाक्य दोहराए जा रहा था—बोलो तो मीठा, भाई हमारे साथ बोलो तो मीठा!

चौधरी समझ गया कि मामला बिगड़ गया है। पिछले दिन, बस्ती के तीन और लोगों को साथ लेकर हीरा 'सरकार' से मिलने गया था। पूरा राजस्थानी बाना पहनकर तीनों जने गए थे। सिर पर पग्गड़, आँखों में काजल, घेरेदार 'अँगरखा' और तेल-चिपुड़ी लाठी हरेक के हाथ में थी। चौधरी ने ही तीनों की हजामत भी बनाई थी, और चलते समय हँसी-हँसी में कहा भी था, 'अब

काजल-सुरमा लगाकर चले हो तो काम निबटाकर लौटना। पहले की तरह खाली हाथ नहीं लौट आना।' पर उधर अफसर ने बिना बात सुने चलता कर दिया था और धमकी दी थी कि चपरासी को बुलाकर बाहर निकाल देगा।

''हाकिम अच्छा मिल जाए, यह भी किस्मत की बात होती है। पिछली बार जब बस्ती तोड़ने की बात चली थी, तो हम जिस साहिब से मिले थे, वह दो घंटे तक हमारी बात सुनता रहा और मामला आगे नहीं बढ़ने दिया था।''

''तुम कल भी उसी अफसर से जा मिलते, उसके सामने हाथ जोड़ते।''

''यही तो कहा, किस्मत खोटी हो तो बना-बनाया काम बिगड़ जाता है। उसी के दफ्तर में तो गए थे। पर वह अब वहाँ पर नहीं बैठता, किसी दूसरे दफ्तर में काम करता है। उससे मेल-मुलाकात हो जाती तो जरूर कोई रास्ता निकल आता।''

''अब क्या कर आए हो?''

''हम क्या करेंगे? हाथ बाँधकर गए थे, हाथ बाँधकर ही लौट आए।''

''वह नहीं तो किसी दूसरे अफसर से मिलो। किसी मंतरीजी से मिलो।''

इस पर मूलराज बोला, ''हमने पहले ही कहा था, पक्के घर यहाँ नहीं बनाओ, न तुम्हारी जमीन, न तुम्हारे नाम का पट्टा।''

''दस-बीस रोज की बात होती तो कच्ची झोंपड़ियों में पड़े रहते। अब तो यहाँ रहते भी बरसों बीत गए। घर पक्का बना लिया तो क्या गुनाह किया।''

मूलराज लोहे की कुर्सी के ऊपर दोनों पाँव चढ़ाए बैठा था, और बीड़ी के कश ले रहा था। कल रोज घिरे बादलों के बावजूद वह एक घर में पुताई का काम करता रहा था, और पुताई के छींटे अभी भी उसके हाथों और पाँवों पर पड़े थे। एकाध छींटा उसके मुँह पर भी मौजूद था।

''तो क्या कहते हो, आज काम पर नहीं जाएँ?''

''नहीं, काम पर क्यों नहीं जाएँ। यह काम इतनी जल्दी थोड़े ही निबटते हैं। हमें यहाँ से निकालेंगे भी तो महीना-दो महीना तो लग ही जाएगा। अभी कागज ऊपर जाएँगे।''

''यह पहली बार तो बस्ती गिराने की बात नहीं हुई ना, कई बार पहले भी हो चुकी है। क्या मालूम अबकी बार भी बस्ती बच जाए। हाकिम के दिल की कौन जाने।''

"उन्होंने महीने-भर का नोटिस दिया था, वह तो खत्म हो गया।" चौधरी ने अपनी छोटी-छोटी, शंकित आँखों से देखते हुए कहा।

"नोटिस की बात नहीं करो, वे तो आए-दिन मिलते रहते हैं।"

खौलती चाय की केतली के पास बैठी गोबिंदी बोली, "तुम मर्द लोग डरते-काँपते ही रहोगे। अबकी बार अफसर से मिलने जाओ तो मुझे साथ ले चलना। अफसर को ऐसी फटकार सुनाऊँगी कि नानी याद करा दूँगी।"

"तू क्या कहेगी, रानी?"

"मैं कहूँगी, जिस जमीन पर हमारी कोठरियाँ खड़ी हैं, वे हमारे नाम कर दो। और हमसे जमीन के पैसे ले लो। कोठरियाँ तो हमने अपने पैसों से बनाई हैं, इन्हें कोई क्यों तोड़े? हमारा नुकसान भी करें और हमें बेघर भी करें। तुम्हारे मुँह से बात ही नहीं निकलती। अँगरखे पहने कचहरी में मटक-मटककर आ गए।"

"कहती तो ठीक हो," मूलराज ने कहा, "हीरा, हमें यही कहना चाहिए था।"

"अरे, कोई बात सुने तब ना। पहले यह नहीं कहा था? यही तो बरसों से कहते आ रहे हैं। कोई सुने तो। हम एक नहीं, दस तरकीबें बतावैं। हम अनाड़ी तो नहीं हैं, हमारे हाथ से बीसियों घर बने हैं।"

"आज फिर चले चलो, गोबिंदी को भी ले चलो। क्यों हीरा? तुमने तो अभी अपने वस्तर भी नहीं उतारे।" चौधरी ने मसखरी करते हुए कहा।

हीरा ने हल्के-से सिर हिलाया, "कोई अच्छा अफसर मिल जाए तो बात बन जाए।"

चौधरी चुपचाप चबूतरे पर से उठकर बाहर आ गया।

बस्ती क्या थी, दिल्ली की ही एक सड़क के किनारे छोटा-सा राजस्थान बना हुआ था। आजादी के बाद, दिल्ली शहर फैलने लगा था। नई-नई बस्तियों की उसारी होने लगी थी और उन बस्तियों को बनाने के लिए जगह-जगह से राज-मजदूर खिंचे आने लगे थे। दिल्ली से दूर, जहाँ कहीं सूखा पड़ता, या बाढ़ आती, वहीं से लोग उठ-उठकर दिल्ली की ओर भागने लगते। कहीं परिवार-के-परिवार चले आए, कहीं अकेले मर्द, कहीं छोटी उम्र के लौंडे-लड़के भी। कहीं राजस्थान से तो कहीं हरयाणा और पंजाब के गाँवों से, और कहीं तो

दूर दक्षिण से भी; पर राज-मजदूरी के काम के लिए सबसे ज्यादा लोग राजस्थान से ही आए। रोजगार की तलाश में, राज-मजदूर ही नहीं, धोबी, नाई, चाय-पानवाले, और भी तरह-तरह के धंधे करनेवाले लोग दिल्ली पहुँचने लगे। कहीं नए मकानों की नींवें खोदी जाने लगतीं तो आस-पास के राज-मजदूरों की छोटी-छोटी अनगिनत झोंपड़ियाँ खड़ी हो जातीं, लोहा-सीमेंट-ईंट -पत्थर के ढेरों के बीच, इन झोंपड़ियों में मोटी-मोटी रोटियाँ सेंकी जाने लगतीं, बच्चे रेत-मिट्टी के ढेरों पर खेलने-सोने लगते, और मजदूरी के काम से निबटकर स्त्रियों की टोलियाँ गाती हुई अपनी-अपनी झोंपड़ियों में लौटने लगतीं। गारे-मिट्टी की अधकचरी झोंपड़ियों में भी स्निग्धता आ जाती। पर ज्यों ही पक्के मकानों का मुहल्ला बनकर तैयार हो जाता, तो झोंपड़े वहाँ से उठ जाते, राज-मजदूर हट जाते, जहाँ उनकी झोंपड़ियाँ थीं वहाँ सड़क की पटरियाँ बिछ जातीं, आँगनों की दीवारें खिच जातीं, और पता भी नहीं चल पाता कि कभी वहाँ झोंपड़ियों की पाँतें भी रही होंगी।

पर जब रमेश नगर बना, और बनकर तैयार भी हो गया, तो राज-मजदूरों के झोंपड़े ज्यों-के-त्यों बने रहे। कारण, ये झोंपड़े बस्ती से सटकर नहीं बनाए गए थे। इन्हें बस्ती से थोड़ा हटकर बड़ी सड़क के किनारे एक वीरान टीले पर बनाया गया था, जो दो तिरछी सड़कों के बीच अलग-अलग-सा खड़ा था। यहाँ पर राज मजदूरों की बस्ती बस गई थी। पहले ढलान के निचले हिस्से में छिटपुट झोंपड़ियाँ बनीं; कोई कहीं, कोई कहीं। फिर धीरे-धीरे झोंपड़ियों के झुरमुट उठ खड़े हुए और झोंपड़ियाँ जैसे ढलान चढ़ने लगीं। धीरे-धीरे झोंपड़ियों की कतारों के बीच गलियाँ बन गईं। राज-मजदूर अपने भाई-बंदों को भी बुलाने लगे। दिल्ली में चले आओ, शहर बड़ा है, रोजगार का जुगाड़ हो जाएगा, तुम चले आओ। और काम की सचमुच कमी नहीं थी। रमेश नगर बनकर खड़ा हो गया तो उसी की बगल में दक्षिणी रमेश नगर बनने लगा, और वह भी बन चुका तो पश्चिमी रमेश नगर की बारी आ गई। ये तीनों बन चुके तो इनके पीछे पांडव नगर बनने लगा। बस्तियाँ, एक-पर-एक बनती ही जातीं, शहर फैलता ही जाता। फिर यही झोंपड़े पक्के होने लगे। आखिर राज-मजदूर ही तो यहाँ रहते थे, उनके लिए कच्ची दीवार की जगह पक्की दीवार खड़ी करना और मिट्टी के फर्श की जगह ईंटों का फर्श बाँधना क्या मुश्किल था। इस तरह

राज-मजदूर अपनी छोटी-सी बस्ती में बने रहे। उनकी औरतें मजदूरी छोड़, रमेश नगर के घरों में ही चौका-बर्तन करने लगीं, उनके मर्द और भाई-बंद बसों में बैठकर जगह-जगह इमारती काम पर जाने लगे, और इस तरह दिल्ली के ही बाशिंदे बनकर रह गए। इनकी अपनी छोटी-सी नगरी बस गई। कभी शाम-सवेरे, किसी वक्त इस नगरी में जाओ तो लगता जैसे राजस्थान के ही किसी कस्बे में पहुँच गए हों। रंग-बिरंगे घाघरे, पाँवों में छनकती पाजेब, चारों ओर राजस्थानी रंग छिटके रहते, झोंपड़ों की दीवारों पर राजस्थानी चलन के ही अनुसार, कहीं मोर, तो कहीं हाथी तो कहीं सरपट दौड़ते चेतक घोड़े के चित्र बने रहते। यहीं पर शादियाँ-ब्याह होने लगे, यहीं पर राज-मजदूरों ने अपनी पंचायतें बना लीं। जहाँ गलियाँ कच्ची थीं, वहाँ धीरे-धीरे चौके बिछ गए, पक्की गलियाँ बन गईं। पानी का बड़ा पाइप इधर से ही होकर जाता था, इसलिए कह-सुनकर तीन जगह पर नल भी लग गए। चाय-पानी की, सौदा-सूत की छोटी-मोटी दूकानें भी खुल गईं। गोबिंदी का पति जब किसी छत पर काम करते गिरकर मर गया तो पंचायतवालों ने ही उसे चाय की दूकान खोल दी। पक्की कोठरियों के साथ-साथ एक-दूसरे को बाँधनेवाले सूत्र और तंतु भी पक्के होने लगे। दो-दो पीढ़ियाँ बस्ती में उम्र लाँघने लगीं। ऐसे छोकरे-छोकरियाँ, जिन्होंने राजस्थान की धरती को कभी देखा नहीं था, बस्ती और बस्ती के बाहर रमेश नगर की सड़कों पर घूमती-दौड़ती फिरतीं। लड़कियाँ बिंदी-लिपस्टिक लगातीं, फोटो खिंचवातीं और शहर में टेलीविजन आ जाने पर शाम को किसी-न-किसी घर की खिड़की में झाँक-झाँककर टेलीविजन देखतीं। उनकी बस्ती में रेडियो और ट्रांजिस्टरों पर फिल्मी गाने गूँजते। नई पौध को दिल्ली की हवा लगने लगी थी। कोई फिल्म न थी जिसे ये नहीं देखते, कोई फिल्मी गीत नहीं था जिसे ये नहीं गुनगुनाते। कहीं-कहीं पर तो नए-नए गुल भी खिलने लगे थे। साहू की बेटी, राधा, दो बच्चों की माँ, बाहर किसी बस-कंडक्टर के साथ भाग गई। लौंडे-लपाड़ों को शराब-जुआ और आवारागर्दी की लत पड़ने लगी। गोबिंदी की चाय की दूकान पर बस्ती के बड़े-बूढ़े बैठते तो यही चर्चा रहती कि कैसे लौंडे-लौंडियों को खींच-तानकर रखा जाए।

राजस्थानियों की ही इस बस्ती में, सड़क के पारा हरयाणा और उत्तरप्रदेश

के कुछ नाई, मोची, धोबी आदि भी आकर बस गए थे। जात-पात अलग होने के कारण इनके साथ शादी-ब्याह के रिश्ते तो नहीं थे, लेकिन उठना-बैठना, दोस्ती-मुरव्वती थोड़ी-बहुत जरूर चलने लगी थी। चौधरी नाई का झोंपड़ा पहले ढलान के नीचे हुआ करता था, फिर एक बुढ़िया के मरने पर वह बस्ती के बीचोबीच उस बुढ़िया के झोंपड़े में आ गया था। काम-काज के लिए यह इसी बस्ती के बाहर सड़क-किनारे अपनी नाई की कुर्सी लगाता था। इस तरह, बरसों तक यहीं रहने के कारण वह बहुत कुछ बस्ती के ही जीवन का अंग बन चुका था।

चाय की दूकान में से निकलकर चौधरी ने कदम बढ़ा दिए और तेज-तेज चलता हुआ ढलान उतरने लगा। 'अभी कुछ कर लो तो कर लो, पीछे कुछ नहीं होगा,' वह बुदबुदाया और लंबे-लंबे डग भरने लगा। उसकी छोटी-छोटी आँखों में उत्तेजना आ गई थी। ऊँचे-लंबे कद का साँवला-सा आदमी, नीली कमीज में, कंधे झुकाए चलता हुआ भालू-सा लग रहा था।

हवा में ठंडक बढ़ गई थी। अब बारिश की फुहार-सी पड़ने लगी थी। लगता, धुंध में से ही फुहार के कण बन-बनकर मुँह पर लगने लगे हैं। हलके-हलके कण, नुकीले काँटों की तरह मुँह और हाथों को चुभ रहे थे। धुंध छँटने लगी थी, ठंडी हवा के हलके-हलके झोंकों से जैसे छन-छनकर बिखर रही थी। बस्ती की गलियों में चहल-पहल बढ़ गई थी। वातावरण साफ होने लगा था। गलियों में फिर से रंगीनी छिटकने लगी थी। मर्द लोग काम पर देर से जाते थे, औरतें जगह-जगह चौका-बर्तन करने के लिए, पहले से निकल जाती थीं। कोठरियों के बाहर जगह-जगह चूल्हे जलने लगे थे, और काम पर जानेवाले मर्दों के लिए रोटियाँ सेंकी जाने लगी थीं।

अपनी कोठरी के पास से गुजरते हुए चौधरी ने देखा कि उसकी अधेड़ उम्र की पत्नी, रोज की तरह मैली-कुचैली बनी, कोठरी के बाहर आग जलाने के लिए चूल्हे में फूँकें मार रही है। अपने पति को पास से गुजरते देख, अपना पोपला मुँह फुलाकर बोली, "देर कर दी, आज काम पर नहीं जाओगे?" चौधरी ने चलते-चलते ही जवाब दिया, "इस मौसम में तेरा बाप हजामत

बनवाने आएगा ? ऊपर देखती नहीं, कैसी घटा छाई है ?''

''चाय तो पी जाओ, बनाऊँ ?'' उसकी पत्नी ने कहा, जिस पर चौधरी ने चिल्लाकर कहा, ''बसंती को जगा दे। सुनती है ? मैंने क्या कहा, बसंती को जगा दे, मुँह-हाथ धुला दे। मैं अभी आ रहा हूँ। ...''

चौधरी सीधा चलता हुआ, ढलान के नीचे, लँगड़े दर्जी की दूकान पर जा पहुँचा। लँगड़ा दर्जी बुलाकीराम, अपनी दूकान खोले, दूकान के ही बाहर, एक हाथ कमर पर रखे, उचक-उचककर झाड़ू लगा रहा था। दूकान के चबूतरे के ऊपर ऊँची अलगनी पर, स्त्रियों के सिले कपड़े, घाघरे, अँगियाँ, बच्चों के कुर्ते-पाजामे, टोपियाँ आदि लटक रहे थे।

''बुलाकीराम, काम शुरू कर दिया, तड़के-तड़के ?''

''आओ चौधरी, आओ।'' बुलाकी ने कमर सीधी करते हुए कहा, ''आओ बैठो, आज सुबह-सवेरे दरसन दिए।'' और बड़ी फुर्ती से चबूतरे पर से पीढ़ा उठाकर चौधरी के सामने रख दिया। ''हमारी अमानत कब मिलेगी ?'' बुलाकी छूटते ही बोला।

''तेरी अमानत धरी है, जब ले ले। भले ही आज ही ले ले।'' चौधरी ने अपनी छोटी-छोटी आँखें बुलाकी के चेहरे पर गाड़ते हुए जवाब दिया।

इस पर लँगड़े बुलाकी का सारा शरीर पुलक उठा और एक अजीब-सी अस्फुट आवाज उसके कंठ से निकली।

''पहलेवाली बात तो नहीं होगी ना, चौधरी, हम बारात सजाकर ले गए और तेरी लौंडिया ने जहर फाँक लिया।''

''अबकी बारात का लफड़ा ही नहीं करेंगे, चुपचाप काम निबटा देंगे।''

''तू अपना घर पक्का कर चौधरी, हम तो अपनी लच्छमी के लिए पलकें बिछाए बैठे हैं।'' और बुलाकी के कंठ से फिर वही विचित्र-सी आवाज निकली।

''बारह सौ होंगे। चाहे तो आज ही ब्याह कर ले।'' दर्जी के चेहरे की ओर इकटक देखते हुए चौधरी ने स्थिर, निश्चेष्ट आवाज में कहा।

''हैं ? क्यों भला ? आठ सौ पर बात पक्की कर चुका है। छः सौ पेशगी ले भी चुका है। अब बारह सौ कह रहा है ? अपनी जबान से मुकर रहा है। यह बात अच्छी नहीं, चौधरी, आदमी को जबान का पक्का होना चाहिए। ...''

"बारह सौ होंगे। कहेगा तो आज ही उसके हाथ पीले कर दूँगा। चार सौ पेशगी अभी दे दे, पूरे एक हजार हो जाएँगे, दो सौ, लुगाई घर आ जाने पर दे देना।"

"बारह सौ क्यों? किस बात के बारह सौ? आठ सौ पर तैने जबान की थी।"

"जबान दे चुका हूँ, इसीलिए कह रहा हूँ। चौदह बरस की भी नहीं है छोरी, अब चौदहवें में पैर रखा है। और तेरे जैसे के हाथ में दे रहा हूँ। नहीं तो दस आदमी रोज इसके लिए पूछते हैं। अब मंजूर हो तो बोल दे।"

"आज ही लुगाई घर आ जाएगी?" लँगड़े बुलाकी ने फिर से पुलकते हुए कहा, और उसके बदन ने टेढ़ी-सी अँगड़ाई ली और उसमें उत्तेजना की हिलोर-सी दौड़ गई।

"आ जाएगी। कहेगा तो घंटे-भर में आ जाएगी।"

"पक्का?" और बुलाकी के कंठ में से फिर से विचित्र-सी आवाज निकली।

"हाँ, मैं कह जो रहा हूँ।"

"तैने पहले भी दो बार कहा था।"

"मेरी जुबान पर तुझे विश्वास नहीं है? और नहीं तो तेरे साथ धोखा करूँगा, बुलाकी? हम खेल बड़े हुए हैं, कभी इतने दिनों मैंने तेरी बात मोड़ी है? अब देर नहीं कर। ला पैसे और ब्याह-शादी का परबंध कर।"

"कौन-से पैसे? तुम्हें छः सौ दे जो चुका हूँ?"

"चार सौ और निकाल। पूरे एक हजार हो जाएँगे। बाकी दो सौ, रसम के बाद दे देना।"

बुलाकी अपनी आड़ी-तिरछी आँखों से चौधरी की ओर देखता रहा। संशय और अविश्वास के बावजूद उसके मुँह से लार बहने लगी थी। दो बार पहले भी चौधरी उसे झाँसा दे चुका था। एक बार तो बारात उसके घर के बाहर तक जा पहुँची थी और चौधरी ने यह कहकर टाल दिया था कि बसंती ने चूहे मारनेवाली गोलियाँ खा ली हैं और कोठरी के अंदर औंधी पड़ी है। दूसरी बार सब तैयारी पक्की हुई तो बोल दिया कि लड़की अपनी बहिन के पास गाँव गई है, जब लौटेगी तो ब्याह कर दूँगा, और दो सौ और ऐंठ ले गया था। इसके बाद आज लौटेगी, कल लौटेगी।

बुलाकी ने चुपचाप सिलाई के कपड़ों के नीचे से एक संदूकची निकाली और पूरे दो सौ रुपए निकालकर चौधरी की ओर बढ़ाते हुए बोला, "हमने तेरी बात पर फूल चढ़ाए चौधरी, आगे तू जान, तेरा ईमान जाने। यह ले, पूरे दो सौ हैं।"

"दो सौ क्यों?"

"इस वक्त पास में इतने ही हैं। बाकी लच्छमी घर आ जाने पर पूरे कर दूँगा। अब बता, कितने बाराती लाऊँ, और पंडित का इंतजाम तू करेगा या हम अपने साथ लाएँगे।"

"दो सौ और निकाल, फिर बात करूँगा।"

"और नहीं हैं। होते तो तुझसे इन्कारी थी? कह जो दिया।" और बुलाकी ने चौधरी की ठुड्डी पर हाथ लगाया, बार-बार बोला, "बस इतने ही हैं, आज शाम तक बाकी पैसों का इंतजाम कर दूँगा।" पर अंत में फिर संदूकची खोली, गिनकर पचास रुपए निकाले और चौधरी की ओर बढ़ा दिए।

"भगवान कसम, बसंती रानी के लिए रखे हुए थे। घर में लच्छमी आएगी तो उसे कुछ नहीं दूँगा? उसी के लिए रखे थे, पर तू लिए जा रहा है।"

चौधरी ने जेब में पैसे ठूँसे और चलने को हुआ, "अब तू देरी नहीं कर। पंडित लेकर अभी चला आ हमारी कोठरी में। आज कारज करवा देता हूँ।"

लँगड़ा उचककर दूकान के चबूतरे पर चढ़ गया, "बसंती रानी के लिए दो जोड़ मैंने अपने हाथ से बना रखे हैं। एक जोड़ा अपने साथ ले जा। उसे पहना दे। वही जोड़ा पहनकर घर आवेगी।"

कहते हुए बुलाकी दूकान के अंदर गया और शीघ्र ही पीले रंग का घाघरा और गहरे लाल रंग की ओढ़नी, जिस पर सफेद रंग की झिलमिलाती बिंदियाँ लगी थीं, और हरे रंग की अँगिया उठा लाया और उन्हें हाथों से सहलाता हुआ, चौधरी के हाथ में देकर बोला, "ले, ले जा, अब ढील नहीं कर। मैं पंडित को लेकर तेरे घर पहुँचा कि पहुँचा।"

जब कपड़ों का जोड़ा बगल में दबाए चौधरी अपनी कोठरी के बाहर पहुँचा तो उसकी पत्नी अभी भी बाहर बैठी गीली लकड़ियों में फूँकें मार रही थी और अंदर खाट पर बसंती गहरी नींद सो रही थी।

"जाग गई बसंती? ले, उसे यह जोड़ा पहना दे। दूल्हा अभी आ रहा है। आज ही लड़की के हाथ पीले कर देंगे। मैं बात कर आया हूँ।"

"इस बादल-मेंह में ब्याह करोगे ? आज ही ?"

"क्या बकबक कर रही है ? कह जो रहा हूँ, बात कर आया हूँ । बादल-मेंह में क्या ब्याह नहीं होते ?"

पर जब अंदर कदम रखने पर उसने पाया कि बसंती गहरी नींद सोई पड़ी है और उसका एक हाथ पास में सोए उसके छोटे भाई की गर्दन पर पड़ा है तो चौधरी का पारा चढ़ गया । बसंती की पीठ पर जोर से घूँसा जमाते हुए बोला, "हरामजादी, अभी तक सो रही है । उठ जा..." और चौधरी ने उसे चुटिया से पकड़कर खाट पर सीधा बैठा दिया ।

बसंती हड़बड़ाकर उठी । आँखें तो उसकी फौरन खुल गईं लेकिन चेतना लौटने में देर लगी । अँधेरी कोठरी में उसे अपने भीमकाय बाप का चेहरा नजर आया । पास में उसकी माँ खड़ी थी और चिल्लाए जा रही थी, "कलमुँही, दिनभर सोए रहेगी । देखती नहीं, मैं काम कर रही हूँ । यह लंबी तानकर सो रही है । उठ जा, नल पर जाकर मुँह-हाथ धो ।"

अधमुँदी आँखों से बसंती उसकी ओर देख रही थी, और कहीं अवचेतन में सोच रही थी कि अब माँ का भी हाथ उठेगा या नहीं । माँ पीटने से पहले चिल्लाती है, जबकि बाप मारते वक्त चुप रहता है, इसीलिए उससे डर भी ज्यादा लगता है । माँ पीटती है तो ताबड़-तोड़ पीठ पर मारती ही जाती है, जब तक बसंती उसके हाथ से निकलकर भाग न जाए, जबकि बाप एक वक्त में एक ही घूँसा मारता है, पर उसके एक ही घूँसे से जान निकल जाती है ।

तभी बसंती की नजर माँ के हाथ में रंग-बिरंगे कपड़ों पर पड़ी और उसकी आँखें पूरी तरह से खुल गईं ।

"जा, नल से मुँह-हाथ धोकर आ ।" माँ चिल्लाई, और दूसरे क्षण बसंती खाट पर से कूदकर उतरी और कोठरी के बाहर निकल गई ।

चौधरी कोठरी के बाहर आ गया । तभी एक अजीब-सी, घरघराहट की-सी आवाज कहीं दूर से आती हुई, चौधरी के कानों में पड़ी । आवाज बस्ती के बाहर से आ रही थी, पर अस्पष्ट-सी, जैसे धुंध और बादलों में लिपटी हुई, पर चौधरी के कान खड़े हो गए और वह ध्यान से उसे सुनने लगा । बगलवाली कोठरी के बाहर रामू की घरवाली खड़ी थी ।

"यह आवाज क्या है ? तैने सुनी ?"

''नहीं जी, मैंने तो नहीं सुनी।''

चौधरी ने ढलान के ऊपर-नीचे जाते लोगों की ओर देखा। किसी का ध्यान उस आवाज की ओर नहीं गया था। सामनेवाली कोठरी के बाहर बिसेसर की अंधी, बूढ़ी माँ बैठी थी। चौधरी ने उससे भी पूछा, ''मइया, तैने कोई आवाज सुनी?''

जवाब में बुढ़िया बुदबुदाई, ''हाँ, सुनी तो है। बाएँ से आ रही है। कैसी आवाज है, रे?''

चौधरी के मन का संशय पक्का होने लगा और वह कान लगाकर आवाज को सुनने लगा।

नल की ओर ढलान चढ़ते हुए बसंती जैसे खिल उठी। दिन चढ़ आया था और गली में चहल-पहल थी। एक कोठरी के बाहर उसकी सहेली शामो, अपने छोटे भाई को गुड़ की टुकड़ी तोड़कर दे रही थी। बसंती पर नजर पड़ते ही बोली, ''कल हमने तस्वीर खिंचवाई, बसंती! आ दिखाऊँ। देखेगी?''

बसंती कोठरी की ओर मुड़ गई।

''कहाँ से खिंचवाई?''

''इधर आ, दिखाती हूँ।'' और शामो कोठरी के अंदर से एक लिफाफा उठा लाई।

तस्वीर में शामो और जमुना, दोनों सहेलियाँ, एक-दूसरी के कंधे पर हाथ रखे, सामने की ओर मुस्कराती हुई देख रही थीं।

''देख, काजल भी नजर आ रहा है।'' शामो कह रही थी, ''देखा? हम दोनों काजल लगाकर गई थीं ना। पर फोटोवाले ने पहले ही बता दिया, सुर्खी लगाओगी तो फोटू में नहीं आएगी।''

''सुर्खी भी लगाई थी?''

''हाँ तो, हम दोनों ने सुर्खी भी लगाई, लिपस्टिक भी लगाई। जमुना ने हरे रंग का घाघरा पहना, मैंने लाल रंग का। पर दोनों एक से आए। फोटोवाले ने पहले ही कह दिया था।''

फोटो लौटाते हुए बसंती ने झट-से कहा, ''आज तो मैं टेलीविजन पर पिक्चर देखूँगी। शाम को पिक्चर दिखाएँगे।''

बसंती ने इस लहजे से कहा, मानो शामो का फोटो खिंचवा लेना कोई बहुत

बड़ी बात नहीं थी जिसका उस पर रौब पड़ सके।

"कौन-सी पिक्चर? तू कहाँ देखेगी?"

"देवकी बीबी के घर। वहाँ और कोई नहीं देख सकता।" बसंती ने रौब गाँठते हुए कहा।

इस पर शामो क्योंकर खम खा जाती। छूटते ही बोली, "मैंने पाजेब बनवाए हैं। दिखाऊँ? देखेगी? दस रुपए लगे हैं।"

शामो अंदर से पाजेब लाने जा ही रही थी जब बसंती को बाप का झाँपड़ याद आया, और वह उन्हीं कदमों नल की ओर भाग गई।

चौधरी अभी भी कोठरी के बाहर खड़ा था। उसने देखा कि अब जगह-जगह, कुछ लोग, अपनी-अपनी कोठरियों के बाहर खड़े नीचे की ओर, उसी दिशा में देख रहे हैं जहाँ से घरघराती-सी आवाज आई थी और जो अब पहले से ज़्यादा गहरी हो गई थी। लगता है सभी को एक-सा संदेह होने लगा है, लेकिन जैसे वे सकते में आ गए हैं, और उसे चुपचाप सुने जा रहे हैं। चौधरी ने ढलान के ऊपर की ओर देखा। गोबिंदी, अपनी दूकान के चबूतरे पर खड़ी उसी ओर कान लगाए सुन रही थी।

तभी नीचे से एक आदमी दौड़ता हुआ ढलान चढ़ता नजर आया।

"मैंने कहा था न, कोई बात है..." ऊपर से गोबिंदी की आवाज आई।

अब तक बहुत-से लोग कोठरियों से बाहर निकल आए थे। कुछ, जैसे मंत्र के प्रभाव को तोड़कर ढलान के नीचे उतरने लगे थे।

"क्या है रे मनवा?" चौधरी ने भागते हुए लौंडे से कहा।

"पुलिस आई है। सड़क पर लारियाँ-ही-लारियाँ हैं। वे घर गिराएँगे।" और वह हाँपता हुआ ढलान चढ़ने लगा।

"तू किधर जा रहा है?"

"मैं हीरा के पास जा रहा हूँ।"

मनवा की छाती खुली थी और वह बुरी तरह से हाँप रहा था। गले में काले धागे से बँधी सौभाग्य की कंठी दाएँ-बाएँ झूल रही थी।

जो लोग पहले ढलान के दोनों ओर चुपचाप खड़े थे, वे घबराकर इधर-उधर जाने लगे। ढलान के नीचे लोगों की भीड़ बढ़ती जा रही थी।

चौधरी का चेहरा पीला पड़ गया और उसके होंठ अपने आप हिलने लगे।

तभी दूर, नीचे, सामने पड़नेवाली कोठरियों के पीछे से धूल का बवंडर-सा उठा, और 'खड्ड !' सी गहरी धीमी-सी आवाज आई—जैसी कुएँ में बड़ा-सा पत्थर फेंकने पर आती है। और ढलान के नीचे भगदड़ मच गई। लोग अपनी-अपनी कोठरियों की ओर भागे। देखते-ही-देखते, औरतें और मर्द, अपनी-अपनी कोठरियों में से तरह-तरह का सामान निकाल-निकालकर बाहर रखने लगे—कनस्तर और घड़े और गठरियाँ और डिब्बे। पलक मारते सारा दृश्य बदल गया। नीचे खड़े लोगों की गाँठें खुल गईं और लोग छितरा गए, हर तरफ भागते हुए नजर आने लगे।

हीरालाल, मूलराज और शंभू, गोबिंदी की दूकान पर से उठ आए थे, और ढलान के सिरे पर भौंचक्के से खड़े थे। पास में मनवा खड़ा हाँप रहा था। तीनों अभी भी सिर पर पग्गड़ बाँधे थे, और अँगरखे पहने हुए थे, जिन्हें पहनकर वे पिछले दिन हाकिमों से मिलने गए थे। हीरालाल का चेहरा भी पीला पड़ गया था, और होंठों-ही-होंठों में वह कुछ बुदबुदाए जा रहा था। हीरालाल ने सिर पर से पग्गड़ उतारा और उसे बगल में दबाकर, नंगे सिर, चुपचाप दूकान के पीछे अपनी कोठरी की ओर चला गया। बाकी दोनों ने भी सिर पर से पग्गड़ उतार दिए और तेजी से अपनी-अपनी कोठरियों की ओर लपके। गोबिंदी ने पानी की बाल्टी उठाई, और चूल्हे पर पानी फेंककर आग बुझा दी।

लोगों की भीड़ में से एक और स्त्री हाँपती हुई ढलान चढ़ रही थी।

"क्या है री, गंगो ? नीचे क्या हो रहा है ?"

"घर तोड़ रहे हैं। नीचे पुलिस की लारियाँ-ही-लारियाँ हैं। मैं चौका-बर्तन करने बाबू के घर गई थी। वहीं पता चला तो भागी आई। उठा लो जो उठा सकती हो, नहीं तो वे एक-एक चीज तोड़ डालेंगे।"

कोठरियों के बाहर, गठरियों, कनस्तरों, ट्रंकियों के ढेर लगने लगे थे। कुछ लोग सिरों पर गट्ठर और कनस्तर उठाए, हड़बड़ी में गिरते-पड़ते ढलान उतरने लगे। शोर बढ़ता जा रहा था।

"इन्हें कहाँ ले जाऊँ ? इन्हें मेरा कौन उठाएगा ?"

गोबिंदी की आवाज थी। पहले तो वह अपनी दूकान का सामान, प्लेटें, प्याले, गिलास, कड़ाहियाँ ला-लाकर चबूतरे पर रखती रही थी, और अब हताश-सी होकर वहीं बैठ गई और ऊँचा-ऊँचा रोने लगी थी।

चौधरी, जो अभी तक किंकर्त्तव्यविमूढ़-सा सारा दृश्य देखता रहा था, सहसा ऊँची आवाज में चिल्लाने लगा, ''बसंती ! बसंती !''

ढलान से लोग अपने गट्ठर और कनस्तर और कहीं-कहीं खाटें उठाए गिरते-पड़ते उतर रहे थे। अभी भी कुछ लोग, विशेषकर स्त्रियाँ, कोठरियों के बाहर गाढ़े की मोटी चादरों में मुँह-सिर लपेटे ढलान की ओर ताके जा रही थीं। उन्हें अभी भी इस बात पर विश्वास नहीं हो रहा था, कि सचमुच उन्हें अपनी कोठरियाँ छोड़ देनी होंगी। नीचे, ढलान के सिरे पर से अब बार-बार धूल के बवंडर उठ रहे थे और ढलान पर भीड़-ही-भीड़ थी। किसी-किसी वक्त इस धूल के बीच किसी आदमी की अस्पष्ट-सी आकृति नजर आती जो किसी कोठरी की छत पर खड़ा बार-बार छत पर गेंती मार रहा था। कभी कोई एक आकृति नजर आती, कभी क्षण-भर के लिए एक से अधिक आकृतियाँ नजर आतीं और फिर नीचे से उठती धूल में खो जातीं। किसी-किसी वक्त लोगों की चीख-पुकार थम-सी जाती, और तब धूल के बवंडरों के बीच से 'ढग्-ढग्, ढग्-ढग्' का-सा शब्द सुनाई पड़ता। धूल का एक बवंडर उठने पर फिर क्रंदन-सा उठता और थोड़ी देर के लिए अटपटा मौन-सा छा जाता, और इसी मौन के बीच, अस्पष्ट-सी, ढग्-ढग् की आवाज सुनाई पड़ने लगती।

बसंती अभी नल पर पहुँची ही थी कि यह तमाशा शुरू हो गया था। पहले तो वह गोबिंदी के ही चबूतरे के पास, नल के निकट खड़ी आँखें फाड़-फाड़कर इधर-उधर देखती रही, फिर उसने समझ लिया कि आकर्षण का मुख्य केंद्र वह स्थान है जहाँ से धूल उड़ रही है, और वह उसी क्षण, हिरनी की तरह भागती हुई ढलान उतरने लगी।

चौधरी की कोठरी के बाहर भी अब ढेर-सा सामान रखा था। और बसंती की माँ जोरों से रोए जा रही थी और रोती हुई ही कोठरी के अंदर से छोटे-छोटे डिब्बे उठा-उठाकर बाहर ला रही थी। सदा की भाँति उसके उलझे हुए बालों की लटें उसके मुँह पर गिर रही थीं और छाती के बटन खुले थे और चीकट मैली धोती जगह-जगह से फट रही थी। अपने पोपले मुँह से बुदबुदाती हुई, रोती-बिलखती वह घर का सामान बाहर निकाल रही थी।

चौधरी ने एक बार फिर बसंती को पुकारा और फिर पत्नी के सिर पर घर का सामान रखने लगा। एक ट्रंकी, और ट्रंकी के ऊपर आटे का कनस्तर और

उसके ऊपर बाल काटनेवाले औजारों का थैला, और उसके ऊपर पीतल की परात और लोटा। चौधरी उस पर सामान लादे जा रहा था और वह नीचे खड़ी-खड़ी रोए जा रही थी। औजारों का थैला रखते ही उसके घुटने बैठ गए, "मार डालोगे मुझे? मुझसे नहीं उठेगा।"

"तू नहीं उठाएगी तो यहाँ तेरा बाप सारा सामान उठाने आएगा?"

चौधरी को बहुत-सा सामान छोड़ना पड़ रहा था। बसंती पास में होती तो कुछ सामान वह उठा लेती, परंतु न जाने हरामजादी कहाँ जाकर मर गई। बसंती का छोटा भाई रामू अभी भी कोठरी के अंदर खाट पर मीठी नींद सो रहा था। वह माँ-बाप का लाड़ला था, उसे तभी उठाया जाएगा जब सब सामान उठ जाएगा। चौधरी ने अपनी खाटें यहीं छोड़ दीं, हजामत बनाने की कुर्सी भी यहीं छोड़ दी। कोठरी के बाहर अभी भी पटरा, मसाला पीसने की सिल, और पाँच-छः डिब्बे रखे थे। इन्हें भी वह छोड़े जा रहा था। सामान लादने के बाद चौधरी अंदर गया और एक फतूही अपने बेटे के इर्द-गिर्द लपेटकर उसे उठा लिया और सोए बेटे का सिर अपने कंधे से सटाकर ढलान उतरने लगा।

तभी सहसा जोरों की बारिश होने लगी।

"पानी बरसने लगा है। क्या मालूम घर तोड़ना बंद कर दें।" चौधरी ने ढलान उतरते एक आदमी को संबोधित करते हुए कहा जो जैसे-तैसे दो ट्रंक सिर पर रखे, बगल में गठरी उठाए बच-बचकर पाँव रखता हुआ, नीचे उतर रहा था। उसने कनखियों से चौधरी की ओर देखा, "अब निकल आए तो निकल आए, चौधरी, आज क्या और कल क्या। अब ये तुम्हें यहाँ रहने नहीं देंगे।"

तेज बारिश उतरने की देर थी कि पल-भर में ढलान पर कीच-ही-कीच हो गया। ढालवाँ गली में पक्की ईंटें भी बिछी थीं और जगह-जगह पर चौके भी थे, लेकिन ईंटों-चौकों के रहते हुए भी गीली मिट्टी की परत उस पर बिछ गई थी। लोगों के पैर पड़ने से फिसलन और ज्यादा बढ़ती जा रही थी।

तभी बसंती की माँ का पाँव फिसला और वह धड़ाम-से कूल्हे के बल जा गिरी। आटे का कनस्तर खुल गया और आधा आटा कीच के ऊपर छितर गया। देखते-ही-देखते पीछे से आनेवाले लोगों के पाँव आटे पर पड़े जिससे वह पहले बदरंग और फिर कीच के ही रंग में बदल गया। माँ की किस्मत अच्छी थी जो कनस्तर पीछे की ओर गिरा और ट्रंकी टेढ़ी होकर बाईं ओर गिरी, नहीं तो

उसका माथा फूटकर लहूलुहान हो जाता। बसंती की माँ रोती-बिलखती कमर पर हाथ रखे उठी और अपना सामान बटोरने लगी। बसंती का भाई रामू अभी भी फतूही में लिपटा चौधरी के कंधे से लगकर सो रहा था और चौधरी ने एक हाथ में बाल्टी उठा रखी थी। अगर चौधरी ने रामू को कंधे पर से नीचे उतार दिया होता तो कुछ सामान रामू भी उठा सकता था, और कुछ और सामान स्वयं चौधरी, पर चौधरी को यह मंजूर नहीं था।

ढलान अब लोगों से खचाखच भरी थी। सभी लोग मर्द और औरतें अपने-अपने टीन-कनस्तर उठाए, मूसलाधार बारिश में, एक-दूसरे से टकराते-उलझते, नीचे उतर रहे थे। अब ऊपर की ओर भी शोर बहुत बढ़ गया था। कोठरियों के बाहर बहुत-सा सामान रखा रह गया था और अब ढलान पर भी लोगों का सामान छूटने लगा था। कहीं पर कोई खाट गिरी पड़ी थी तो कहीं पर कोई घड़ा या छोटे-छोटे डिब्बे। एक बार हाथ से छूट जाने पर भीड़ में उसे दोबारा उठा पाना असंभव था। डिब्बा एक बार गिरकर खुल गया तो उसे समेटने-उठाने का सवाल ही नहीं उठता था। शामो की माँ, गंगो चाची, गोद में बच्चे को उठाए, सिर पर ट्रंकी रखे ढलान पर से उतर रही थी जब पीछे से लोगों को धक्का पड़ा और गंगो चाची औंधे मुँह गिरते-गिरते बची, और ट्रंकी नीचे गिरते ही खुल गई और सभी कपड़े-लत्ते लोगों के कीच-भरे जूतों के नीचे मसले जाने लगे। गंगो चाची बड़ी कठिनाई से अपने बच्चे को सँभाल पाई थी। बच्चे को छाती से लगाए वह चिल्लाए जा रही थी और खुली ट्रंकी में से उसके कपड़े, लोगों के कीच-भरे पाँवों से खिच-खिचकर बाहर कीच में रौंदे जा रहे थे। लाल रंग की चुनरी तो देखते-ही-देखते, कीच से लथपथ, गोल गेंद की तरह नीचे लुढ़कती जा रही थी। चाची गंगो बच्चे को छाती से चिपकाए, एक बार ट्रंकी को उठा पाने के लिए लपकी पर पीछे से एक और रेला आया और गंगो चाची को ही धकेलकर नीचे ले गया।

बसंती तेज-तेज भागती हुई, ढलान पर से उतरते लोगों से बचती, उस जगह पर जा पहुँची जहाँ पर कोठरियाँ तोड़ी जा रही थीं और अपनी चकित-उत्सुक आँखों से आसपास का दृश्य देखने लगी। तीन-चार सिपाही सिर पर लोहे के टोप पहने, जिनसे रस्सियों की बनी जालियाँ लटक रही थीं, रास्ता रोके खड़े थे, और लोहे के मूठवाली लाठियाँ उठाए हुए थे, और ढलान के

आस-पास की गलियों में से आनेवाले लोगों को बाएँ हाथ की गली में धकेल रहे थे। कुछ पुलिसवालों के कंधों से लकड़ी के जालीदार चौखटे से लटक रहे थे। उनकी वर्दियाँ पानी से तर हो रही थीं और पानी उनकी टोपियों पर से भी चू रहा था। सिपाहियों की पाँत के पीछे जगह-जगह ऊँचे-ऊँचे बाँस और बल्ले और लट्‌ठ नजर आ रहे थे, और कीच और मलबे का ढेर भी। बसंती के लिए पहचानना कठिन हो रहा था कि कौन-सी कोठरी किसकी थी। ऐन सामनेवाली कोठरी के बाहर, जमीन पर तीन-चार डिब्बे लुढ़के हुए थे। एक डिब्बे में से थोड़े-से चावल निकलकर कीच पर छितरे हुए थे। कोठरी की दीवार टूटी पड़ी थी, पर दरवाजा अभी भी टेढ़ा होकर झूल रहा था। कोठरी के बाहर चूल्हा भी टूटा पड़ा था। बसंती ने आँख उठाकर देखा। दाएँ हाथ, एक कोठरी की दीवार पर दो सिपाही खड़े थे और छैनियों से छत को तोड़ रहे थे। एक और सिपाही नीचे से कोठरी के बाहर पहुँचा था। उसने छैनी उठाकर सबसे पहले चूल्हे को तोड़ा और फिर कोठरी की दीवार पर छैनी मारने लगा। दीवार पर, नीले रंग से दो सुंदर, बड़े-बड़े मोर बने हुए थे। यह बिश्नू की कोठरी थी। उसी की कोठरी की दीवार पर नाचते मोर बने थे, नहीं तो और लोगों की दीवारों पर कहीं घोड़ा तो कहीं हाथी के चित्र थे।

''यह तो बिश्नू की कोठरी है। इसे क्यों तोड़ रहे हो ?'' सहसा बसंती के मुँह से निकल गया।

दूसरे क्षण, सामनेवाला सिपाही उसकी ओर घूम गया। दाँतों की एक बत्तीसी उसके सामने खुली, और दो आँखें बसंती को भोंकती हुई-सी घूरने लगीं।

''भाग यहाँ से, हरामजादी, नहीं तो बताता हूँ तुम्हें, क्यों तोड़ रहे हैं।''

बसंती घबराकर पीछे हट गई।

बिश्नू की कोठरी के साथवाली कोठरी भी अब तोड़ी जाने लगी थी। पुलिस के सिपाही और ऊपर की ओर सरक आए थे। लेकिन सहसा उस कोठरी के सामने बस्ती के कुछ लोग खड़े हो गए थे। बसंती की बगल में खड़ी एक औरत हाथ पसार-पसारकर चिल्लाए जा रही थी, ''ओ मेहरू! दाढ़ीजार तू भी यह काम करने लगा है ?''

कोठरी की दीवार पर उलझे सूखे बालोंवाला एक आदमी, जो धारीदार

पाजामा पहने था, फावड़ा हाथ में लिए कोठरी की छत तोड़ रहा था।

"अपनी ही बस्ती के घर तोड़ रहा है, हरामजादे ! सारी सरम बेच खाई है। तुझे कोढ़ पड़े !"

"अब अपनी कहाँ है। अब सरकार की है।"

इस पर भीड़ में से एक आदमी चिल्लाया, "तैने भी तो अपनी कोठरी बनाई थी।"

"बनाई थी तो बनाई थी," ऊपर से जवाब आया, "सरकार तो इन्हें तोड़ेगी ही। हम अपनी मजूरी क्यों छोड़ें। हम नहीं तोड़ेंगे तो कोई दूसरा आकर तोड़ेगा।"

"सारी सर्म-हया बेच खाई है बे मेहरू ! अपने ही लोगों के घर तोड़ रहा है।"

"सरकार तोड़ रही है, मैं कहाँ तोड़ रहा हूँ। मैं नहीं तोड़ूँगा तो क्या बस्ती नहीं टूटेगी ?"

"जा मर, दाढ़ीजार ! सरीर में कीड़े पड़ेंगे, तिल-तिल कर मरेगा !"

भीड़ में खड़ी अनेक स्त्रियाँ हाथ पसार-पसारकर उसे गालियाँ दे रही थीं और बार-बार उसके सामने थूक रही थीं।

तभी एक पुलिसवाला चलता हुआ आया और एक औरत को धक्का देकर बोला, "चुप करेगी या हथकड़ी लगा दूँ ? निकल यहाँ से।"

औरत गिरती-पड़ती पीछे हट गई, "दाढ़ीजार, तुझे मौत खाए ! मैं तेरी माँ बराबर, मुझे धक्का दे रहा है…"

पुलिस के बड़े अधिकारी जानते थे कि इतनी बड़ी बस्ती एक दिन में नहीं गिराई जा सकती। पर जितनी जल्दी हो सके, शुरू के तीस-चालीस घरों को तोड़ डालना जरूरी था, ताकि बस्ती रहने के लिए नाकारा हो जाए और लोग यहाँ से निकल जाएँ, बस्ती खाली कर दें। इसलिए उन्होंने बीस-बीस रुपए मजूरी देने का प्रलोभन देकर उसी बस्ती के कुछेक राज-मजदूरों को पकड़ लिया था। बहुत-से लोगों ने तो इन्कारु कर दिया था लेकिन मेहरू-जैसे कुछ बेरोजगार लालच में आ गए थे।

बसंती ने देखा कि बस्ती की एक छोटी-सी लड़की, पुलिसवालों के पहरे के बावजूद, लाठियों की बाड़ के नीचे से निकलकर भागती हुई कोठरी के अंदर गई

और कुछ ही क्षण बाद हाथ में, काली मिट्टी की बनी, पैसे जमा करने की अपनी बुधनी उठाए, भागती हुई लौट आई। उसे देखकर बसंती को सहसा अपनी कोठरी की याद आई। बसंती ने भी अपनी कोठरी की पिछली दीवार में एक ढीली ईंट को निकालकर उसके पीछे काँच की चार चूड़ियाँ, बालों को लगानेवाले दो हरे रंग के क्लिप और एक पीतल की अँगूठी छिपा रखी थी। उसका भी मन हुआ कि वह भागकर जाए और उन्हें निकालकर ले आए। तभी बसंती को अपने माँ-बाप भी याद आए और वह उन्हीं कदमों भीड़ में से निकलकर गली के किनारे-किनारे ढलान चढ़ने लगी।

बारिश का जोर अब कुछ घट गया था, लेकिन ढलान के नीचे किनारे-किनारे पानी की नाली बहने लगी थी। ढलान पर और कोठरियों के बाहर लोगों का सामान बिखरा पड़ा था। राज-मिस्त्री मूलराज की कोठरी के बाहर बसंती को तोते का पिंजरा पड़ा नजर आया। तोता उसमें अभी भी बैठा था, सिकुड़ा, डरा-सा। एक जगह चूल्हे के ऊपर मिट्टी की हाँडी अभी भी रखी थी और चूल्हे में आग ज़ल रही थी। कुछ और ऊपर जाने पर, बसंती को भीड़ में सहसा अपने बापू का नीला कुर्ता नजर आया। बापू के सिर पर पगड़ी थी जो सिर पर रखे कनस्तर के नीचे दबी जा रही थी और उसका शमला खुलकर बापू के गले में आ गया था, उसने कंधे पर बाल काटने के अपने सामान का थैला भी उठा रखा था। बसंती को अपने भाई रामू की भी हलकी-सी झलक मिली। वह बापू का हाथ पकड़े ढलान उतर रहा था, उसने अपने हाथ में लैंप उठा रखा था। बसंती को माँ नजर नहीं आई।

बापू को देखकर बसंती का मन हुआ कि भागकर उसके पास जाए, लेकिन फिर वह डर गई। बापू जरूर उसे पीटेगा। माँ भी पीटेगी। एक अनूठा-सा विचार उसके मन में आया कि बापू के हाथ तो कनस्तर और थैले में उलझे हुए हैं, वह इस वक्त थप्पड़ कैसे मार सकता है ! लेकिन बाप के गुस्से को वह जानती थी। वह इन चीजों को जमीन पर रखकर भी उसे पीट सकता है। वह अभी ठिठकी खड़ी बापू की ओर देख ही रही थी कि बापू फिर भीड़ में खो गया।

बापू के आँखों से ओझल हो जाने पर बसंती कोठरी की ओर नहीं गई, बल्कि धीरे-धीरे ढलान उतरने लगी और भीड़ में शामिल हो गई। उसे मन-ही-मन आभास हुआ कि कोठरी में लौटकर अपने क्लिप और चूड़ियाँ लाने में अब कोई

तुक नहीं रह गई है।

सड़क पर पहुँचकर बसंती फिर सबकुछ भूल गई थी और बड़ी उत्सुकता से आसपास का नज्जारा देखने लगी।

सड़क पर, पटरी के साथ-साथ, लारियाँ-ही-लारियाँ खड़ी थीं। यहाँ भी जगह-जगह सामान बिखरा पड़ा था, और बड़ा शोर था। बस्ती के लोग, घबराए हुए, लपक-लपककर लारियों पर चढ़ रहे थे। बारिश थम गई थी और अब केवल हलकी-हलकी फुहार पड़ रही थी। पुलिस के सिपाही, लाठियाँ उठाए और लोहे के टोप पहने, दूर तक सड़क पर खड़े थे।

बारी-बारी से खाली लारियाँ भर रही थीं। बसंती के सामने एक खाली लारी खड़ी थी। ज्योंही उसका पिछला पल्ला उतारा गया, पटरी पर खड़े लोग उचक-उचककर अपना सामान उसमें फेंकने लगे। कुछ लोग टीन-कनस्तर उठाए हुए ही उस पर चढ़ने की कोशिश करने लगे। यहाँ पर भी सिपाही बहुत थे और लोगों को अपना ढेरों सामान लादने से रोक रहे थे। हिम्मतू रंगसाज भी इसी लारी में अपना सामान फेंक रहा था। वह लारी के पिछले पहिए पर पाँव रखकर, और ऊपर से पल्ले को पकड़कर, एक ही बार में उचककर सीधा लारी पर चढ़ गया और नीचे खड़ी उसकी पत्नी सामान उठा-उठाकर उसे पकड़ाने लगी। उसकी पत्नी ने घूँघट काढ़ रखा था। अभी लोगों का सामान चढ़ ही रहा था कि पुलिसवाला डंडा पटपटाता पहुँच गया।

''यह क्या हो रहा है ?'' उसने लारी पर रखे सामान को देखकर कहा, फिर वह भी पहिए पर पाँव रखकर ऊपर को कूद गया, ''इतना सामान रखने दूँ तो पूरी-की-पूरी लारी एक घर को मिले। उतारो यह सब सामान ! हटाओ यहाँ से !'' और उसने अपने हाथों से, एक के बाद एक दो खाटें उठाकर नीचे पटक दीं। ''इन्हें लाना हो तो पैदल लेकर आओ। लारी में जगह नहीं है।'' और उसने लारियों पर खाट चढ़ाने की मनाही कर दी।

जब पुलिसवाला उतरकर चला गया तो हिम्मतू ने फिर से अपनी दोनों खाटें चढ़वा लीं। इस पर लारी पर खड़े बस्ती ही के आदमियों ने उसकी खाटें उठाकर नीचे फेंक दीं, ''हमें नहीं ले जाने देते तो तुम कैसे ले जाओगे ?''

इस पर पटरी पर खड़े हिम्मतू के दोनों बच्चे चीख-चीखकर रोने लगे

और उनकी माँ हाथ पसार-पसारकर गालियाँ देने लगी। यह हड़बंग चल ही रहा था कि लारीवाले ने इंजन चला दिया। हिम्मतू अभी भी सामान पकड़ाने के लिए चिल्ला रहा था, लारी में हरकत आई तो वह घबराकर चीखा, ''छोड़ दे, छोड़ दे, ला, बच्चों को ला, जल्दी कर, ऊँचा उठा, और ऊँचा उठा...''

थकी-हारी हिम्मतू की पत्नी से बच्चे ऊँचे नहीं उठाए जा रहे थे। गीले घूँघट में से उसे ठीक तरह से नजर भी नहीं आ रहा था। तभी लारी पर खड़े और लोगों ने हाथ बढ़ाया और बारी-बारी से दोनों बच्चे चढ़ा लिए गए। पर जब तक हिम्मतू की पत्नी के चढ़ने की बारी आई तो लारी की रफ्तार तेज हो चुकी थी। हिम्मतू की पत्नी अभी लारी के सहारे भाग रही थी, और लारी पर खड़े लोग चिल्ला रहे थे, ''रोको, रोको, गाड़ी रोको, औरत गिर पड़ेगी!''

हिम्मतू की पत्नी ने आखिर दौड़ना छोड़ दिया और हाँपती हुई सड़क के बीचोबीच खड़ी हो गई। लारी नहीं रुकी। लारी पर खड़ा हिम्मतू हाथ ऊँचा उठाए चिल्ला रहा था, ''तू दूसरी लारी पर आ जा। दोनों खाट ले आना!''

पर हिम्मतू की पत्नी की समझ में कुछ नहीं आया, और वह रोती-बिलखती सड़क के किनारे बैठ गई।

इस शोर-गुल में कोई चढ़ पाता, कोई पीछे छूट जाता। जिस जगह हिम्मतू की पत्नी बैठी थी, वहीं पास में, बिसेसर की अंधी माँ, छोटी-सी छड़ी हाथ में लिए बैठी थी और बुदबुदाए जा रही थी, ''इधर बिसेसर होगा, इधर मेरा बिसेसर होगा? मुझे बिसेसर के पास पहुँचा दो, कोई माई का लाल...''

बस्ती से अभी भी लोग निकलते जा रहे थे। एक जगह पर, लारियों के पास से भीड़ को पीछे हटाने के लिए तीन-चार सिपाही लाठियाँ झुलाते हुए उनका पीछा करने लगे और बस्ती के लोग भागने और तितर-बितर होने लगे।

बसंती, पटरी पर चलती हुई कभी एक जगह खड़ी हो जाती तो, कभी दूसरी जगह। सामान चढ़ाने की उतावली में किसी आदमी का गट्ठर नीचे आ गिरा था और गिरते ही उसकी गाँठ खुल गई थी और उसमें से कड़ाहियाँ, जूते, गाढ़े के कपड़े बिखर गए थे। एक लोटा तो लुढ़कता हुआ सड़क के बीचोबीच जा पहुँचा, और सड़क-पार से एक काला-सा लड़का भागता हुआ आया और उसे झपटकर उठा ले गया।

सड़क के पार, रमेश नगर में रहनेवाले बहुत-से बाबू लोग आकर खड़े हो

गए थे। कुछ ने बस्ती के अनेक मर्द-औरतों को पहचान भी लिया था, क्योंकि इन्हीं के घरों में बहुत-सी औरतें चौका-बर्तन करती थीं और आदमी रंग-रोगन और सफेदी करने आते थे। वे भी बस्ती के तोड़े जाने का तमाशा देख रहे थे। बसंती बहुत-से लोगों को पहचानती थी, कुछेक के घरों में काम भी कर चुकी थी, पर इस वक्त उसकी आँखें श्यामा बीबी को ढूँढ़ने में लगी थीं। उसे विश्वास था कि जरूर श्यामा बीबी भी वहीं पर होगी। और वह सड़क पार करके उस ओर जा पहुँची।

"कानून कानून है, क्या किया जाए!" चार नंबर ब्लाकवाले अहूजा साहिब कह रहे थे, "मैंने मूलराज से कहा भी था। मैंने कहा, मूलराज, तुम कोठरियाँ पक्की नहीं करो। पक्की कोठरियाँ बनाना गैरकानूनी है।"

"पक्की कोठरियाँ बनाना ही नहीं, सरकारी जमीन पर कब्जा करना ही गैरकानूनी है। बैठे-बैठाए मुफ्त में अपनी कोठरियाँ खड़ी कर लीं।"

सड़क के पार खड़े लोग तरह-तरह की टिप्पणियाँ कर रहे थे। उनके बीच में चलती हुई बसंती श्यामा बीबी को ढूँढ़ती रही पर वह उसे कहीं नजर नहीं आई, और बसंती फिर लौटकर सड़क के इस पार आ गई।

सड़क पार करके वह इधर पहुँची ही थी कि उसे लँगड़ा दर्जी नजर आया। वह लाल और पीले रंग का घुटनों से नीचे तक का अँगरखा पहने हुए था और सिर पर बड़ा-सा पग्गड़। उसकी ऐंची आँखों में काजल की लकीर थी। उसे देखते ही बसंती पहले तो ठिठकी, फिर उसे हँसी आ गई। वह उसके सामने खड़ी-की-खड़ी मुँह पर हाथ रखे हँसे जा रही थी। बसंती को मालूम नहीं था कि बुलाकी दूल्हा बना हुआ है, और आज उसी को ब्याहने के लिए यह सज-धज की गई थी। बसंती यह भी नहीं जानती थी कि अगर बस्ती तोड़नेवाले घंटा-भर बाद में आते तो क्या मालूम इस समय बसंती लँगड़े दर्जी के टीन-कनस्तर और गठरियाँ उठा रही होती। बुलाकी पहले तो बसंती को पहचान नहीं पाया, पर जब बसंती ने मुँह पर से हाथ हटाया तो लँगड़ा दर्जी सिर से पाँव तक पुलक उठा।

"बसंती! बसंती रानी!" और उसने अपनी बाँहें फैला दीं।

पर बसंती, पलक झपकते ही उसकी बाँहों के नीचे से निकल गई और झट-से भीड़ में खो गई। और लँगड़ा बुलाकी, अपनी लाठी पटपटाता, उचकता

'बसंती ! बसंती रानी' चिल्लाता हुआ उसके पीछे-पीछे जाने लगा।

लँगड़े दर्जी को चकमा देकर बसंती दो-तीन लारियाँ पीछे छोड़ आई थी जब उसे फिर अपना बाप, एक गट्ठर बगल में दबाए भागता नजर आया। थोड़ी दूर पीछे उसकी माँ भागती आ रही थी। बापू के सिर पर से उसकी पगड़ी खुलकर गले में आ गई थी और शमला नीचे जमीन तक लटका हुआ था। और उसकी नीले रंग की कमीज भीगकर उसके शरीर से चिपकी थी। माँ के कुर्ते के बटन खुले थे और वह सदा की भाँति फटेहाल सिर पर कनस्तर और गठरी उठाए घिसटती चली आ रही थी। उसका पीला-पीला चेहरा किसी मुर्दे के चेहरे-जैसा लग रहा था। इस स्थिति में बसंती को अपने माँ-बाप बड़े निःसहाय और निरीह-से लगे। भावना का ज्वार-सा उसके दिल में उठा और वह लपककर उनके पास जा पहुँची, "आगे सभी लारियाँ भर चुकी हैं। खाली लारी इधर पीछे को रुकेगी। मैं देख आई हूँ।" उसने बड़े आग्रह से कहा।

बसंती की आवाज सुनते ही चौधरी ने घूमकर देखा, "हरामजादी, तू कहाँ भाग गई थी ? इधर रामू पीछे छूट गया है, जा, उसे पकड़ ला।" और वह झाँक-झाँककर लारियों के अंदर देखने लगा कि किस लारी में अपना सामान रखे।

बसंती अपने छोटे भाई को ढूँढ़ने के लिए मुड़ी ही थी कि वह स्वयं माँ-बाप को ढूँढ़ता हाथ में हरीकेन लैंप उठाए, वहाँ पहुँच गया था।

यहाँ पर भी वही कुछ हुआ जो अन्य स्थानों में हो रहा था। भीड़ और शोर और धक्का-मुक्की में बसंती का बाप एक लारी में अपना सामान रखने के लिए लपका। पहिए पर पाँव रखकर वह ऊपर को चढ़ने को हुआ, पर चढ़ नहीं पाया और गिरते-गिरते बचा। बसंती का दिल जाने कैसा हो उठा और वह दोनों हाथ उठाए आगे बढ़कर, अपने बापू को सँभालने लगी।

चौधरी का कुछ सामान लारी के अंदर पहुँचा, कुछ नहीं पहुँच पाया। पर दूसरे ही क्षण बसंती लारी के पहिए पर चढ़ गई थी और नीचे खड़ी माँ के हाथ से एक-एक चीज लेकर लारी के अंदर फेंक रही थी।

यहाँ भी वही कुछ हुआ जो अन्य लोगों के साथ हो रहा था। लारी चलने लगी और लोग चिल्लाने लगे। बसंती कूदकर नीचे उतर आई। बाप लारी के अंदर खड़ा था और माँ पटरी पर खड़ी घबराहट में रोने-चिल्लाने लगी थी और

अपनी छाती पीटने लगी थी। और लारी में खड़ा बसंती का बाप जोर-जोर से चिल्ला रहा था, "रामू! कहाँ है रामू? हरामजादी, खड़ी मेरा मुँह क्या देख रही है, उठा रामू को, मुझे दे।"

बसंती रामू को कैसे उठा पाती? पर आस-पास खड़े लोगों में से किसी ने रामू को ऊँचा उठाया। उधर लारी में से भी हाथ लपके और रामू को लारी में चढ़ा लिया गया। माँ भागती हुई लारी के पीछे गई। 'रोको, रोको' की आवाज आई पर इस बार लारी सचमुच रुक गई, और माँ भी जैसे-तैसे, खींच-खाँचकर चढ़ा ली गई। पर जब लारी ने रफ्तार पकड़ी तो बसंती सड़क के बीचोबीच खड़ी थी और लारी दूर होती जा रही थी। बसंती का मन फिर से जाने कैसा हो रहा था। माँ, बाप और रामू को दूर जाते देख उसके गले में काँटे-से चुभने लगे थे। रामू को ले गए हैं, और मुझे पीछे छोड़ गए हैं। पर यह विचार मन में आते ही बसंती ने स्वभावानुसार सिर झटक दिया—लारी पर चढ़ना क्या मुश्किल है। पहले पहिए पर चढ़ जाओ, फिर कुंडे पर पाँव रखो और फिर तख्ता पकड़कर अंदर कूद जाओ। उहँ! जैसे मैं अपने आप नहीं चढ़ सकती!

बसंती कुछ देर तक वहीं ठिठकी खड़ी रही और फिर सड़क पार करके रमेश नगर के घरों की ओर बढ़ गई।

दो

"नीचे उतर, बसंती, गिर गई तो तेरी हड्डी-पसली नहीं बचेगी। उतर नीचे।"

"कुछ नहीं होगा, बीबी जी! आम के पेड़ की टहनी पर से दोनों टाँगें लटकाए, कच्चे आम का छिलका चबाते हुए बसंती बोली।

"आपके लिए अम्मियाँ तोड़ूँ बीबी जी?" उसने चहककर कहा और झट-से ऊपरवाली टहनी को पकड़कर, मोटी डाल पर खड़ी हो गई, और फिर उचककर टहनियों पर चढ़ने लगी।

"मुझे कुछ नहीं चाहिए, उतर नीचे। तू नीचे उतर।"

पर बसंती गिलहरी की तरह ऊपर चढ़ती जा रही थी।

"ऊपर बड़ी-बड़ी अम्मियाँ हैं, दो आपको दूँगी, एक मैं खाऊँगी, ठीक बीबी जी ?" और वह जोर-जोर से हँसने लगी।

एक हल्की-सी टहनी पर बसंती ने पाँव रखा तो वह लचक गई। बसंती ऊपरवाली टहनी को पकड़े रही, पर फिर भी उसके पैर उखड़ गए और वह टहनी पकड़े-पकड़े झूलने लगी।

"देखा ! देखा ! मैंने कहा था या नहीं। नीचे उतर, मैं कह रही हूँ।"

पर दूसरे क्षण बसंती फिर से खिलखिलाकर हँस रही थी।

"मुझे कुछ नहीं होगा, बीबी जी !" और वह फिर ऊपरवाली डाल पर चढ़ गई. "हाय, इन अम्मियों को तो तोते खा गए हैं। इतनी बड़ी अम्मी है बीबी जी…" बसंती चिल्लाई, "यह तोते चोंच मारते रहे हैं। तोते का जूठा तो आप खा लेंगी ना, बीबी जी ?" बसंती हँसकर बोली।

"चुप रह। नीचे उतर। मुझे नहीं चाहिए तेरी अम्मी !"

"कौवे का जूठा नहीं खाना चाहिए, पर तोते का जूठा तो खा लेते हैं, क्यों न, बीबी जी ?"

"तेरे साथ मैं सारा वक्त सिर-खपाई नहीं कर सकती। नीचे उतर, मैं कहती हूँ।"

"यह लो बीबी जी, एक…" ऊपर कहीं टहनियों-पत्तियों में छिपी बसंती ने एक बड़ी-सी अम्मी नीचे की ओर फेंकी, जो जमीन पर गिरते ही फट गई।

"बस-बस, अब और नहीं चाहिए। अब उतर नीचे…"

"अच्छा, आ रही हूँ, बीबी जी, आप नहीं चाहतीं तो न सही। मैं फेंकूँगी ही नहीं। मैं ऊपर ही बैठी-बैठी खा लूँगी।" और फिर हँसने लगी।

थोड़ी देर बाद बसंती एक टहनी से दूसरी टहनी पर उतरी, पर फिर जमीन पर उतरने के बजाय उछलकर बालकोनी पर चढ़ गई, और पलक मारते बालकोनी की इकहरी दीवार के ऊपर खड़ी हो गई और दोनों बाँहें दाएँ-बाएँ फैलाए, दीवार पर चलने लगी, वैसे ही जैसे नट तनी हुई रस्सी पर चलने लगते हैं।

श्यामा का कलेजा मुँह को आ गया। घबराकर उसने आँखें बंद कर लीं, और आँगन में रखी एक कुर्सी पर बैठ गई। बसंती अभी गिरी कि गिरी। अब यह नहीं बचेगी। इसका सिर फूट जाएगा। कौन-सा बुरा दिन था जब यह

लड़की मेरे पल्ले पड़ी। पर ये शब्द मुँह मे निकलते ही श्यामा बीबी ने अपना होंठ दाँतोंनले दबा लिया और दुपट्टे के अंदर ही दोनों हाथ जोड़ दिए।

बसंती धीरे-धीरे आगे बढ़ती जा रही थी। यदि उसका संतुलन बिगड़ जाए और वह दाएँ हाथ जा गिरे तो बालकोनी के अंदर ही गिरेगी, लेकिन अगर बाएँ हाथ को गिरे तो सीधा पंद्रह फुट नीचे, आँगन के पक्के फर्श पर गिरेगी। सोचकर ही दिल दहल उठता था। और उसे बचाने का भी कोई साधन नहीं था।

जब श्यामा बीबी ने आँखें खोलीं और डरते-डरते ऊपर की ओर देखा तो बसंती दीवार के दूसरे सिरे तक जा पहुँची थी।

''मैं हाथ जोड़ती हूँ, उतर आ।'' श्यामा बीबी ने सचमुच हाथ जोड़कर कहा।

क्षण-भर बाद बसंती बालकोनी में अंदर की ओर कूद गई।

श्यामा ने चैन की साँस ली और बड़बड़ाती हुई घर के अंदर चली गई।

श्यामा बीबी भाग्य से डरती थी। शादी के लगभग दस-बारह साल बाद, श्यामा के दांपत्य जीवन पर एक छाया-सी मँडराने लगी थी। ज्यों-ज्यों घर में पैसा आने लगा था यह छाया गहरी, और गहरी होती चली गई थी और श्यामा का मन शंकित रहने लगा था कि कहीं कोई अनर्थ होने जा रहा है। उसके मन में सारा वक्त धुकधुकी लगी रहती कि कोई अनहोनी बात होनेवाली है, यहाँ तक कि जब कभी दरवाजा भी खटकता तो श्यामा का दिल धक्-धक् करने लगता, कि न जाने कौन आया है, क्यों आया है। वह डाक्टरों के पास भी गई, गंडा-तावीज भी करवाया। किसी ने कहा पुखराज की अँगूठी पहनो, उसने वह भी पहनी, पर दिल की धुकधुकी शांत नहीं हुई। तभी एक दिन एक साधु महाराज ने अपना कृपालु हाथ उसके माथे पर रखते हुए कहा, ''तेरी धुकधुकी खत्म हो जाएगी, बीबी, तू चिंता नहीं कर।''

श्यामा ने हाथ बाँध दिए और सिर नवा दिया।

''सेवा में तेरी मुक्ति है बीबी। किसी एक मनुख की सेवा कर। तेरा कष्ट दूर हो जाएगा।''

''किस मनुख की सेवा करूँ, महाराज?''

''तुम्हें ढूँढ़ना नहीं होगा। वह अपने-आप तेरे सामने आ जाएगा। कल

सवेरे घर से बाहर पाँव रखने पर जो मनुख तेरे सामने आए, वही तेरी सेवा का पात्र होगा। वह कोई भी क्यों न हो, तू उसी की सेवा करना।''

और दूसरे दिन प्रातः जब श्यामा ने घर का दरवाजा खोलकर बाहर की ओर झाँका तो यही कलमुँही बसंती उधर से गुजर रही थी, और श्यामा ने आगे बढ़कर उसका हाथ थाम लिया था। बसंती श्यामा के घर काम करने लगी। श्यामा ने उसे इस बात का भास नहीं होने दिया कि गुरु महाराज के आदेश से उसने बसंती को काम पर लगाया है, पर वह आए दिन उसकी छोटी-मोटी मदद करने लगी, कभी कोई पुराना कपड़ा दे देती, तीज-त्योहार पर मिठाई और पैसे दे देती, पास में बैठाकर टी. वी. दिखा देती। बसंती भी धीरे-धीरे हिलने-मिलने लगी, उसे भी महसूस होने लगा कि श्यामा बीबी के घर का दरवाजा उसके लिए हर वक्त खुला है, राह जाती हुई वह बेधड़क सीढ़ियाँ चढ़कर ऊपर पहुँच जाती, मन आता तो चाय बनाकर पी लेती, मन आता तो श्यामा का सिर दबाने लगती और उसे गली-जहान के किस्से सुनाने लगती। अन्य नौकरानियोंवाली बात उसमें नहीं थी। बसंती को एक सहारा मिल गया था जबकि श्यामा पुण्य कमा रही थी।

और गुरु महाराज का कहा सचमुच सही साबित होने लगा। उसके मन की धुकधुकी सचमुच कम हो गई, रक्तचाप कम तो नहीं हुआ था, पर बढ़ा भी नहीं था। भूख पहले से भी ज्यादा चमककर लगने लगी थी। उधर गुरुदेव की कृपा के प्रमाण आए दिन मिलने लगे थे। सास से झगड़ा तो आए दिन की बात थी, पर एक दिन जब झगड़ा बढ़ गया, और सास-ससुर अपना बोरिया-बिस्तर बाँधकर अपने छोटे बेटे के घर रहने चले गए तो श्यामा को इसमें गुरुदेव की कृपा का ही चमत्कार नजर आया। 'दस साल तक छाती पर चढ़कर बैठे रहे, हिले तक नहीं, और आज बोरिया-बिस्तर बाँधकर अपने-आप चले गए। यह गुरु महाराज की महिमा नहीं तो और क्या है !' और श्यामा बसंती के प्रति और भी ज्यादा उदार रहने लगी। कभी-कभी जब बसंती बहुत ज्यादा मनमानी करती तो श्यामा खीज उठती, उसका मन चाहता, उसे निकाल बाहर करे, पर गुरु महाराज के डर से कुछ कर नहीं पाती थी। और वह अपने मन को समझाने लगती, भले ही यह कैसी है, पर मुझे इससे क्या, मुझे तो गुरु महाराज का हुक्म बजा लाना है।

थोड़ी देर बाद बसंती, श्यामा बीबी के साथ बरामदे में बैठी थी।

''अगर नीचे गिर पड़ती तो ?''

''तो क्या, बीबी जी !'' बसंती ने हँसकर कहा और सिर झटक दिया।

''टाँग टूट जाती, खोपड़ी फट जाती।''

''तो क्या, बीबी जी !'' बसंती ने फिर हँसते हुए कहा।

''टाँग टूट जाती तो कुछ नहीं होता ?''

''क्या हो जाता बीबी जी, टाँग ही तो टूट जाती। टूट जाती तो टूट जाती।''

''नहीं टूटी, इसीलिए इतना बोल रही है। टूट जाती तो इस वक्त खाट पर पड़ी चिल्ला रही होती। बहुत ऐंठ-ऐंठकर बोलती है, कभी भगवान तुझे इसकी सजा देंगे।''

''भगवान जी खुश कब हुए हैं ?'' बसंती ने कहा, ''भगवान जी मेरे साथ तो सदा ही मुँह फुलाए रहते हैं, यों !'' बसंती ने गाल फुलाते हुए कहा और कहते ही ठहाका मारकर हँसने लगी, ''ऐंठकर बोलो तो भी नाराज, हँसो तो भी नाराज, पेड़ पर चढ़ो तो भी नाराज, नीचे उतरो तो भी नाराज...'' और अपने ही मजाक पर खिलखिलाकर हँसने लगी।

''हत्, ऐसा नहीं कहते। भगवान जी से डरकर रहना चाहिए।''

''किस-किससे डरकर रहूँ, बीबी जी ? बापू से ? माँ से ? आपसे ? भगवान से ?'' फिर श्यामा बीबी को नाराज देखकर उसे मनाने लगी, ''लाओ बीबी जी, आपके बाल बना दूँ। बालों में तेल लगवाएँगी ? उहँ, आप तो सचमुच नाराज हो गईं।''

''मुझे कोई तेल-वेल नहीं लगवाना। चली है अब मेरी खुशामद करने, आगे से कभी पेड़ पर चढ़ी तो मैं तेरी टाँगें तोड़ दूँगी।''

''नहीं चढ़ूँगी बाबा, नहीं चढ़ूँगी। बचन देती हूँ। कान पकड़कर बचन दूँ ? नाक से लकीर डालकर बचन दूँ ?''

और बसंती ने हँसते-हँसते दोनों कान पकड़े और झुककर जमीन पर अपनी नाक रगड़ दी।

''मैं बचन देती हूँ कि आगे से कभी कच्चा आम नहीं खाऊँगी, सदा पक्का आम खाऊँगी...'' और फिर खिलखिलाकर हँसने लगी।

श्यामा बसंती की ओर देख-देखकर हैरान हो रही थी कि इस लड़की के अंदर भगवान ने हँसी के कैसे सोते डाल रखे हैं। बात-बात पर इसकी हँसी

फूटने लगती है। भगवान ने शरीर तो इसे लड़की का दिया है, पर आत्मा जैसे पक्षी की, तभी यह सारा वक्त फुदकती-चहकती फिरती है। एक मिनट के लिए भी चैन से नहीं बैठ सकती।

''बालों में तेल लगा दूँ, बीबी जी ?''

''नहीं।''

''झाड़ू लगा दूँ, बीबी जी, बरामदा गंदा हो रहा है। ...चाय बना दूँ, बीबी जी...'' और कहते ही हो-हो करके हँसने लगी।

''जा, बना ला चाय। अपने लिए भी बना ला, मेरे लिए भी। चीनी कम डालना।''

''अपने प्याले में भी कम डालूँ ?'' और हँसती हुई रसोईघर में चली गई।

तभी रसोईघर में से फिल्मी धुन सुनाई देने लगी...'बुड्ढा मिल गया !...मैं क्या करूँ राम मुझे बुड्ढा मिल गया !'

बसंती बार-बार फिल्मी गीत की एक ही पंक्ति दोहराए जा रही थी।

'और कुछ नहीं, खुश तो रहती है। हँसती-खेलती तो रहती है।' श्यामा ने मन-ही-मन कहा। बसंती के प्रति उसका गुस्सा बहुत-कुछ ठंडा पड़ चुका था।

बसंती एक हाथ में चाय की प्याली और दूसरे हाथ में चाय का मग उठाए श्यामा बीबी की ओर आने लगी।

''जिस दिन हमारी बस्ती तोड़ने आए थे, बीबी जी, उस दिन मेरी शादी होनेवाली थी। आपको मालूम है, बस्ती तोड़नेवाले नहीं आते तो इस वक्त मैं क्या कर रही होती ?'' और बसंती फिर गुढ़कने लगी।

''क्या कर रही होती ?'' श्यामा ने पूछा।

''इस वक्त मैं लँगड़े के पाँव दबा रही होती। नहीं नहीं, इस वक्त मैं लँगड़े की दूसरी टाँग भी तोड़ रही होती।'' और वह खी-खी करके इतने जोर से हँसी कि मग में से चाय छलककर फर्श पर गिर गई।

''ब्याह हो जाता तो क्या बुरा था, चैन से रहती। लोगों के घरों में बर्तन तो नहीं माँजने पड़ते।''

''वहाँ चैन से बैठती, हाँ जी ! लँगड़ा आता तो उसके पाँव दबाती। उसकी लाठी पकड़कर उसे चक्कर लगवाती, उसके गंजे सिर में तेल डालती...'' और बसंती फिर खी-खी करने लगी।

"तेरा बाप कैसा है ?"

"ओ बीबी जी, क्या पूछती हो, अच्छा-भला है। खूब थप्पड़ झाड़ता है। आज भी थप्पड़ खाकर आई हूँ।"

"तुझे ही मारता है या घर के और लोगों को भी ?"

"कभी-कभी माँ को भी दो हाथ लगा देता है, पर ज्यादा किरपा तो मुझ पर ही करता है।" और बसंती हँसने लगी।

"और रामू को ?"

"हाय नहीं, बीबी जी, उसे क्यों थप्पड़ मारेगा, वह तो बेटा है।"

"एक ही बेटा है ना, इसीलिए। तुम कितनी बहनें हो बसंती ?"

"एक ही बेटा क्यों है बीबी जी, तीन-तीन बेटे हैं और तीन-तीन बेटियाँ।"

"तेरा एक भाई तो चपरासी है जिसके अपने बाल-बच्चे हैं। और कौन है ?"

"मेरा एक और भाई भी था। मगर हमने उसे बहुत दिन से देखा ही नहीं है।"

"क्यों ?"

"न जाने वह कहाँ पर है। वह बहुत अच्छा था। मुझसे बड़ा था। पर तब मैं बहुत छोटी थी। बहुत दिन पहले की बात है ना, तब हम लोग गाड़ी में अपने गाँव से दिल्ली आ रहे थे..." सहसा बसंती की आवाज धीमी पड़ गई, "न जाने वह कहाँ पर है, कैसा है, है भी या नहीं।"

"क्यों ? चुप क्यों हो गई है ? क्या वह कहीं चला गया है ?"

"कुछ मालूम नहीं बीबी जी, वह भी मुझ-जैसा ही था, एक जगह पर टिककर बैठ नहीं सकता था। जब किसी अस्टेशन पर गाड़ी खड़ी होती, तो झट-से कूदकर बाहर निकल जाता। और चलने लगती तो कभी एक दरवाजे से तो कभी दूसरे दरवाजे से अंदर आ जाता। मेरे साथ आँख-मिचौनी खेल रहा था। पर जब हम लोग दिल्ली पहुँचे तो वह था ही नहीं !"

"क्या हुआ ?"

"कुछ मालूम नहीं बीबी जी ! माँ और मेरी बड़ी बहिनें किसी दूसरे डिब्बे में बैठी थीं, मैं और बापू और यह भाई अलग डिब्बे में थे। जब किसी अस्टेशन पर नहीं आता तो बापू समझता माँ के पास होगा। फिर वह झट-से हमारे सामने आ

खड़ा होता। पर हम लोग दिल्ली में उतरे तो वह था ही नहीं।"

"भाग गया होगा।"

"क्या मालूम।" बसंती धीरे-से बोली, "पता है, एक अस्टेशन पर क्या हुआ? जब गाड़ी चलने लगी तो कहीं किसी ने चेन खींचकर गाड़ी खड़ी कर दी। लोग चिल्लाने लगे, कोई लड़का गाड़ी के नीचे आ गया है। एक लड़का सचमुच गाड़ी के नीचे आ गया था। क्या मालूम वह मेरा भाई ही रहा हो।"

"क्यों? ऐसा कैसे हो सकता है? तुम्हारे बापू को पता नहीं चला?"

"सभी लोग खिड़कियों में से बाहर झाँक रहे थे। बापू भी। बहुत लोग थे, मुझे कुछ नजर ही नहीं आया। किसी ने कहा, 'दोनों टाँगें कट गई हैं।' कोई पूछ रहा था, 'जीता है या मर गया?' कोई कुछ, कोई कुछ। कोई कह रहा था, 'इसे अस्पताल में ले जाओ, बहुत खून बह रहा है।'" और बसंती को जैसे फिर वही आवाजें सुनाई देने लगीं, वही छिटपुट चेहरे, वही भीड़ आँखों के सामने घूमने लगी। "डिब्बे में हमारे गाँव के बहुत-से लोग थे। 'अगर हमारे गाँव का है तो उठाकर डिब्बे में ले आओ।' कोई कह रहा था। किसी ने कहा, 'मूँगफली बेचनेवाला लड़का था। चलती गाड़ी पर चढ़ रहा था, पायदान पर से पाँव फिसला तो नीचे जा गिरा।' कोई कुछ, कोई कुछ। कोई कह रहा था, 'अस्पताल में ले जाओ, अस्पताल में ले जाओ।'" बसंती की आँखों के सामने, सीट पर पालथी मारकर बैठी हुई वह भारी-भरकम औरत आ गई जो बार-बार कह रही थी, 'अस्पताल में ले जाकर क्या करोगे। क्या करोगे, अस्पताल ले जाकर?'

"'क्यों भाई, अस्पताल में ले जाएँगे तो बच जाएगा।"

"'अरे दोनों टाँगें कट गईं तो इसे बचाकर क्या करोगे? सारी उमर घिसट-घिसटकर भीख माँगता फिरेगा।'

"मोटी-सी थुल-थुल औरत थी, चौड़ा-सा मुँह था उसका, पसीने से भीगा हुआ। यही कुछ बार-बार बोल रही थी। क्या मालूम वह, मेरा बड़ा भाई ही रहा हो। ...तभी गाड़ी चलने लगी थी और भीड़ में खड़े बहुत-से मुसाफिर भी लपक-लपककर गाड़ी में चढ़ने लगे थे। मुझे भी अंत तक वह जख्मी लड़का नजर नहीं आया। बापू ने भी सिर पीछे खींच लिया और चुपचाप अपनी सीट पर आकर बैठ गया। जब रेलगाड़ी दिल्ली पहुँची और सभी लोग गाड़ी में से उतरे

तो मेरा भाई रेलगाड़ी में से नहीं उतरा..." कहते-कहते बसंती की आवाज भर्रा आई।

"तेरा बाप उस अस्टेशन पर नहीं गया जहाँ बच्चे की टाँगें कटी थीं?" श्यामा बीबी ने पूछा।

"बहुत बार जाने को कहता था, पर गया नहीं। हमारे गाँव का जानकू है ना, बीबी जी, मोची का काम करता है। वह बापू से कहता था, 'मैंने अपनी आँखों से लड़के को देखा है, उसकी दोनों टाँगें कटी थीं, पर वह तेरा बेटा नहीं था। बापू गया नहीं। क्या मालूम बीबी जी, उसने सोचा हो, अगर मेरा ही बेटा है और अस्टेशन पर ही पड़ा रेंग रहा है तो उसे यहाँ लाकर क्या करूँगा। यहाँ लाऊँगा तो वह सड़कों पर रेंगेगा। हमारी आँखों के सामने भीख माँगेगा। क्या मालूम वह मर ही गया हो बीबी जी, कौन उसका अता-पता बतावेगा। और क्या मालूम बीबी जी, वह जिंदा है तो किसी दिन हमें ढूँढ़ता हुआ आ ही निकले।"

अंतिम वाक्य कहते ही जैसे बसंती की छाती पर से बोझ उतर गया और वह हल्का महसूस करने लगी।

"माँ कहती है तभी से बापू गुस्सैल हो गया है और उसकी आँखें लाल रहने लगी हैं। पर बीबी जी, मैं पूछती हूँ, अगर गुस्सैल हो गया है तो रामू पर क्यों गुस्सा नहीं करता? उसे क्यों सारा वक्त पुचकारता रहता है? मुझे ही क्यों पीटता है?... आपको पता है, बीबी जी?"

"क्या?"

"हमारा बापू बेटियाँ बेचता है?"

"क्या बक रही है?"

"सच, बीबी जी, मेरी बड़ी बहिन का ब्याह भी गाँव में किसी बूढ़े के साथ कर दिया। उससे आठ सौ रुपए लिए। वह गाँव में बैठी घास छीलती है..."

"तुझे भी तो बूढ़े के साथ ब्याह रहा था?" श्यामा ने हँसकर कहा।

"मैं बूढ़े लँगड़े के साथ क्यों ब्याह करूँगी, बीबी जी?"

"अगर कर दिया तो?"

"करके तो देखे, बीबी जी, मैं उसे करने ही नहीं दूँगी। मैं फिर से चूहे मारनेवाली गोलियाँ खा लूँगी," और बसंती सिर झटककर हँसने लगी।

"तू तो कहती थी वह बहुत बुरी होती है।"

"हाय, बीबी जी, सच, बहुत बुरी होती है। उस दिन सुबह मेरा ब्याह होनेवाला था। रात को मैंने गोलियाँ खा लीं और खाकर सो गई। मैंने सोचा, सोए-सोए मर जाऊँगी। पर आधी रात को, बीबी जी, मैं उठ खड़ी हुई। मुझे लगा जैसे मेरे अंदर आग लग गई है, जैसे अंदर-ही-अंदर जल रही हूँ। बाहर पानी का घड़ा रखा था। मैं भागकर बाहर आई और ढेर सारा पानी पिया, पीती गई, आग बुझे ही नहीं। फिर मुझे कै आई, बड़ी जोर की, और सभी गोलियाँ बाहर निकल गईं।" कहकर बसंती हँसने लगी।

"अगर मर जाती तो, पगली?"

"तो क्या बीबी जी, मर जाती तो मर जाती।"

"कहाँ है अब वह लँगड़ा?"

"इधर पीछे जहाँ बसों का डिपो है न बीबी जी, वहाँ एक खोखे में दूकान करने लगा है। कपड़े सीता है। पहले बस्ती में रहता था ना..." कहती हुई बसंती सहसा उठ खड़ी हुई, "अब चलूँगी बीबी जी, पाँच नंबरवाली बीबी जाग गई होगी, वहाँ बर्तन करूँगी..." और उन्हीं कदमों सीढ़ियों की ओर जाने लगी। सीढ़ियों के पास पहुँचकर मुड़ गई, "पर शाम को चित्रहार देखने आऊँगी। आज चित्रहार है ना?"

"आ जाना, आ जाना।" श्यामा ने हँसकर कहा।

"टा-टा... बीबी जी, टा-टा... बाई-बाई!" और सीढ़ियाँ उतरते हुए बसंती फिर से फिल्मी गीत गुनगुनाने लगी—

"मैं क्या करूँ राम मुझे बुड्ढा मिल गया! हाय-हाय, बुड्ढा मिल गया!!"

तीन

बस्ती खँडहर बनकर मौन हो गई थी। उसका नीचेवाला हिस्सा तो मलबे का ढेर बन गया था, लेकिन ढलान के ऊपरवाली कोठरियों की केवल छतें ही तोड़ी गई थीं, उनकी दीवारें अभी भी किसी भीमकाय अस्थिपंजर की हड्डियों की तरह

उघड़ी-उघड़ी खड़ी थीं। बस्ती तोड़ दिए जाने पर कुछ दिन तक तो, मानो उन धमाकों से डरकर सियार और कुत्ते भी इसके नजदीक नहीं आए पर फिर, जब इस पर फैला मौन गहराने लगा तो धीरे-धीरे इस बीहड़ खँडहर में गति आने लगी थी। रास्तों और कोठरियों के आस-पास घास उगने लगी थी, झाड़ घने होने लगे, साँप और बिच्छू बेधड़क घूमने लगे थे, सियारों और कुत्तों की आवाजें अब रात को बराबर रमेश नगर के निवासियों को सुनाई पड़ने लगी थीं। हाँ, बस्ती में इंसानों के साझे स्निग्ध जीवन के अवशेष अभी भी लुप्त नहीं हो पाए थे। टूटी दीवारों पर नीले, पीले, रंगों से बने चित्र, कहीं हाथी का तो कहीं पर-फैलाए नाचते मोर का, कहीं बिखरे अधटूटे बर्तन-भाँडे, कहीं बड़े शौक से उसारी दीवार या जमाए फर्श के अंश, सभी इस बात की सूचना दे रहे थे कि यहाँ कभी इंसान बसते थे, किलकारियाँ और गीत गूँजते थे, दिलों में शौक थे और पसीना भी बहता था। पर अब लगता था जैसे बस्ती को विनाश की कोई आँधी रौंद गई हो। कोई चक्र चला और सब ध्वस्त हो गया। वास्तव में काल का कोई चक्र नहीं चलता। इंसानों की बस्ती तोड़ने के लिए दूसरे इंसान ही काल-चक्र चलाते हैं, वही इसे रौंद डालते हैं। सियार और साँप और उल्लू और अन्य जीव-जंतु तो केवल इस ताक में रहते हैं, कि कब कोई बस्ती खदेड़ दी जाए, और वे वहाँ पर जाकर अपना आधिपत्य जमा लें।

बस्ती के टूटने के दूसरे ही दिन उस भूखंड के इर्द-गिर्द कँटीले तारों की बाड़ लगा दी गई, और एक चौकीदार बैठा दिया गया। अब बस्ती के अंदर घुसना भी जुर्म था, और बस्ती में से कुछ उठाना भी जुर्म था। बस्ती टूट जाने के बाद पहले दो-तीन दिन तक तो, बस्ती के निवासी, किंकर्तव्यविमूढ़ से लौट-लौटकर यहाँ आते रहे। कोई अपनी कोठरी को एक नजर देखना चाहता, किसी ने वहाँ कुछ गाड़ रखा था, जिसे खोदकर निकालना चाहता, कोई यों ही डोलता-मँडराता रहता। अब वहाँ से कुछ उठाते भी तो उन्हें लगता जैसे चोरी कर रहे हैं। दो ही दिन में बस्ती पराई हो गई थी। जो आदमी एक दिन आया, वह दूसरे दिन नहीं आया, बीहड़ बस्ती अब जैसे काटने को दौड़ती थी।

बस्ती तोड़ दिए जाने के बाद बहुत-से लोग इधर-उधर बिखर गए थे। कोई किसी नाती-रिश्तेदार के पास, शहर के किसी दूसरे हिस्से में चला गया, कुछेक लोग अपने गाँव वापिस चले गए, कुछ इधर-उधर भटककर अपने लिए

सिर छिपाने की जगह ढूँढ़ने लगे। बस्तीवालों को लारियों में भर-भरकर सरकार के आदमी, रमेश नगर से लगभग पाँच मील की दूरी पर एक सपाट खुले मैदान में डाल आए थे, इस आश्वासन के साथ कि यहाँ तुम्हें अपनी कोठरी डालने के लिए जमीन का टुकड़ा दिया जाएगा। इस आश्वासन से संतुष्ट होकर बहुत-से लोग अपने बाल-बच्चों को लेकर खुले मैदान में ही पड़े रहने लगे और आस-पास की बस्तियों में अपने-अपने लिए काम की तलाश करने लगे। पर काम न मिलने पर कुछ ने फिर से रमेश नगर की राह ली। युवतियों और स्त्रियों की टोलियाँ, कभी पैदल चलकर तो कभी किसी बस या टैंपो की सवारी करके फिर रमेश नगर के घरों में चौका-बर्तन करने पहुँचने लगीं।

''आपका घर कैसे छोड़ दें बीबी जी, इधर इतने दिनों तक काम किया है। आपसे पुरानी जान-पहचान जो है, हमें तो यहीं पर अपना-अपना-सा लगता है।''

कोई दूसरी भी अपने पुराने संबंधों की दुहाई देती, ''इधर ही तो पहले मै मजूरन का काम करती थी, बीबी जी, इधर सामनेवाला घर जब बन रहा था तो यहीं पर तो मेरी राधा पैदा हुई थी...।''

कुछ ही समय में जीवन-यापन का एक नया ढंग-सा पनपने लगा। सुबह सवेरे, कोई टैंपो या कोई बस, बड़ी सड़क पर, रमेश नगर के सामने रुकती, और उसमें से स्त्रियों और युवतियों की एक मैली-सी भीड़ उतरती। उलझे बाल, साँवले-दुबले चेहरे, रंगदार घाघरे, चोलियाँ! बीड़ी का धुआँ छोड़ती हुई स्त्रियाँ उतरतीं और रमेश नगर की गलियों में छितर जातीं।

राज-मिस्त्रियों को छोड़कर, अन्य धंधों के लोग जैसे-तैसे, फिर इसी इलाके में आ-आकर अपनी रोजी का जुगाड़ करने लगे थे। गोबिंदी ने रमेश नगर के बाहर, सड़क की पटरी पर ही, एक कोने में चाय की दूकान लगा ली थी। बस्ती के खँडहर में से ही उसके बच्चे लुक-छिपकर ईंटें और दो-तीन बड़े-ब उठा लाए थे। केवल यहाँ पर अपनी जात-बिरादरी का पर्दा नहीं था। राह जाते लोग, स्कूटरों के ड्राइवर, चाय पीने बैठ जाते थे, और कुछ तो शर्म-हया से बात भी नहीं करते थे और घूर-घूरकर देखते थे। पर फिर भी चाय बिकती थी और गोबिंदी, एक मुर्गी की तरह अपने दो बच्चों को पंखों-तले समेटे, अपनी गुजर चलाने लगी थी।

मूलराज, राज-मिस्त्री का काम छोड़ कपड़े इस्त्री करने लगा था। मिन्नत-समाजत करके उसने चौथे ब्लाक के एक घर के पिछवाड़े, चबूतरे पर अपनी दोहरी दरी बिछा दी थी और कहीं से पीतल के चमचमाते तलेवाली बड़ी-सी इस्त्री ले आया था। मार्किट के पास, पेड़ के नीचे हीरा के बेटे ने फलों का ठेला लगा लिया था और मार्किट के ही पास, पार्क के सामने, नाली के किनारे दो मोची भी आ बैठे थे जो पहले राज-मजदूरी करते थे। बस्ती टूटने के साथ जात-बिरादरी का अंकुश भी बहुत कुछ टूट रहा था, और अहीर कपड़े इस्त्री करने लगा था, और राजपूत जूते गाँठने लगा था।

बस्ती टूटने के तीसरे-चौथे ही दिन बसंती का बाप भी रमेश नगर के बाहर मँडरा रहा था। बहुत खोजने-ढूँढ़ने के बाद उसने फैसला किया कि रमेश नगर में प्रवेश करनेवाली छोटी सड़क की पटरी पर ही, अपनी नौवे की दूकान लगा लेगा। वह भी चोरी-छिपे, पुरानी बस्ती में से, मलबे के ढेर पर से एक बड़ी लाल रंग की सिल उठा लाया। उसकी किस्मत अच्छी थी, उसे ईंटों का बना-बनाया, लगभग दो फुट ऊँचा एक पुश्ता मिल गया था। सिल पर उसने उस्तरा, कैंची-कंघी सजा दिए और पुश्ता जजमान के बैठने के लिए खड़ा कर दिया। शाम को दूकान उठाता तो पुश्ता धकेलकर दीवार के साथ लगा देता और सिल को दीवार के पीछे छिपा देता, और इस तरह दूकान 'बंद' करके अपने नए घर—खुले सपाट मैदान—की ओर चल देता।

जिस दिन वह बस्ती के मलबे में से सिल उठाने गया था, उस दिन सिल ढूँढते हुए उसे अपनी लकड़ी की कुर्सी भी एक झाड़ी के पीछे पड़ी नजर आ गई थी। वह लपककर उसे उठाने गया था। अपनी पुरानी कुर्सी मिल जाए तो क्या बात है, पर कुर्सी की पिछली दोनों टाँगें टूट गई थीं और एक बाही भी। किसी ने उठाकर उसे पटक दिया जान पड़ता था। चौधरी ने फिर से उसे उठा लिया—जुड़ेगी नहीं सुसरी तो जलाने के तो काम आवेगी, कोई चीज छोड़ थोड़े ही दी जाती है! पर तब तक वहाँ बैठा चौकीदार आहट पा गया था और अपनी लाठी से सड़क ठकोरने लगा था। चौधरी ने उसे सड़क ठकोरते देख, कुर्सी निकाल ले जाने का खयाल छोड़ दिया।

''कुर्सी हमारी थी।'' कँटीली तार के नीचे से झुककर निकलते हुए चौधरी ने कहा।

''थी तो थी जजमान, पर अब तो सरकार की है ।''

''सरकार की है तो सरकार ही इसे रक्खे, भय्या! हमारे काम नहीं आवै, सरकार के काम आ जावै ।'' चौधरी ने बुदबुदाते हुए कहा, ''इस पर अफसर बैठेगा क्या ?''

''हमारे साथ तकरार नहीं करो, जाव, अपना काम देखो ।'' चौकीदार ने डाँटते हुए कहा, और हाथ की हथेली पर चूना-तंबाकू मसलने लगा ।

''चौका भी ले जाने दोगे या वह भी सरकार का है ?'' एक चौके पर नजर पड़ते ही चौधरी ने उस पर अपना पैर रख लिया था और एहतियात के तौर पर चौकीदार से पूछ भी लिया था ।

तंबाकू फाँकते हुए चौकीदार ने मुँह ऊँचा-ही-ऊँचा किए हुए कहा, ''ले जाव, ले जाव, पूछकर ले जाते तो हम सुसरी कुर्सी को भी ले जाने देते ।''

जहाँ चौधरी ने अपना नया आसन जमाया था, वह जगह अच्छी तो नहीं थी, पर चूँकि पकड़ में आ गई थी, इसीलिए सबसे अच्छी थी । वहीं पास में नल भी था, जिस पर सुबह घड़े भरने की चिल्ल-पों मची रहती थी, सामने टैक्सीवालों का अड्डा था, और नुक्कड़ पर, सड़क का मोड़ मुड़ते ही कमेटीवालों का संडास भी था । जब पुरवैया बहती तो संडास के रास्ते ही चौधरी की ओर बहकर आती थी और इन दिनों तो दिन-भर बहती थी । टैक्सी चलानेवाले सभी ड्राइवर सिक्ख थे, केवल एक ही तोंदवाला ड्राइवर हिंदू था, पर वह टैक्सी-ड्राइवर क्या जो पैसे देकर हजामत बनवाए ! चौधरी के ऐन सिर के ऊपर कमेटी द्वारा लगाया गया लकड़ी का बहुत बड़ा चौखटा था, जिस पर किसी टेलीविजन का इश्तहार लगा था । यह चौखटा चौधरी के किसी काम का न था, न धूप से बचाव, न बारिश-पानी से । पुरवाई तेज बहती तो चौखटा झूलने और खड़खड़ाने लगता । अगर आँधी आ जाए तो शहर में जगह-जगह खड़े ऐसे चौखटे धड़ाम-से नीचे गिर पड़ते थे । यह कब चौधरी के सिर पर आ पड़े इसका कोई ठिकाना नहीं था । जहाँ बस्ती के बाहर चौधरी पहले बैठा करता था, वहाँ छोटा-सा पीपल का पेड़ था, झिल-मिल, झिल-मिल, उसी के पुण्य प्रताप से चौधरी के सभी कारज सिद्ध हुए थे । दो बेटियों के ब्याह दो बूढ़ों के साथ किए, पक्की ईंटों की कोठरी बनाई और अगर उस रोज घंटा-भर भी और मिल जाता तो कलमुँही बसंती से भी पिंड छुड़ा लिया जाता ।

अपना नया ठिकाना बनाने के बाद, पहले ही दिन पत्थर की सिल पर अपना कैंची-उस्तरा सजाने के बाद चौधरी ने पीठ सीधी ही की थी, कि देखा, दाएँ हाथ कोई नौजवान खड़ा था, ऐन उसी की बगल में अपना थैला रख रहा है। पहले तो चौधरी ने सोचा कि कोई ग्राहक हजामत बनवाने आया है, दिल में गुदगुदी-सी हुई। पर इस युवक का डील-डौल ग्राहकों-जैसा नहीं था। साथ में वह लकड़ी का एक स्टूल भी अपने साथ उठा लाया था जिसे देखकर चौधरी का माथा ठनका था। क्षण-भर में ही वह समझ गया कि कोई और नौवा वहीं पर आसन जमाने आ गया है। उसने आँखें सिकोड़कर बड़े ध्यान से युवक की ओर देखा, अपनी जात-बिरादरी का तो नहीं है, पर चेहरा बिलकुल अनजाना भी नहीं है। लगता था जैसे बस्ती में ही कहीं उसे एकाध बार देखा हो।

चौधरी से नहीं रहा गया। खड़े-खड़े ही कमर पर हाथ रखकर बोला, ''धरती तो भय्या, भगवान की है, इस पर जो बैठे, कोई मनाही नहीं है, पर यहाँ पर तो हमारी भी दो जून रोटी का जुगाड़ नहीं हो पाता। तुम यहाँ बैठने लगे, तो न तुम्हारे हाथ कुछ लगेगा, न हमारे।''

''अब तो आ गए, चाचा!'' नौजवान ने समतल आवाज में कहा, और पत्थर की सिल पर अपना सामान सजाने लगा।

''बाबू लोग दूकानों पर हजामत बनवाने जाते हैं, और लौंडे-लपाड़ों ने बाल कटवाना ही छोड़ दिया है। आजकल बाल कटवाता ही कौन है। कोई भूला-भटका बुजुर्ग आ जाए तो आ जाए।''

इस पर भी युवक विचलित नहीं हुआ, पहलेवाले अंदाज में ही बोला, ''अब तो आ गए, चाचा!''

चौधरी अपनी छोटी-छोटी आँखें सिकोड़े अभी भी युवक की ओर घूरे जा रहा था। कोई अक्खड़-सा जीव लगै, आसानी से नहीं टलेगा। अपनी कमर पर फिर से हाथ रखकर चौधरी बोला, ''यहाँ पर तो हम तुम्हें नहीं बैठने देंगे।''

चौधरी ने सोचा था लौंडा बिगड़ेगा, कुछ ऐंठे-अकड़ेगा, अंट-संट बोलेगा तो वह उसे सँभाल लेगा, पर वह अभी भी आराम से खड़ा हौले-हौले मुस्करा रहा था।

चौधरी ने फिर से अपनी पैनी, छोटी-छोटी आँखें उस पर लगा दीं, ''हम अहीर हैं, बेटा!'' चौधरी ने अपनी ओर से राम-बाण छोड़ा और उसी के चेहरे

पर आँखें गाड़े रहा।

''हम राजपूत हैं, चाचा ! अहीर तो बहुत ऊँची जात है, तुम्हें तो नौवे का काम ही नहीं करना चाहिए, तुम्हें तो गद्दी पर बैठना चाहिए।''

चौधरी इस व्यंग्य पर भी चुप रहा और उसे घूरता रहा।

''तो फिर तुम नहीं मानोगे ?''

''क्या चाचा ?''

''कि तुम यहाँ पर नहीं बैठोगे।''

''हमसे कह रहे हो चाचा ?''

चौधरी के गले की नस फड़कने लगी। कल के छोकरे से भी दब जाएँ तो अपने गाँव में जाकर घास ही क्यों नहीं छीलें।

''किसका बेटा है बे ?'' चौधरी ने देर तक् उसके चेहरे को घूरते रहने के बाद कहा, ''तू बस्ती का तो नहीं है।''

''मंगलू राजपूत का बेटा हूँ, चाचा, पर दिल्ली में जात नहीं चलती। जात गाँव में चलती है। तुमने पूछा तो हमने बता दिया। दिल्ली में अहीर बहुत हैं, राजपूत भी बहुत हैं।''

चौधरी ने मुँह फेर लिया। उसकी आँखें लाल हो गई थीं। मूँछों के गिने-चुने बाल ऐंठने लगे थे, हाथ की हथेली में भी खुजली होने लगी थी, लेकिन फिर भी अंदर-ही-अंदर से आवाज आ रही थी, 'इससे नहीं उलझो, इससे दूर ही रहो, राजपूत लोग सगे बाप के नहीं होते, आज तो कड़वा घूँट पी जाओ, ज्यादा हुआ तो कल देख लेंगे…!'

पर फिर न जाने किस सनक में चौधरी ने पलक झपकते ही आगे बढ़कर राजपूत युवक का थैला उठाया और दीवार के पीछे फेंक दिया और चुपचाप, अपने हाथ झाड़ता हुआ बुत्ती पर आकर बैठ गया।

युवक फिर भी खड़ा मुस्कराता रहा।

''तुम तो, चाचा, नाराज हो गए। सीधे मुँह हमसे कह दिया होता तो हम किसी दूसरी जगह जा बैठते।''

चौधरी ने आँख उठाकर देखा तो युवक धीरे-धीरे उसकी ओर बढ़ता आ रहा था, और शीघ्र ही वह उसके सिर पर आकर खड़ा हो गया। हल्की-सी मुस्कान अभी भी उसके होंठों पर थिरक रही थी।

"हमारा थैला उठाकर दे दो, हम चले जाएँगे।"

चौधरी ने मन-ही-मन कहा, 'आ गया सीधे रास्ते पर। बड़ा राजपूत बनता था। बड़े-बड़ों को सीधा कर दिया है हमने!' और चौधरी ने सिर उठाकर कनखियों से युवक की ओर देखा। वह अभी भी हौले-हौले मुस्कराए जा रहा था।

"हमारा थैला दे दो चाचा, हम चले जाएँगे।" युवक ने फिर कहा।

उस वक्त क्षण-भर के लिए चौधरी के अंदर फुरन-सी फुरी कि बुत्ती पर से उठ जाए। बुत्ती पर बैठे रहना ऐसे मौके पर ठीक नहीं। शायद पहलवानी के जमाने का कोई 'गुर' अंदर-ही-अंदर कसमसाया हो। पर चौधरी चूक गया।

"उठा ले, उठा ले, और दूर हो जा हमारी आँखों से।" चौधरी हाथ झटककर इतना-भर ही कह पाया था कि दूसरे ही क्षण वह अपने आप जैसे हवा में उठ चुका था! राजपूत की दाईं बाँह चौधरी के घुटनों के नीचे थी, और बाईं बाँह गर्दन के नीचे, और वह उचककर स्वयं बुत्ती पर खड़ा हो गया था, और चौधरी भौचक-सा मुँह से कुछ बोले कि बोले, क्षण-भर के लिए स्कूल की दीवार पर और फिर धड़ाम से नीचे, दीवार की दूसरी ओर, जमीन पर पड़ा था! गनीमत रही कि नीचे ज़मीन नरम थी, बारिश के कारण पोली थी, पर फिर भी चौधरी की आँखों के सामने, दिन की रोशनी में भी, चाँद-सितारे घूम गए।

"मैं तेरे बाप बराबर हूँ, बेसरम, बेहया, अपने बाप को भी उठाकर पटकेगा, हरामी की औलाद…"

और दीवार के ऊपर खड़ा राजपूत अभी भी धीरे-धीरे मुस्कराए जा रहा था।

"हमारा थैला उठा देना, चाचा, वह तुम्हारे सामने पड़ा है।"

"कैसे लौंडे पैदा हो गए हैं, क्या यही सीखा है तूने? अपने बाप को भी फेंकेगा?" और कमर पर हाथ रखे, दर्द से कराहता हुआ, वह उठने की कोशिश करने लगा। मन-ही-मन उसने माथा पीट लिया। किस्मत ही फूट जाए तो कोई क्या करे। चौधरी ने दो-एक बार ऊपर की ओर देखा, मुँह से कुछ बड़बड़ाया और फिर चुपचाप थैला उठाकर लड़के की ओर बढ़ा दिया। युवक ने थैले को एक हाथ में लेते हुए अपना दूसरा हाथ चौधरी की ओर बढ़ा दिया। चौधरी कुछ देर तक तो ठिठका उसके हाथ की ओर देखता रहा, फिर उसमें

अपना हाथ डाल दिया।

"हम चले जाएँगे चाचा। तुम चिंता नहीं करो।" और लड़के ने चौधरी को ऊपर खींच लिया।

'दूकान' खोलने के पहले ही दिन यह घटना घट गई थी। अपने मन को ठिकाने ला पाने के लिए, और इस भौंडी घटना को भूल पाने के लिए, चौधरी बुत्ती पर आकर बैठ गया। टाँग पर टाँग रखी, और अपने नीले कुर्ते की जेब से बीड़ी निकालकर सुलगा ली और उसके कश लेता हुआ किसी दार्शनिक की तरह शून्य में देखने लगा।

तभी उसी दिन की दूसरी घटना घटने लगी।

सामने के ऊँचे पेड़ पर एक कौवा सुबह से काँव-काँव कर रहा था, पर चौधरी ने उसकी ओर कोई विशेष ध्यान नहीं दिया था। दो बार वह उड़कर विज्ञापनों के बड़े चौखटे पर भी आकर बैठ चुका था और वहाँ से काँव-काँव करता रहा था, पर तब भी चौधरी ने कोई विशेष ध्यान नहीं दिया था। पर इस समय, जब नगोड़ा राजपूत उसकी हड्डियाँ कड़का गया था और चौधरी बुत्ती पर बैठा अपने भाग्य को कोस रहा था कि उसका ध्यान पहली बार उस काँव-काँव करते काग पर गया था।

'आज कोई आएगा,' उसके होंठ बुदबुदाए, 'अब और कौन ससुरा आएगा। एक तो आया था, हड्डियाँ तोड़ गया है। अब कौन आएगा? क्या पुलिसवाला आएगा?' पुलिसवाले का ध्यान आते ही चौधरी की रूह काँप गई और उसका मन हुआ, पत्थर पर रखे शीशा-कंघी-कैंची अभी से उठाकर थैले में डाल दे। अगर पुलिसवाला आए तो वह दूसरी ओर से सरक जाएगा। नाई की छोटी-छोटी आँखें फिर पेड़ की ओर उठीं और उसे लगा जैसे कागराज ने उसी की ओर गर्दन झुकाकर, उसी को संबोधन करते हुए तीन बार फिर काँव-काँव की है। चौधरी क्रोध से बौखला उठा। उसका मन हुआ, अपना जूता उठाए और सीधा कौवे पर दे मारे, पर सूचना देनेवाले कौवे पर ढेला-जूता फेंका नहीं जाता, यही सोचकर वह मन मसोसकर रह गया। बुत्ती पर बैठे-बैठे ही उसने बुझी हुई बीड़ी को फिर से सुलगाया और पहला लंबा कश खींचा ही था कि संडास की ओर से लाठी पटपटाने की आवाज आई। चौधरी ने घूमकर देखा—सड़क का मोड काटकर बुलाकी चला आ रहा था।

बुलाकी ही था। लोहे की मूठवाली लाठी पटपटाता, लंगड़ मारता, वह स्कूल की दीवार के साथ-साथ चला आ रहा था। पीले रंग का गहरी चुन्नटोंवाला अँगरखा, सिर पर गुलाबी साफा—बुलाकी आज भी दूल्हा बना हुआ था! उस पर नजर पड़ते ही चौधरी के अंदर फिर एक बार फुरनी फुरी कि यहाँ से निकल चलो, चुपचाप सरक जाओ। उसने कैंची-शीशे की ओर हाथ बढ़ाया भी, बीड़ी पहले ही उसके हाथ से छूट चुकी थी, उसने दायाँ बाजू उठाकर चेहरे के आगे ओट भी कर ली, पर पटपटाती लाठी उसी की ओर बढ़ती आ रही थी। आखिर चौधरी ने स्वयं ही चेहरे पर से अपनी बाँह हटाते हुए कहा, "आओ बुलाकीराम, आओ। आओ, भय्या! हम भी कहें, कौवा सुबह से काँव-काँव कर रहा है, जरूर कोई मेहरबान आनेवाला है।"

बुलाकीराम ने कोई उत्तर नहीं दिया। मँडराती चील की तरह उसके ऊपर जा खड़ा हुआ।

"कहाँ है छोकरी?" उसने छूटते ही पूछा।

चार

साइकिल भागती जा रही थी।

यह वैसा तो नहीं था जैसा फिल्मों में होता है, लेकिन कुछ-कुछ फिल्मों से मिलता भी था। बसंती का मन चाह रहा था कि साइकिल किसी ढलान पर से उतरे, तेज-तेज, और साइकिल के पीछे बैठे-बैठे वह अपने दोनों हाथ फैला दे किसी पंछी के पंखों की तरह, जैसा फिल्मों में होता है और सर्र से साइकिल कहीं-से-कहीं पहुँच जाए।

बसंती जैसे नाटक खेल रही थी। और वह स्वयं नाटक की एकमात्र दर्शक भी थी और अभिनेत्री भी। जो कुछ घट रहा था वह सच भी था और उसमें नाटक देखने और खेलने की उत्तेजना भी थी। जो कुछ हो रहा है वह नाटक है, मैं उसे खेल रही हूँ, पर मैं अभिनेत्री नहीं हूँ, बसंती हूँ। नहीं-नहीं, जो कुछ हो

रहा है वह सच है, नाटक नहीं है, पर मैं बसंती नहीं हूँ जो इसे खेल रही है, कोई अभिनेत्री इसे खेल रही है। फिल्म की अभिनेत्री और बसंती में अंतर यही था कि फिल्म की अभिनेत्री का साहस झूठा होता है, उसका जोखिम झूठा होता है, जबकि अपने को अभिनेत्री मानकर व्यवहार करनेवाली बसंती का साहस सच्चा था, और उसका जोखिम भी सच्चा था जिसके पीछे अनेक खतरे मँडरा रहे थे।

साइकिल बराबर आगे बढ़ती जा रही थी।

''अब पीछेवाली गली में हो जा, उधर से चल।'' साइकिल के पीछे बैठी बसंती ने कहा।

''नहीं, वहाँ धोबी और धोबन बैठे हैं। तुम्हें पहचान लेंगे।''

''कुछ नहीं होगा, उधर से ही चल।''

साइकिल पिछवाड़े की गली में घूम गई। बसंती का दिल धक्-धक् करने लगा। धोबी-धोबन के पास से गुजरते हुए साइकिल की रफ्तार तेज हो गई। धोबी, चबूतरे पर लाल रंग का कोई कपड़ा बिछाए इस्त्री चला रहा था जबकि धोबन जमीन पर बैठी, माथे पर हाथ रखे, सड़क की ओर देख रही थी। धोबन के सामने से निकलते हुए सहसा बसंती के मुँह से हँसी फूट पड़ी, टुनटुनाती-सी हँसी जो फट्ट से उसके मुँह से निकल आई थी। धोबन ने सिर घुमाकर साइकिल की ओर देखा। बसंती अभी भी हँसे जा रही थी, पर उसने कपड़े से मुँह को ढक रखा था।

गली का छोर आया तो बसंती बाएँ हाथ को घूम जाने का आग्रह करने लगी। दाएँ हाथ को दूध का डिपो पड़ता था।

''वहाँ तेरी माँ बैठी है,'' साइकिल चलानेवाले ने कहा, ''मैं उसे देख आया हूँ। पहचान लेगी तो मुसीबत आएगी।''

''कुछ नहीं होगा, उधर से ही चल।''

माँ सचमुच दूध के डिपो के बाहर बैठी थी। मैली-कुचैली माँ, टोकरी में बोतलें रखे, धूल में जैसे लोट रही थी। बूथ खुलने से घंटा-भर पहले ही माँ वहाँ जा बैठती थी।

पर माँ के सामने से गुजरते हुए बसंती ने अपने आप ही उपेक्षा से मुँह फेर लिया।

चार नंबर ब्लाक पीछे छूट गया। दाएँ हाथ स्कूल की दीवार शुरू हो गई।

आमने-सामने खड़े दो-मंजिला मकानों की कतार भी पीछे छूटती जा रही थी। जोखिम की हिलोर में बसंती फिर से उत्तेजित होने लगी।

"किधर जा रहा है। अभी इधर और घूमेंगे। उधर से चल।"

"किधर से?"

"टैक्सियों के अड्डे की तरफ से।"

"पागल हो गई है, क्या? तेरे बाप ने देख लिया तो?"

"कुछ नहीं होगा। उधर से ही चल।"

स्कूल की लंबी दीवार को पीछे छोड़ने के बाद साइकिल ने संडास के पास से मोड़ काटा। मोड़ मुड़ते ही, पटरी पर सामने चौधरी खड़ा था और किसी की हजामत बना रहा था। उसके ऐन सामने से गुजरते हुए बसंती की टाँगें काँप गईं। हाय, मैं क्या कर बैठी हूँ? अगर उसने देख लिया तो सचमुच आफत आ जाएगी। चौधरी ने कमर सीधी की और हाथ में ब्रुश पकड़े-ही-पकड़े सड़क की ओर देखने लगा। तभी साइकिल सामने से गुजरी। पीछे की सीट पर बैठी बसंती ने अधढके चेहरे में से, कनखियों से अपने बाप की ओर देखा। चौधरी की छोटी-छोटी आँखें—साँप की आँखों की तरह, साइकिल की ओर ही देख रही थीं, ऐन उसी क्षण उसकी आँखें साइकिल की ओर मुड़ी भी थीं पर उनमें पहचान की चमक नहीं आई और साइकिल आगे बढ़ गई।

खतरा टल जाने पर पीछे बैठी बसंती फिर से हँसने लगी, "बाप रे, मैं तो ऐसी डरी, ऐसी डरी, तुम्हें क्या बताऊँ। वह मेरी तरफ ही देख रहा था। मैं भी उसी को देख रही थी। पर उसने नहीं पहचाना।"

दाएँ हाथ, पटरी के साथ-साथ चलते हुए, स्कूल की ओट में चले जाने पर साइकिल रुक गई।

"क्यों? रुक क्यों गए हो?" बसंती ने हैरान होकर पूछा।

"इधर आ सामने। मेरी बात सुन।" साइकिल-सवार ने डाँटती हुई-सी आवाज में कहा।

"क्या है?" बसंती कूदकर साइकिल पर से उतरी और उसके सामने जा खड़ी हुई।

"अगर तुम्हें किसी ने पहचान लिया तो...?" उसने कहा पर बसंती पर नजर पड़ते ही वह स्वयं हँसने लगा। बसंती अजीब स्वाँग बनी हुई थी। सिर

पर छोटी-सी पगड़ी, जैसी सिक्ख लड़के बाँधते हैं, बाल जूड़े की शक्ल में बँधे हुए, नीचे बुश्शर्ट और तंग-सी पतलून। उसे लगा जैसे उसके सामने कोई सरदार छोकरा खड़ा है। उसे देखते हुए सचमुच पता नहीं चल पाता था कि यह कोई लड़की है जिसने लड़कों के कपड़े पहन रखे हैं।

भागते समय तो दोनों के बीच इस तरह का कोई विचार नहीं उठा था। फैसला तो यह हुआ था कि श्यामा बीबी के घर की पिछली सीढ़ियों पर बसंती भेस बदलकर बैठी होगी, और दीनू साइकिल पर आएगा, बसंती कूदकर साइकिल पर बैठ जाएगी और दोनों एक-दूसरे के साथ भाग जाएँगे। और ऐसा ही हुआ भी था। पर साइकिल के कैरियर पर बैठते ही बसंती के दिल में हिलोर-सी उठी—एक अजीब लापरवाही-सी, और वह रमेश नगर में से निकल जाने के बजाय, उसी में चक्कर लगाने का आग्रह करने लगी।

''चल बैठ।'' बसंती को सिर से पाँव तक देखते हुए दीनू ने मुस्कराकर कहा।

''एक चक्कर तो और लगाएँगे। इधर से चल, मार्किट की तरफ से। कोई नहीं देखेगा, तू फिक्र नहीं कर।'' और बसंती कूदकर साइकिल के कैरियर पर बैठ गई।

''खुद भी मरेगी, मुझे भी मरवाएगी।'' दीनू ने कहा, पर यह मानकर कि लड़की उसके साहस को चुनौती दे रही है, वह मार्किट की ओर ही मुड़ गया।

एक अजीब जुनून-सा बसंती पर सवार था। वह बार-बार अपने माँ-बाप और संबंधियों के सामने से होकर निकलना चाहती थी, उन्हें ठेंगा दिखाने के लिए, कि देखो मैं तुम्हारी आँखों के सामने भागकर चली जा रही हूँ और तुम मेरा कुछ नहीं बिगाड़ सकते। मुझे रोककर देखो तो, जो रोक सकते हो। बसंती जानती थी कि अगर माँ ने उसे पहचान लिया तो काली नागिन की तरह फुँकारती हुई उस पर झपटेगी और उसे साइकिल पर से घसीट लाएगी, और अगर बाप ने देख लिया तो वह तो उसे अधमरा करके ही दम लेगा। लेकिन बसंती आग के साथ खेल रही थी और इसमें उसे मजा आ रहा था। दूसरी बार माँ के सामने से गुजरते हुए, जबकि बूथ पर दूध लेनेवालों की भीड़ बढ़ गई थी और उसकी माँ टोकरी में दूध की बोतलें रखे बूथ से लौट रही थी, बसंती ने मुँह उघाड़कर अपनी जीभ भी निकाली थी, पर माँ ने कोई ध्यान नहीं दिया था, और

बसंती मुँह में शमला ठूँसकर हँसने लगी थी।

मार्किट पार करके वे फिर उन गलियों में चक्कर लगाने लगे थे जहाँ बसंती अलग-अलग घरों में काम करती रही थी। इन घरों के सामने से गुजरते हुए बसंती को पहली बार ऐसा महसूस हुआ जैसे वह इन घरों को सदा के लिए छोड़े जा रही है। बाबू हरगोपाल का घर पीछे छूट चुका था। उसकी बीवी जब सोकर जागेगी तो रसोईघर में पड़े बर्तनों के ढेर को देखकर कहेगी, 'बसंती अभी तक आई नहीं, न जाने कहाँ मर गई है।' यह सोचकर बसंती को गुदगुदी हुई। श्यामा बीबी के घर के सामने से गुजरते हुए बसंती ने झट-से ऊपर की ओर देखा। छज्जे पर कोई नहीं था। श्यामा बीबी भी सो रही है। उसे कुछ भी मालूम नहीं कि मैं जा रही हूँ। आँगन में खड़ा आम का पेड़ निःस्तब्ध-सा खड़ा था। नीचे जमीन पर आम के सूखे पीले पत्ते बिखरे थे। आम के पेड़ को देखकर बसंती को मानो श्यामा बीबी की आवाज सुनाई दी : 'उतर नीचे ! उतर नीचे, बसंती !' और बसंती का मन जाने कैसा हो आया।

पेड़ पीछे छूट चुका था। साइकिल जब डाक्टर बाबू के घर के सामने से गुजरी तो बसंती को फिर जैसे अपनी आवाज सुनाई दी : 'मुझे ढूँढ़ लो, बताओ तो मैं कहाँ हूँ ?' और डाक्टरनी बीबी, दोनों हाथ कमर पर रखे उसे बिना खोजे ही डाँट रही थी : 'निकल आओ जहाँ भी हो। मुझे तेरी ये शरारतें पसंद नहीं।' जब बसंती रमेश नगर में काम करने आई थी तो वह बिल्कुल बच्ची थी, घर-मालकिनों के साथ छिपा-लुक्की खेलती रहती थी, और डाक्टरनी बीबी, दोनों हाथ कमर पर रखे कहती : 'बसंती, तेरी आँखें तो हिरनी-जैसी हैं, पर हिरनी तो शरीफ होती है, तू तो शरारत का पुतला है।'

बसंती को लग रहा था जैसे चीजें पीछे छूटती जा रही हैं, वैसे ही जैसे रेलगाड़ी में लगता है, एक बार जो आँखों से ओझल हो गई तो दोबारा सामने नहीं आती।

आठवें ब्लाक का मोड़ काटकर साइकिल फिर श्यामा बीबी के घर की ओर घूम गई। श्यामा बीबी के घर के सामने पहुँचकर, बसंती ने उचककर ऊपर छज्जे की ओर देखा। वहाँ पर कोई नहीं था। श्यामा बीबी लंबी तानकर सोती है : 'दिन में दो घंटे सोऊँ नहीं तो सिर दुखने लगता है।' क्या वह इस समय छज्जे पर खड़ी होती, तो बसंती को पहचान पाती ? श्यामा बीबी को मालूम ही नहीं,

कब मैंने उसी के घर की पिछली सीढ़ियों पर बैठकर कपड़े बदले और कब मैं साइकिल के पीछे बैठकर निकल आई। क्या इन कपड़ों में श्यामा बीबी मुझे पहचान पाएगी ? तभी सहसा घर के छज्जे पर सचमुच श्यामा बीबी आ गई। आँखें मलती हुई और माथे पर झूलती बालों की लट को बालों में खोंसती हुई, दोनों कोहनियाँ छज्जे के डंडहरे पर टिकाए, नीचे सड़क की ओर देखे जा रही थी। बसंती का दिल बल्लियों उछलने लगा। उसने घबराकर मुँह फेर लिया, पर फिर वह अपने को संयत नहीं रख पाई और झट-से सिर उठाकर छज्जे की ओर देखने लगी। साइकिल आगे बढ़ती जा रही है, श्यामा बीबी ने उसे नहीं पहचाना। बसंती आश्वस्त भी हुई और बेहद निराश भी। उसका मन हुआ, चिल्लाकर कहे, 'देखो श्यामा बीबी, मैं ही तो हूँ ! यह बैठी हूँ !' पर वह बोली नहीं। श्यामा बीबी, अब सिर तनिक टेढ़ा किए उसी की ओर देखे जा रही थी। बसंती के मन में फिर हिलोर-सी उठी और उसने हाथ हिलाकर श्यामा बीबी को टा-टा कर दिया। उसका हाथ हिल रहा था जब साइकिल मोड़ काट गई।

श्यामा बीबी का घर पीछे छूट गया तो बसंती का मन उदास हो उठा। जाने मैं कहाँ जा रही हूँ, कब लौटूँगी, कभी लौटूँगी भी या नहीं। कभी श्यामा बीबी फिर मिलेगी भी या नहीं। नहीं, नहीं, श्यामा बीबी से मिलने तो मैं जरूर आऊँगी। एक दिन लुक-छिपकर, पिछली सीढ़ियों से चढ़कर सीधी उसके घर जा पहुँचूँगी। श्यामा बीबी, बैठक में बैठी टी. वी. देख रही होगी, मुझे देखते ही घबराकर उठ खड़ी होगी : 'कलमुँही, क्यों आ गई है ? तुझे किसी ने देखा तो नहीं ?'

साइकिल मोड़ काट चुकी थी। श्यामा बीबी आँखों से ओझल हो गई थी। ठीक ही हुआ जो उसने नहीं पहचाना। पहचान लेती तो बहुत बिगड़ती। पर हाय, क्यों नहीं पहचाना ? उसे कैसे पता चलेगा कि मैं उसके घर के नीचे से होकर ही गई थी।

ढाबे के पास बसंती को अपनी बड़ी बहिन नजर आई। अपने छोटे-छोटे तीन बच्चों को साथ लिए ढाबे पर से सूखी रोटियाँ लेने आई थी। बसंती ने झट-से मुँह फेर लिया। जहाँ माँ की नजर नहीं पहुँचती, वहाँ बहिन की झट-से पहुँच जाती है, और बहिन का कुछ भरोसा नहीं, पल में मासा, पल में तोला। मैली-कुचैली बहिन, बच्चे भी गंदे, सारा वक्त गली की नालियों पर डोलते रहते

हैं, मुँह और आँखों पर मक्खियाँ भिनभिनाती हैं, और बहिन, मैली धोती, जगह-जगह से फटी हुई, मैले दाँत और गदली आँखें, पैर घसीटती, कभी किसी फ्लैट में, कभी किसी फ्लैट में चौका-बर्तन करने जाती है।

उधर ही कहीं से उसकी बहिन का पति भी आ रहा था। अधेड़ उम्र का मैला-कुचैला आदमी, और निकम्मा। बहिन से पैसे ऐंठने आया होगा। रोज़ अपनी घरवाली के हाथ से पैसे छीन ले जाता है, और बहिन गालियाँ बकती है, और वह भी गली में खड़ा गालियाँ बकता है।

तभी बसंती ने आँख उठाकर साइकिल चलानेवाले की पीठ की ओर देखा और उसके सारे बदन में झुरझुरी हुई। उसकी गोरी, पतली-सी गर्दन पर पसीने की हल्की-सी परत थी। बसंती को वह बहुत अच्छा लगा और गर्व की लहर-सी उसके शरीर में दौड़ गई। यह तो साफ-सुथरा है, और इसकी अपनी साइकिल है। बसंती ने हाथ बढ़ाकर दीनू की कमीज पीछे से खींच ली।

''क्या है?''

''कुछ नहीं।''

''कुछ तो है।''

''कुछ भी नहीं।''

''आराम से बैठ।''

''आराम से ही तो बैठी हूँ।''

बसंती की नजर फिर दीनू की गोरी-सी गर्दन पर पड़ी। दीनू के बाल पतले-पतले और हल्के किरमची रंग के थे। पीछे से वह छरहरा-सा, बड़ा अच्छा लग रहा था। बूढ़ा तो नहीं है, उसने मन-ही-मन गर्व से कहा और उसके बदन में फिर हिलोर-सी उठी।

''एक बार फिर चल उधर, टैक्सी-स्टैंड की तरफ से चलते हैं।''

''नहीं।'' दीनू ने डाँटकर अधिकार के साथ कहा।

''चल ना!''

''नहीं।''

और साइकिल रमेश नगर के बाहर निकलकर बड़ी सड़क पर आ गई।

शाम के साए उतर रहे थे जब साइकिल ने एक ऊँचा फाटक पार किया और एक बहुत बड़े मैदान में दाखिल हुई। मोटरों-गाड़ियों की भीड़ पीछे छूट गई थी। बड़ी सड़क का कोलाहल सहसा थम गया था और वे दोनों जैसे स्तब्ध नीरवता में पहुँच गए थे। बसंती को लगा जैसे सबकुछ एक झटके से बदल गया है। जाना-पहचाना जीवन पीछे छूट गया है, और वह किसी अनजाने आँगन में पहुँच गई है, जहाँ न जाने क्या होगा, कैसा होगा। फिर उसे इस बात का भी भास हुआ कि वह अब सचमुच स्वतंत्र है, और इससे फिर उसके मन में हिलोर-सी उठी।

फाटक के अंदर पहुँचते ही जैसे दुनिया बदल गई। सड़क के दोनों ओर ऊँचे-ऊँचे जामुन के पेड़ थे। दूर पेड़ों की कतार के पीछे दो-एक इमारतें एक-दूसरी से सटी, अंधकार के पुंज की भाँति खड़ी थीं।

'जानती हूँ, जानती हूँ...' बसंती अपने आप ही बोल उठी, 'मुझे सब मालूम है। इधर दाएँ हाथवाली सड़क सीधी महेशपुरी को जाती है। उधर बस नहीं जाती। दूसरी तरफ रोजगार-दिलाऊ दफ्तर है। मुझे सब मालूम है। हम लोग इधर जामुन तोड़ने आते थे!'

"यहाँ पर इधर-उधर झाँकना नहीं," दीनू ने सावधान करते हुए कहा, "किसी को पता नहीं चले कि कोई लड़की आई है।"

"लड़की कि लड़का?" बसंती ने चहककर कहा।

दूर से एक मोटरकार आती दिखाई दी। बसंती ने पहले तो दीनू की कमर के पीछे से झाँककर देखा, फिर मोटर के नजदीक आ जाने पर झट-से दुबककर बैठ गई। मोटर फर्राटे से पास से निकल गई।

"सुपरिंटेंडेंट साहब की मोटर है।" दीनू बोला।

साइकिल पर भाग निकलने की योजना बसंती ने ही बनाई थी, लेकिन भागने के बाद क्या होगा, इसका उसे कोई ध्यान नहीं आया था। दीनू उसे कहाँ ले जाएगा और कैसे छिपाकर रखेगा, और क्या होगा, इस सबके बारे में वह कुछ नहीं जानती थी। पार्क में पहुँचकर दीनू और अधिक सतर्क हो गया था, और हर आते-जाते इक्का-दुक्का चपरासी या बाबू को कनखियों से देख लेता था।

"रात को बूढ़ा चौकीदार राउंड पर आता है। उसके सामने कभी नहीं होना।"

दाएँ हाथ को एक बड़ी-सी दो-मंजिला इमारत आई। उसकी निचली मंजिल पर खिड़कियों की लंबी कतार के पीछे बत्तियाँ जल रही थीं।

"यह लाइब्रेरी है। यहाँ किताबें-ही-किताबें हैं। रात को भी यहाँ लोग पढ़ने आते हैं।" दीनू ने कहा।

"जानती हूँ, जानती हूँ। यहाँ एक फूलों का बाग भी है। हम यहाँ फूल तोड़ने आते थे।"

वे कुछ ही दूर आगे गए होंगे कि बाएँ हाथ को फूलों का बगीचा शुरू हो गया। हवा फूलों की महक से लदी थी।

"यहाँ सब गुलाब-ही-गुलाब है," दीनू ने रौब गाँठने की-सी आवाज में कहा।

"कुछ फूल तोड़ लें?"

"इधर फूल नहीं तोड़ने देते। फूल तोड़ना मना है।"

"इस वक्त कौन देखेगा? अँधेरा जो पड़ रहा है।"

"नहीं, नहीं।"

लेकिन बसंती साइकिल पर से कूद चुकी थी और भागती हुई, सड़क पार कर, बाग की झाड़ियों में जा पहुँची थी।

"क्या करती है? लौट आ। उधर मत जा!"

और दीनू उसे रोकने के लिए, साइकिल को एक पुल्ली के सहारे टिका, उसके पीछे-पीछे चला गया। पर दीनू के पहुँचते-न पहुँचते, बसंती ने गुलाब के तीन-चार बड़े-बड़े फूल तोड़ डाले थे।"

"यह क्या कर रही है बसंती? यहाँ माली ड्यूटी पर रहता है। मोटा चौकीदार भी इधर घूमता है।"

"घूमता है तो घूमता रहे।" बसंती ने सिर झटककर लापरवाही से कहा और लपककर तीन-चार फूल और तोड़ लिए। "शादी कभी फूलों के बिना भी हुई है?" बसंती ने हँसकर कहा और अपने बालों में एक फूल टाँकने लगी। फिर यह देखकर कि उसने तो लड़कों के कपड़े पहन रखें हैं, और सिर पर साफा बाँध रखा है, फूल को कान के ऊपर खोंस लिया।

"कैसा लगता है?"

"क्या?"

''यह फूल, और क्या ? तू क्या सोच रहा है ? अच्छा लगता है ना ! प्रमीला बीबी की लड़की भी यहीं पर फूल टाँकती है, बालों में, कान के ऊपर। टी. वी. पर हेमा मालिनी ने भी इधर ही फूल लगाया था।'' कहते हुए बसंती हँसने लगी।

''तू हेमा मालिनी है ?''

''और नहीं तो क्या ?'' और वह किलकारी भरकर हँसने लगी।

''इधर शोर नहीं कर। धीरे बोल।''

बसंती दोनों हाथ कमर पर रखकर खड़ी हो गई और दीनू की ओर देखने लगी। आकाश में चाँद निकल आया था और उसके निकलते ही जैसे सभी कलियों के चेहरे खिल उठे थे और वे अपनी सारी सुरभि एक ही बार में हवा में उँडेलने लगी थीं। बसंती दीनू के सामने खड़ी थी, उसका शरीर पुलक-पुलक रहा था। उसके होंठों पर हल्के-हल्के स्वेद के कण चमक रहे थे। उसे दीनू बड़ा निखरा-निखरा-सा सुंदर लगा। बसंती कद में छोटी थी, लड़कों की पोशाक पहने वह और भी बच्चा-सी लग रही थी। उसकी हाँपती साँस और बुश्शर्ट के नीचे छाती का उतार-चढ़ाव बार-बार दीनू की आँखों को बाँध रहा था।

''तू भी कैसी है ? पकड़े गए तो मुझे नौकरी से निकाल देंगे।''

पर बसंती उत्तरोत्तर अधिक लापरवाही से बातें करने लगी थी।

''कोई कुछ नहीं कहेगा। मैं कहूँगी मैं अपने मर्द के साथ आई हूँ। यह मेरा मर्द है।'' उसने बड़ी चाहना के साथ कहा और हँस दी।

''तू मेरा मर्द है ना, और क्या।'' और हाथ उठाकर दीनू की छाती पर अपनी उँगली फेरने लगी। ''मेरा मर्द ! यह है मेरा मर्द !'' और फिर हँसने लगी। ''एक फूल तेरे बालों में लगा दूँ ?'' और बसंती ने पंजों के बल उठकर एक फूल दीनू के कान के ऊपर खोंस दिया।

''वाह जी वाह, कैसी सूरत बन गई है !''

दीनू की नजर में यह बसंती का अल्हड़पन था, पर बसंती की नजर में यह क्या था ? इस बात का पुलकता गर्व कि उसके सामने लँगड़ा दर्जी नहीं, जिसके साथ उसका बाप उसे बाँधना चाहता था, बल्कि एक ऐसा जवान है, जिसके साथ वह भाग आई है, कि जो उसकी बहिनें नहीं कर पाई थीं, वह उसने कर दिखाया है।

"चल यहाँ से," दीनू ने अधिकार के साथ कहा, और बसंती चुने हुए फूलों को साफे के शमले में बाँधती हुई बगीचे में से बाहर निकल आई।

"वाह, अभी से हुक्म चलाने लगा है!" बसंती ने हँसकर कहा।

साइकिल चलाते हुए दीनू भी अब पहले से कहीं ज्यादा लापरवाह महसूस करने लगा था। बसंती के यौवन-भरे सामीप्य के कारण उसके भी छोटे-छोटे संकोच झरने लगे थे, नौकरी के नियमों का तीखापन टूटने-सा लगा था और वासना की हल्की-सी रेशमी चादर सभी कठोर वास्तविकताओं को ढकने लगी थी।

छात्रावास की दो-मंजिला इमारत अभी दूर ही थी कि दीनू एक जगह पर रुक गया। उसने बसंती को साइकिल पर से उतर जाने को कहा, और स्वयं साइकिल पर बैठे-बैठे बोला, "तू इस मैदान को लाँघकर उस बड़े पेड़ की ओट में चली जा।"

"और तू?" बसंती ने पूछा।

"मैं सड़क के रास्ते वहाँ जा रहा हूँ। वह हॉस्टल का पिछवाड़ा है। उधर देख, नीचे, दाएँ हाथ कोनेवाली कोठरी मेरी है। मैं सामने से जाकर अंदर से कोठरी का दरवाजा खोल दूँगा और थोड़ी देर के लिए रोशनी करूँगा। तू उसी ओर देखती रहना। मैं रोशनी करके फिर बुझा दूँगा। बस, तू तब चल देना। मैदान पार करके बरामदे में आ जाना। कोई रास्ते में बुलाए तो बोलना नहीं। दरवाजा अंदर से खुला होगा। सीधी अंदर चली आना।"

"अच्छा।"

और दीनू साईकिल पर पाँव रखकर चला गया और शीघ्र ही शाम के बढ़ते अँधेरे में खो गया।

दीनू के चले जाने पर बसंती सहम-सी गई। चारों ओर उसे बहुत सूना-सूना लगा। वह ठिठकी-सी खड़ी रह गई। पहली बार उसे इस बात का विश्वास हो गया कि वह सबकुछ छोड़ आई है। दीनू की कोठरी का दरवाजा खुलने पर वह जैसे अपने भविष्य में प्रवेश करेगी। कुतूहल, खिलवाड़ और उछाह के साथ अब भय और आशंका का पुट भी मिल गया था। कुछ देर तक उसकी आँखें दीनू को पैडल चलाते देखती रहीं पर शीघ्र ही वह अँधेरे में खो गया। आगे क्या होगा, कैसा होगा, इस बारे में अधिक सोचने की आदत बसंती

को नहीं थी, पर बढ़ते अँधेरे में निपट अकेली, एक पतली-सी डोर के सहारे अपने अज्ञात भविष्य से जुड़ी रहने का भी उसे अनुभव नहीं हुआ था। छात्रावास की इमारत पहले से भी अधिक गोपनीय-सी लगने लगी थी। अँधेरे में आँखें गाड़े वह निचली मंजिल के एक कोने की ओर देखे जा रही थी। और वहाँ खड़े-खड़े, अकारण ही दो मोटे-मोटे आँसू बसंती के गालों पर लुढ़क पड़े।

दीनू और बसंती की जान-पहचान बहुत पुरानी नहीं थी, थोड़े ही दिन की थी, पर धीरे-धीरे गहराती गई थी। ग्यारहवें ब्लॉक में तिमंजिला घरवालों के यहाँ शादी थी जब बसंती की मुलाकात पहली बार दीनू से हुई थी। वहाँ बसंती को बर्तन मलने का काम मिला था, और दीनू ने बड़े-बड़े चूल्हे बनवाए थे और दो सौ जनों की बारात के लिए खाना बनवाया था। उसे वहाँ सभी नौकर-चाकर साइकिलवाला दीनू कहकर पुकारते थे। बसंती बर्तनों के ढेर के पास बैठी बर्तन मल रही थी जब यह पीछे से आकर चमककर बोला था, "जल्दी-जल्दी हाथ चला, ऐसे में काम नहीं चलेगा।"

और बसंती ने आँखें तरेरकर उसकी ओर देखा था।

"जितनी देर में बीस बर्तन धुल जाते हैं, उतनी देर में तुमसे पाँच बर्तन भी नहीं धुले।"

"तो तू आकर धो ले।"

और वह सचमुच बर्तन मलने बैठ गया था। उसके बर्तन मलने के ढंग से बसंती प्रभावित हुई थी। वह पहले कहीं से गर्म पानी का बड़ा-सा पतीला उठा लाया था और बहुत-सी प्लेटें और कटोरियाँ और चम्मच उसमें डुबो दिए थे। फिर बड़ी फुर्ती से एक-एक बर्तन निकालता, साबुन से सना चिथड़ा उस पर मल देता और एक ओर को रखता जाता।

"तू धोती जा, जल्दी कर।"

"मैं क्यों धोऊँ, तू धो, जो धोने बैठा है।"

उसने अपनी बड़ी-बड़ी आँखों से बसंती की ओर देखा और बसंती बिना जिरह किए बर्तनों को नल के नीचे धोने लगी। पाँच-सात मिनट में सचमुच ढेर के-ढेर बर्तन साफ हो गए।

दीनू कम बोलता था। एक छींटा भी उसके कपड़ों पर नहीं पड़ा था। जब वह बर्तन मलकर उठा तो पहले की ही तरह साफ-सुथरा लग रहा था।

''शाम को भी मेरे साथ बर्तन धुलवा देना।'' बसंती ने हँसते हुए कहा।

''बर्तन मलना मेरा काम नहीं है।''

''तेरा काम क्या है? ऐंठ-ऐंठकर लोगों पर हुक्म चलाना?''

दीनू चुप रहा था। वह यों भी कम बोलता था। बसंती ही सारा वक्त चटर-पटर करती रहती थी। बिना कुछ कहे, हाथ पोंछता हुआ, दीनू वहाँ से चला गया था। दीनू का मौन स्वभाव और साफ-सुथरा व्यक्तित्व बसंती को अच्छा लगा था।

शाम को फिर से बर्तनों का अंबार बसंती के सामने रखा था और जगह इतनी तंग और अँधेरी थी कि नल के पास बैठकर बर्तन मलना सचमुच नामुमकिन हो रहा था। मुहल्ले-भर के गरीबड़े प्लेटों पर से जूठन बटोरने के लिए उतावले हो रहे थे, और उनके बीच बसंती की माँ भी खड़ी थी, इस उम्मीद पर कि उसकी बेटी अंदर से दस-बीस पूरियाँ उसे ला देगी। चारों ओर चिल्ल-पों मची थी। उस वक्त भी कहीं से दीनू पहुँच गया था, और उससे कुछ भी कहे बिना कहीं से गर्म पानी की बाल्टी उठा लाया था, और सुबह ही की तरह बड़ी फुर्ती से प्लेटें मलने लगा था।

''तू धोती जा।'' दीनू ने कहा तो बसंती को उसमें बड़ा अपनापन-सा लगा था।

''ठहर, अभी नहीं,'' दीनू झट-से बोला था, ''वह खाली टोकरा उठा ला, जो उधर मेज के नीचे रखा है। उसमें प्लेटों की जूठन डालती जा।''

बसंती चुपचाप उठा लाई थी।

फिर से बड़ी फुर्ती से काम होने लगा था, और बसंती दिल में उछाह-सा महसूस करने लगी थी। उसे बर्तन धोने का काम अच्छा लगने लगा था।

''तूने लड़के को देखा है?'' बसंती बोली।

''कौन-से लड़के को?''

''अरे, दूल्हे को, जिसकी शादी हो रही है।''

''नहीं तो!''

''मैंने देखा है। तेरे से कुछ-कुछ मिलता है,'' बसंती ने कहा, फिर हँसकर

बोली, "तेरे-जैसा ही मरियल-सा है, पीला-पीला, और बड़ी-बड़ी आँखें हैं, उल्लू की आँखों-जैसी।" और बसंती खिलखिलाकर हँस दी थी। दीनू ठिठक गया था और भँवें चढ़ाए उसकी ओर घूरता रहा था, फिर बिना कुछ बोले, काम में लग गया था। पतला छरहरा बदन, गले में कंठी और छाती का ऊपर का हिस्सा उघड़ा-उघड़ा। अपनी सफेद कमीज की आस्तीनें चढ़ाए वह काम में जुटा हुआ था। बसंती की नजर बार-बार उसकी ओर जा रही थी।

"तेरे लिए खाना लाऊँ?" बसंती ने कहा।

"तू कहाँ से लाएगी? अभी तो सारी बारात ने भी खाना नहीं खाया।"

"तुझे इस टोकरे में से निकाल देती हूँ।" जूठन के टोकरे की ओर इशारा करते हुए बसंती ने कहा।

"एक झाँपड़ दूँगा तेरे मुँह पर। ये बड़े-बड़े दाँत सब बाहर निकल आएँगे।"

"और जवाब में मैं एक झाँपड़ दूँगी, तो तेरे सारे दाँत पेट के अंदर पहुँच जाएँगे।" और बसंती खिलखिलाकर हँसने लगी थी।

"चल, अपना काम देख, बहुत टर-टर कर रही है।"

शादी के बाद दीनू न जाने कहाँ ओझल हो गया था, बहुत दिन तक नजर नहीं आया। फिर एक दिन साइकिल पर बैठा, रमेश नगर की गलियों में घूम रहा था। उस दिन बसंती, श्यामा बीबी के घर के पिछवाड़े एक चबूतरे पर बैठी थी, और दीनू, बसंती को देखकर उसके पास आकर रुक गया था।

"मुझे ढूँढ़ रहा है?" बसंती खिलखिलाकर बोली थी, "मैं तो उसी दिन से यहाँ बैठी हूँ।"

"मैं अब नौकरी करने लगा हूँ।"

"कहाँ?"

"इधर नजदीक ही, लड़कों के हॉस्टल में।"

"तू तो शादी-ब्याह का काम करता था, वह क्यों छोड़ दिया?"

"वह कभी मिलता था, कभी नहीं मिलता था। यह बँधा हुआ काम है। यहाँ मुझे कमरा भी मिला हुआ है।"

"पहले क्या साइकिल पर सोता था?" बसंती फिर खी-खी करके हँसने लगी थी, "तू तो सो भी सकता है। उल्लू पेड़ पर बैठा-बैठा सो जाता है। आँखें

खुली रहती हैं। तू भी साइकिल पर बैठा-बैठा सो जाता होगा।'' और बसंती अपने हीं थोथे मजाक पर हँसी से लोट-पोट होने लगी थी। और दीनू अटपटा-सा महसूस करता हुआ, उसकी ओर देखे जा रहा था।

और अब, पेड़ की ओट में खड़ी बसंती, खोई-खोई-सी, उस हॉस्टल पर आँखें गाड़े खड़ी थी जहाँ दीनू काम करता था। हाथ में छोटा-सा थैला उठाए जिसमें वह अपने दो कपड़े ठूँस लाई थी, और साफे के शमले में बँधे पाँच-सात फूल...

तभी दीनू की कोठरी में रोशनी हुई!

एक लहर-सी बसंती के तन-बदन में दौड़ गई, उल्लास की लहर, दीनू के प्रति विश्वसनीयता की लहर, जीवन के प्रति उछाह की लहर, और दूसरे क्षण, बत्ती बुझने पर बसंती पेड़ की ओट से निकल आई और भागती हुई कोठरी की ओर बढ़ने लगी।

देर तक भावनाओं के सागर में डूबती-उतराती बसंती जाने किस वक्त खाट की पाटी पर सिर रखे सो गई थी।

कमरे तक पहुँचने में उसे देर नहीं लगी थी। उछलकर बरामदे में पहुँचते ही बसंती ने हौले-से दरवाजा सरका दिया था और पलक मारते अंदर पहुँच गई थी और झट-से दरवाजा बंद कर दिया था। दीनू कमरे में नहीं था। अँधेरे में बहुत बार बुलाने पर भी जब कोई उत्तर नहीं मिला तो वह समझ गई कि वह अपने काम से चला गया होगा। कमरे में बीड़ियों की कसैली बू थी और सीलन थी। वह टटोल-टटोलकर कमरे के अंदर रखी चीजों का अंदाज लगाने लगी। खाट के पाए से उसका पाँव टकराया। खाट पर दरी बिछी थी। कुछ कपड़ों पर भी बसंती का हाथ लगा। धीरे-धीरे खिड़की में से छन-छनकर आनेवाली मद्धिम-सी रोशनी में उसे कमरे के अंदर रखी चीज़ों की धूमिल-सी रूपरेखा नजर आने लगी। बसंती वहीं फर्श पर बैठ गई और बेताबी से दीनू की राह देखने लगी।

बाहर से तरह-तरह की आवाजें सुनाई दे रही थीं। कुछ दूरी से बर्तन खटकने की आवाजें आ रही थीं। यही हॉस्टल का किचन रहा होगा जहाँ दीनू

काम करता है। नल चलने की आवाज थी। कहीं से गाने की आवाज भी आ रही थी। कोई लड़का बाहर गाता हुआ बरामदे में से जा रहा था। पहले उसकी आवाज नजदीक आती गई, फिर धीरे-धीरे दूर होने लगी।

"मैं क्या करूँ राम, मुझे बुड्ढा मिल गया!"

बसंती हँस दी। यही गीत वह भी सदा गुनगुनाती रहती थी। उन दिनों यही हरेक की जबान पर था। एक बार फिर बसंती के मन में हिलोर-सी उठी। 'बुड्ढा गया भाड़ में।' वह बुदबुदाई और हँस दी। अब न तो उसका बाप कुछ कर सकता है, न उसकी माँ। वह अब उनके चंगुल से निकल आई है। इसी हिलोर में बसंती का मन हुआ, बीड़ी सुलगा ले। बुशर्ट की जेब में से उसने माचिस निकाली भी पर फिर ठिठक गई। माचिस जलाई और रोशनी हुई तो दीनू बिगड़ेगा, कहेगा, तूने रोशनी क्यों की। थोड़ी देर चुपचाप बैठे रहने के बाद बसंती को फिर बीड़ी पीने की ललक हुई। मैं तो कोने में बैठी हूँ, मुझे कौन देख सकता है, बेकार की बात। बंद कमरे में मुझे कौन देख सकता है? और उसने बीड़ी सुलगा ली। दियासलाई जलने की देर थी कि उसकी कौंध में सारा कमरा बसंती को दिख गया। अलगनी पर से लटकता पाजामा, खिड़की के दासे पर रखी पानी की सुराही, बंद दरवाजा, दीवार के साथ रखी साइकिल, खाट, यहाँ तक कि फर्श पर बिखरी अधजली बीड़ियाँ भी उसने देख लीं।

कुछेक कश लेने के बाद उसने बीड़ी को बुझा दिया, और पहले की ही तरह टटोल-टटोलकर खिड़की के दासे तक जा पहुँची और सुराही पर रखे गिलास में पानी उँडेलकर गट-गट पीने लगी। पानी पीकर उसे बड़ी तृप्ति मिली। उसे मालूम नहीं था कि उसे इतनी प्यास लगी थी।

वह फिर, टटोलती हुई, खाट के पास पहुँच गई। पहले तो वह खाट के ऊपर ही बैठ गई, पर फिर कुछ सोचकर खाट पर से उतर आई और खाट की बाँही से टेक लगाकर फर्श पर बैठ गई। उसका मन हुआ एक बार फिर दियासलाई जलाए और कमरे में रखी चीजों को ध्यान से देखे। उसने बुशर्ट की जेब से दियासलाई निकाली भी पर फिर 'अरे छोड़ो, बिगड़ेगा हरामी!' कहकर जेब में डाल ली। 'मुझे अँधेरे में छोड़कर चला गया' वह बड़बड़ाई। पर उसके दिल के अंदर दीनू के प्रति फिर से प्रेम का ज्वार-सा उठा। दियासलाई जलाने पर कमरे की जो थोड़ी-सी झलक उसे मिली थी, उसी से उसके अंदर आत्मीयता का-सा

भाव जाग गया था और वह कमरे को अपना समझने लगी थी। दीनू की खाट के साथ पीठ लगाकर बैठना भी उसे अच्छा लग रहा था। बैठे-बैठे उसके दिल की अजीब-सी हालत होने लगी। उसे लगा जैसे उसके शरीर के अंदर कुछ टूट रहा है, पर साथ-ही-साथ कुछ अनूठा-सा बन भी रहा है, वैसे ही जैसे पत्ते झर भी रहे हैं और हरी-हरी कोंपलें निकल भी रही हैं। जैसे उसके अंदर कुछ मर रहा है, पर साथ-ही-साँथ अँगड़ाइयाँ ले-लेकर कुछ जाग भी रहा है। कल मैं उसका कमरा बुहार दूँगी, कपड़े भी धो दूँगी, सब साफ कर दूँगी।

इसी तरह देर तक भावनाओं के ज्वार में डूबती-उतराती, दीनू की राह देखती-देखती बसंती खाट की पाटी पर ही सिर रखे गहरी नींद सो गई।

उसकी नींद तब टूटी जब कोई हाथ उसके शरीर को टटोलता हुआ स्तनों पर ठहर गया था और उन्हें बड़ी आतुरता से दबाने लगा था।

''कौन है ?'' बसंती के मुँह से निकला और वह हड़बड़ाकर उठ बैठी। कुछ देर के लिए उसकी समझ में नहीं आया कि वह कहाँ पर है और आस-पास इतना अँधेरा क्यों है। गहरी नींद के कारण कुछ भी उसकी समझ में नहीं आ रहा था।

''शोर नहीं कर, कोई सुन लेगा!'' दीनू ने धीमी आवाज में कहा।

दीनू की आवाज सुनकर उसे सुखद-सा अनुभव हुआ। उसने अपना गाल दीनू के घुटने पर रख दिया और फिर से मीठी नींद में डूबने लगी।

''तू इतनी देर से क्यों आया ?'' वह बुदबुदाई।

दीनू ने उसे बाँहों में भर लिया था। बसंती के लिए यह अनुभव अनूठा था। एक ओर वह दीनू की बाँहों में सिमटती जा रही थी, दूसरी ओर खिंचती भी जा रही थी। तरह-तरह के घरों में चौका-बर्तन करते हुए उसे तरह-तरह के अनुभव हो चुके थे। बहुत निकट खड़े आदमी की धौंकनी की तरह चलता साँस वह कई बार अपनी गर्दन पर महसूस कर चुकी थी। आदमी की गंध से वह परिचित थी। वह उसकी गीली-गीली, लिजलिजी कामातुर आँखों को भी पहचानती थी, जब उसके मन में घिन-सी उठती थी और वह किसी-न-किसी बहाने वहाँ से भाग खड़ी होती थी। लेकिन यहाँ, दीनू की बाँहों में उतरते जाना उसे अच्छा लग रहा था, जैसे कोई आदमी किसी गहरे सागर में डूब रहा हो, गहरा और गहरा और छटपटाने के बजाय उसे डूबने में ही सुख मिलने लगे और वह उसमें डूबता चला जाए।

पर बसंती सहसा ही हड़बड़ाकर उठ बैठी और दीनू को पीछे धकेलती हुई उसकी बाँहों से निकलने लगी।

"उठ, उठ!"

"क्या है?"

"उठ, उठ ना!" बसंती हाथ बढ़ाकर दीनू के बाल बिखेरती हुई बड़े दुलार से बोली।

"क्या है बसंती?"

"बत्ती जला दूँ?"

"नहीं, नहीं।"

"तू फिर उठ जा।"

"क्या शोर मचा रही है, कोई सुन लेगा।"

"कोई नहीं सुनेगा, उठ।"

दीनू खाट की पाटी पकड़कर उठ खड़ा हुआ।

"इधर तेरे पास भगवानजी की मूर्ति है?"

"क्या?"

"भगवानजी की मूर्ति?"

"क्या पागलोंवाली बात कर रही है। यहाँ मूर्ति कहाँ से आई मेरे पास?"

"कोई तस्वीर तो होगी। है ना तेरे पास भगवानजी की तस्वीर?"

"क्या बोले जा रही है, बसंती?"

"ऐसा नहीं कहते। भगवानजी के सामने हम दोनों खड़े होंगे। हाथ जोड़कर। सिर नवाएँगे। ऐसे ब्याह करेंगे। तू मेरे माथे पर टीका लगाना, मैं तेरे माथे पर टीका लगाऊँगी। है तेरे पास भगवानजी की तस्वीर?"

दीनू को याद आया उसके एक मित्र की एक जंतरी कमरे में रखी है, और उसके आवरण पर कृष्ण भगवान का चित्र है। दीनू ने अलमारी की ओर हाथ बढ़ाया और जंतरी उठा ली।

"यह क्या खिलवाड़ कर रही है?"

"यह खिलवाड़ नहीं है।"

"खिलवाड़ नहीं है तो क्या है। कभी ब्याह भी ऐसे हुए हैं।"

"यह क्या उठाया है?"

''जंतरी है। इस पर भगवानजी का चित्र है।''

''मिल गया!'' बसंती चहक उठी। ''चल बाहर।''

''बाहर कहाँ? तू पागल हो गई है बसंती!''

''इधर बरामदे में चल ना। कुछ नहीं होगा। सब लोग सो रहे हैं।''

बसंती सचमुच पागलों की तरह व्यवहार कर रही थी।

''ठहर, पहले सुराही में से पानी लेकर मुँह धो ले। मैं भी धो लेती हूँ।''

दीनू बसंती को बाँहों में भर पाने के लिए उतावला हो रहा था। उत्तरोत्तर उसका आग्रह बढ़ता जा रहा था। वह मन-ही-मन इन व्यवधानों से खीझ रहा था, पर इस समय बसंती के साथ बहस करना या उसका विरोध करना इसकी सनक को और भी तूल देना था। इसलिए वह चुपचाप, जैसा वह कहती थी, किए जा रहा था।

थोड़े-थोड़े पानी से दोनों ने मुँह पर छींटे मारे। बसंती ने बंगालियों की तरह हाथ में थोड़ा पानी लेकर अपने बाल भिगोए, फिर वह धीरे-से भावविह्वल-सी, दीनू के पास जाकर बोली, ''भगवानजी की तस्वीर लेकर बाहर बरामदे में चल, वहाँ इस वक्त कोई नहीं है।''

दोनों बरामदे में निकलकर आ गए। बाहर चाँद खिला था, और मंद-मंद शीतल हवा बह रही थी। भगवान के चित्रवाला फटा हुआ कागज बसंती ने इधर-उंधर देखकर एक आले में रख दिया।

''इसके सामने खड़ा हो जा, यों।'' बसंती ने आग्रह से कहा।

दीनू मुस्कराता हुआ खड़ा हो गया।

उसके साथ सटकर बसंती भी खड़ी हो गई।

''हाथ जोड़।''

दीनू ने सिर झटककर हाथ जोड़ दिए।

न जाने इसकी प्रेरणा बसंती को फिल्मों से मिली थी या उसकी अंतःप्रेरणा ही उसे मजबूर कर रही थी, पर वह अपनी ओर से ब्याह की पूरी रस्म निभा रही थी।

सहसा बसंती भागती हुई कमरे में गई और खाट पर से फूल उठा लाई जो उसने बाग में से तोड़े थे। उसने एक फूल हाथ में लिया और उसे दीनू के हाथ में देती हुई बोली, ''यह फूल मेरे बालों में लगा दे।''

दीनू ने वैसा ही किया।

''एक फूल तो हर कोई औरत लगाती है, मेरा तो ब्याह हो रहा है। तू एक और फूल मेरे बालों में लगा दे।'' और उसने एक और फूल दीनू के हाथ में दे दिया।

दीनू इस खिलवाड़ से ऊब रहा था। बसंती की मादक देह का सामीप्य ही उससे यह सब 'ऊल-जलूल' काम करवा रहा था। उसने चुपचाप एक और फूल उसके बालों में टाँक दिया।

''अब तू मेरी माँग भर। तेरे पास लाल रंग है?''

''बस-बस, बहुत हो चुका। चल कमरे में।''

''ऐसे नहीं बोलते। भगवानजी के सामने खड़ा ऐसे बोलता है! आज से मैं तेरी घरवाली, तू मेरा घरवाला।''

दीनू चुप रहा।

बसंती पंजों के बल ऊँची उठी और जैसे-तैसे दो फूल दीनू के बालों में खोंस दिए, फिर, बचे-खुचे फूलों की पंखुड़ियाँ तोड़कर, मुट्ठी-भर पंखुडियाँ हवा में उछालकर दीनू के और अपने ऊपर डाल लीं।

चाँद की चाँदनी में बरामदे में खड़े दीनू का चेहरा उसे बड़ा गोरा-चिट्टा और सुंदर लगा। उसकी आस्तीन पकड़कर और उसके पास सटकर बसंती धीरे-से बोली, ''अब हाथ पकड़ा है तो छोड़ना मत!'' उसने कुछ-कुछ फिल्मी अंदाज में कहा।

यह अभिनय भी था, खिलवाड़ भी था, विवाह भी था, विवाह का स्वाँग भी था और भावी दांपत्य जीवन के लिए नारी-हृदय की सहमी-सहमी-सी भावविह्वल प्रार्थना भी थी। सभी कुछ था, और आकाश में चाँद भी खिला था जो जीवन की प्रत्येक वास्तविकता को अपने आँचल में लेकर जादुई और रहस्यपूर्ण बना देता है।

पाँच

अकेला मूलराज ही था जो पंचायत की बैठक में अभी भी सिर पर पग्गड़ बाँधकर बैठता था। यों अब पंचायत किसी नुचे-खुचे, फटे-पुराने चिथड़े-सी रह गई थी। बस्ती टूटने के बाद शहर से पाँच मील दूर जिस सपाट बीहड़ मैदान में लोगों को लारियों पर भरकर लाया गया था, उनमें से आधे से ज्यादा लोग यहाँ से जा चुके थे, और दिल्ली के विभिन्न भागों में अपना सिर छिपा पाने के लिए, कहीं-न-कहीं टिक गए थे। कुछ थे, औरतें और मर्द, जो पौ फटते ही काम पर निकल जाते थे। यहाँ से लगभग दो फर्लांग दूर बड़ी सड़क पड़ती थी और पौ फटते ही निकल जाओ तो बस या टैंपो मिल जाता था। फर्लांग-भर की दूरी पर पानी का नल था, वहीं से सभी लोग घड़े भर-भरकर लाते, नल पर रोज धक्का-मुक्की, लड़ाई-झगड़ा होता था। मैदान में ले-देकर दो पेड़ थे, एक नीम का अच्छा घना पेड़ था, जिसके नीचे दिन-भर बस्ती की बूढ़ी औरतें और मर्द और बच्चे पड़े रहते थे। दूसरा, एक टेढ़ा-मेढ़ा-सा पेड़, मैदान के दूसरे छोर पर, बड़ी सड़क की ओर जानेवाली पगडंडी पर पड़ता था। रात को घर लौटने पर तो उसे देखकर ही डर लगता था, और अपशगुन का भास होता था। दिन को धरती तपती थी, धूल के बवंडर उड़ते थे और रात को जैसे भूत नाचते थे। फिर भी बस्तीवाले निठल्ले नहीं बैठे थे। मिट्टी-गारा, ईंट-पत्थर जो मिला उससे छोटी-मोटी आठ-दस कोठरियाँ उन्होंने यहाँ भी उसार ली थीं। उन्हीं के सामने इनके अधनंगे बच्चे खेलते, औरतें चूल्हे जलातीं, वहीं मैदान में दिशा-हाजत होतीं। किसी ने टाट, तो किसी ने लकड़ी की खपचियाँ जोड़-जोड़कर पर्दा कर लिया था। और तो और, यहाँ पर दो ब्याह भी हो चुके थे। काम पर से लौटती हुई मजूरनें अक्सर गाती हुई ही मैदान पार करती थीं। और तपती लू में, नीम के पेड़ के नीचे बैठा बोधराज का बूढ़ा बाप, सन बटता हुआ अक्सर पेड़ की ओर देखकर यही कहता था : किसी साधु महाराज का लगाया पेड़ है, जो हम पर अपनी ठंडी छाँह कर रहा है।

अँधेरा उतर रहा था, पंचायत में सात-आठ आदमी आए थे। पंचायत के चौधरियों में अब अकेला मूलराज ही पीछे रह गया था, और सच पूछो तो उसका

भी अब पग्गड़-ही-पग्गड़ रह गया था। हीरा, जो पहले बहुत नुक्ते निकाला करता था, अब बस्ती ही छोड़ गया था, और अजमेरी गेट में किसी रंग-रोगन बेचनेवाले के यहाँ नौकरी करने लगा था और ग्राहकों को रंग के डिब्बे उठा-उठाकर देता था। पंचायत के अन्य दो-एक चौधरियों में से भी कभी कोई आकर बैठता, कभी नहीं बैठता था।

मूलराज ने बात चलाई, "हम साहब से मिल आए हैं। उन्होंने जमीन का नक्शा दिखा दिया है। साहब कहता था सभी को नौ-नौ गज जमीन देंगे।"

"यह तो पिछले चार महीने से सुन रहे हैं।"

"सुनो-सुनो बोधराज, पहले बात सुनते हैं, फिर मुँह खोलते हैं। तुम सुने बिना ही अपनी हाँकने लगते हो।"

"सुनाओ-सुनाओ, क्या सुनाते हो।"

बोधराज पहले से ही बिफरा बैठा था। अभी-अभी काम पर से लौटा था और लौटने पर पता चला था कि बच्चे को ताप चढ़ा हुआ है। कुछ देर तक बच्चे का माथा सहलाते रहने के बाद सूखे मुँह यहाँ चला आया था। सिर पर रखी काली टोपी और नीचे झुलसा हुआ काला चेहरा, दोनों पर सफेदी के छींटे पड़े थे। बीड़ी फूँकते-फूँकते बात करता तो दाईं आँख बार-बार झपक-झपक जाती थी।

"साहब बोला कि जमीन का नक्शा तैयार हो गया है। अब पास होने की देर है कि इधर काम शुरू हो जाएगा।"

"कौन-सा काम?"

"बस्ती उसारने का काम, और कौन-सा काम? सबको नौ-नौ गज जमीन मिलेगी।"

"यह तो तुम हर बार कहते हो।" हाथ की हथेली पर जर्दा, चूना रगड़ता हुआ मतीराम बोला, जो पैरों के बल बैठा, बोधराज की ही तरह विश्वास खो बैठा था।

"पहले नक्शा बनता है या नहीं? तुम तो खुद राज-मिस्त्री हो।"

"अब किस चीज का नक्शा बना है?"

"बस्ती का नक्शा, और किस चीज का? कहाँ सड़कें बनेंगी, कहाँ कोठरियाँ खड़ी होंगी।"

इस पर बोधराज उठा खड़ा हुआ।

''इधर भनचोद पानी का ठौर नहीं, न घर न बाहर, उधर यह सड़कें बना रहा है।''

''बैठो-बैठो, बोधराज, उठ क्यों खड़े हुए हो?''

''अरे छोड़ो, जब बनेगा देख लेंगे।''

''सुबह भनचोद सात बजे निकलते हैं, साइकल पर पैडल मार-मारकर भनचोद, सात मील दूर काम को जाते हैं, अब थके-माँदे लौटे हैं तो इसकी लनतरानियाँ सुनो। नक्शा पास हो रहा है, सड़क बन रही है।''

और वह झींकता-बड़बड़ाता कोठरियों के झुरमुट की ओर जाने लगा।

''रुको-रुको, जा कहाँ रहे हो, बैठो।''

''तुम बैठो, तुम सुनो, हमें नहीं सुनना है।'' बोधराज ने झल्लाकर कहा, पर फिर दो कदम जाकर पलटकर खड़ा हो गया, ''इससे यह नहीं कहा गया कि चलो साहिब, हमारे साथ चलो, और चलकर अपनी आँखों से देखो कि हम कैसे जी रहे हैं। यह तो इससे बोला नहीं गया, उलटा सरकार की सफाई देने लगा है। नक्शा बन गया है।''

इस पर मूलराज बिगड़ उठा, ''हम आगे से कचहरी नहीं जाएँगे। जिसे जाना हो, जाए। बोधराज को भेजो।''

''बैठो, बैठो, बोधराज, इधर आओ, लौट आओ।''

इस पर बोधराज वहीं खड़े-खड़े बोला, ''क्या कर लिया पंचायत ने? उधर बस्ती टूटी, क्या किया पंचायत ने? तब भी छः-छः चक्कर लगाता था मूलराज। और अब क्या कर लेगी? जब सरकार की मर्जी होगी, करेगी, तुम और हम कुछ नहीं कर सकते।''

इस पर मतीराम उसे समझाता हुआ बोला, ''यह तो हम भी जानते हैं कि कुछ नहीं कर सकते। पर मिल बैठते तो हैं, अपने-अपने सुख-दुख की बात तो करते हैं। आ, बैठ जा।''

बोधराज लौट आया, पर फिर भी बड़बड़ाता रहा, ''क्या करेगी पंचायत?'' उसने कहा और हाथ चमकाते हुए बोला, ''रामू की बेटी भाग गई थी ड्राइवर के साथ। क्या कर लिया पंचायत ने?''

''बैठ जा, बैठ जा।'' मतीराम उसे बैठाने की कोशिश कर रहा था।

''लौट आई या नहीं लौट आई ? अब फिर अपने घरवाले के पास तो आ गई है।'' मूलराज ने सफाई देते हुए कहा।

''इसमें पंचायत ने क्या किया ? वह अपने आप लौट आई। तुम्हारे किए क्या हुआ ?'' फिर जमीन पर बैठते हुए मूलराज को संबोधन करके बोला, ''मूलराज, अब यह पग्गड़-वग्गड़ उतार दे। अब तेरी पंचायत नहीं चलेगी।''

''अरे बैठो, बैठो, पंचायत को सिर्फ इसीलिए तो नहीं बुलाया है। और भी बहुत-सी बातें हैं करने को। तुम तो सारा वक्त घोड़े पर चढ़े रहते हो।''

''बोलो।''

''चलो आगे मूलराज, यह बात तो होती रहेगी।''

इस पर मूलराज ने फिर से पग्गड़ सीधा किया और बोला, ''रामदयाल ? बोलो भाई, किधर है रामदयाल ?''

''यह रहा।''

''अब कहो अपनी बात।''

''इसे अब क्या कहना है ? मामला साफ हो गया। इसकी घरवाली लौट आई है।'' मतीराम बीच में बोला।

''लौट आई है तो फिर भी तो भाग सकती है।'' रामदयाल तुनककर बोला।

''किधर है राधा, तेरी घरवाली ? बुलाओ उसे।''

''वह नहीं आएगी।'' मतीराम ने जोड़ा।

''सरम के मारे नहीं आती है या कोई और बात है ?''

''इसी से पूछो। सामने बैठा है।'' मतीराम ने रामदयाल की ओर इशारा करते हुए कहा।

''तू क्या चाहता है, रामदयाल ?'' मूलराज ने पूछा।

''मैं कहता हूँ उसे दंड मिले।''

''क्या दंड मिले ?''

''उसका घर से निकलना बंद कर दो। बस्ती के बाहर नहीं जाए।''

इस पर मतीराम हँसकर बोला, ''यहाँ बस्ती कहाँ है जो बाहर नहीं जाए ? यहाँ तो मैदान-ही-मैदान है। पानी भरने नहीं जाएगी ? दिशा-हाजत के लिए नहीं जाएगी ? बाहर नहीं जाए ? यहाँ बाहर कौन-सा है और अंदर कौन-सा है ?

और घर पर बैठेगी तो दो पैसे जो चौका-बर्तन से कमाती है वह भी नहीं कमाएगी।"

"उसका रमेश नगर में जाना बंद कर दो।"

"हाँ, यह दंड लगा दो कि रमेश नगर नहीं जाए। यह तो कुछ बात हुई।" मूलराज बोला।

इस पर मतीराम फिर हँस दिया, "वह रमेश नगर नहीं जाएगी तो वह छोरा इधर नहीं आ सकता? किसी और से आँख नहीं लड़ा सकती? तू असल बात पर आ, रामदयाल। तू उसे पीटना छोड़ दे, वह कहीं नहीं जाएगी।"

"वह काम ही ऐसे करे तो पीटूँ नहीं?" रामदयाल ने तनिक खिसियाते हुए कहा।

"अरे, पीटता था तभी भाग गई थी। अब पीटेगा तो फिर भाग जाएगी।"

बात यहाँ आकर सहसा अटक गई। कुछ लोग रामदयाल को समझाने लगे कि घरवाली को पीटना छोड़ दे। कुछ और थे जो रामदयाल का पक्ष लेने लगे कि घरवाली की पिटाई करना क्या बुरा है, सभी करते हैं। पराचीन से चली आई है कि औरत सीधे रास्ते पर चलेगी ही तब, जब उसे दंड का भय होगा। कुछ लोगों ने कहा, राधा को बुलाओ, पंचायत में औरत-मर्द सब अपनी बात कहते हैं। उसे भी जो कुछ कहना है, आकर कह ले। एक आदमी राधा को बुलाने भी गया। पर वह नहीं आई। पंचायत के सदस्य इस मामले से उलझ ही रहे थे कि सायंकाल के झुटपुटे में मैदान की ओर से कोई आदमी आता दिखाई दिया। टेढ़ा चलता हुआ धीरे-धीरे बढ़ता आ रहा था।

बुलाकी था। वही अँगरखा पहने, झूलता, लँगड़ाता, लाठी पटपटाता चला आ रहा था।

उसे पहचानते ही मतीराम हँसकर बोला, "बुलाकीराम है। जोधपुर के दरबार से सीधा चला आ रहा है।"

बुलाकीराम के आ जाने से वातावरण का तनाव सहसा शिथिल पड़ गया। लोग हँसने, बतियाने लगे।

"आओ, बुलाकी आओ।" मूलराज ने उसका स्वागत करते हुए कहा।

बुलाकी स्वयं इस बस्ती में नहीं रहता था। उसने रूपनगर को जानेवाली सड़क के किनारे एक खोखा किराए पर ले रखा था। वहाँ पीछे, मजदूरों की एक

बस्ती थी जिसमें कुछेक घर राजपूतों के भी थे। वहीं पर उसने कपड़े सीने का अपना धंधा फिर से शुरू कर दिया था।

"कैसे आना हुआ बुलाकी?" मूलराज ने पूछा।

"आज पंचायत बैठेगी, मुझे पता चला, मैं अपनी फरयाद लेकर आया हूँ।" बुलाकी के कंठ से गक-गक का शब्द निकला और वह हाथ झटककर बोला, "चौधरी नौ सौ रुपए हमसे झाड़कर ले गया।"

"किस बात के नौ सौ रुपए बुलाकी?"

"किस बात के? अपनी बेटी का ब्याह मेरे संग करने के। और किस बात के?"

"यह तो बड़ा जुल्म है बुलाकी!" मतीराम ने सिर हिलाकर हमदर्दी जताते हुए कहा।

"तेरा ही जिगरा है जो अभी तक चुप है बुलाकी।" रामदयाल भी बीच में शामिल हो गया।

सभी जानते थे कि न यह बुलाकी का पहला ब्याह है, और न ही पहली बार उससे रुपए झाड़ लिए गए हैं।

अपनी तारीफ सुनकर बुलाकी हुमककर बोला, "जिगरा नहीं तो क्या! तीन बार उसने ब्याह रचाया, तीनों बार हमें धोखा दिया। अब हम ही चुप हैं, नहीं कोई और होता, हथकड़ी लगवा देता।"

"सच है, सच है।" मतीराम ने सिर हिलाकर कहा और बगल में बैठे रामदयाल की ओर कनखियों से देखकर मुस्कराने लगा।

"तभी से बुलाकी ने दूल्हे का अँगरखा नहीं उतारा। क्या मालूम कब ब्याह का मुहूरत निकल आए।"

"अब अँगरखा जो पहना है बुलाकीराम तो इसे तभी उतारना जब बहू घर आ जाएगी।" किसी ने हँसकर कहा।

"सच्चा राजपूत है बुलाकी। राजपूतों की आन निभाइयो, बुलाकीराम हम सब तुम्हारे साथ हैं।"

बुलाकीराम को सुनकर बड़ा संतोष हुआ। अपने अपने ही होते हैं। उसके अंदर की बात समझ लेते हैं, उसके गुण पहचानते हैं। बुलाकी ने सचमुच मन-ही-मन शपथ ले रखी थी कि तभी अपना यह अँगरखा उतारूँगा जब

बसंती घर पर आ जाएगी।

टूटती पंचायत फिर से जमने लगी। और तो और गुस्सैल बोधराज जो कुछ ही देर पहले मूलराज के साथ उलझ रहा था इसमें रस लेने लगा। किसी ने कहा, "बुलाओ हीरा को, अपनी कोठरी में घुसा बैठा है, इधर बड़े-बड़े मामले रुके हुए हैं।"

इस पर बोधराज की बगल में बैठे गणेशे ने हाँक लगाई, "सब लोग आओ! बुलाकीराम आए हैं। मर्द-औरत सभी चले आओ।"

फिर मतीराम ने बड़े सोच-विचार का अभिनय करते हुए, जमीन पर से एक कंकड़ उठाया और जमीन पर ही लकीर खींचते हुए कहा, "बात साफ है। बुलाकी की इज्जत हम सबकी इज्जत है।"

इस पर पग्गड़ बाँधे बैठा मूलराज बोला, "पर बुलाकीराम से पूछो, तीन बार चौधरी इसे चकमा दे गया, इसने हमें बताया क्यों नहीं ?"

"ठीक कहते हो, हमें खबर क्यों नहीं की ? नहीं तो इस वक्त तक बुलाकी की बहू का पैर भारी होता।"

खी-खी करके कुछ लोग हँस दिए।

"इससे यह भी पूछो, तीन-तीन बार इसने ब्याह रचाया, इसने हमें बुलाया तक नहीं। खिलाना-पिलाना तो समधियों ने था, तू हमें साथ तो ले चलता।"

बुलाकी को बहुत दिन बाद आत्मीयता का अनुभव हो रहा था। आमतौर पर जो कोई उसे मिलता था, मसखरी ही करता था, पर यहाँ पहली बार उसे लगा जैसे इन लोगों की बातों में आत्मीयता झलक रही है। इन लोगों ने उसके दर्द को महसूस किया है। अपने ही लोग उलाहना देते हैं कि उन्हें ब्याह पर नहीं बुलाया। अँधेरा बढ़ जाने से लोगों के चेहरे नजर नहीं आ रहे थे, उनके चेहरे का भाव वह नहीं देख सकता था। लेकिन उनकी आवाज में सचमुच उसे आत्मीयता की गूँज सुनाई पड़ रही थी।

बुलाकी हाथ आगे बढ़ाकर भावविह्वल लड़खड़ाती आवाज में बोला, "अपणे अपणे होते हैं। तुम मेरे सिर पर सौ जूता मारो सो भी मुझे मंजूर है। मुझसे भूल हुई, खिमा कर दो। मैं एक बार नहीं, दस बार तुम्हें न्यौता दूँगा। बस, एक ही अर्ज है मेरी, मेरा काम करवा दो। लौंडिया मेरे घर आ जाए।"

"बात हुई न। हमने पहले ही कहा था, बड़े गुर्देवाला आदमी है

बुलाकीराम !''

कुछ और लोग भी पंचायत में आकर बैठ गए थे। दो-दो, एक-एक करके आदमी-स्त्रियाँ चले आ रहे थे। बस्ती के बच्चे भी आस-पास डोलने लगे थे।

''ब्याह तो हुआ समझो, बुलाकीराम। अब बात पंचायत के सामने आ गई है। अब तो यह हम सबका काम है।''

''पक्की बात?'' बुलाकी ने चिल्लाकर कहा।

''पक्की नहीं तो क्या? पत्थर पर लकीर समझो।'' मतीराम ने उसे आश्वासन देते हुए कहा, फिर बोला, ''अब इसी पर सबका मुँह मीठा करवा दो।''

बुलाकीराम भावावेश में बोला, ''चौधरी ने नौ सौ लिए। मैं तो हजार भी दे दूँ। बारह सौ भी दे दूँ। छोरी चौदह बरस की है। पर वह हमारे साथ धोखा तो नहीं करे। जबान करके मुकर तो नहीं जाए।'' और बुलाकी ने सदा की भाँति अँगरखे के अंदर हाथ डालकर, रूमाल में बँधा नोटों का पुलिंदा निकाल लिया, ''आपकी दया से, पैसे की कमी नहीं है और बुलाकी का दिल छोटा नहीं है।''

''लो भाई, भले काम में देर नहीं होनी चाहिए।'' मतीराम ने ऊँची आवाज में सबको चुप कराते हुए कहा, ''आज मुहूरत भी अच्छा है। मूलराज साहब से मिलकर आया है। एक पंथ दो काज।'' फिर आस-पास बैठे लोगों की ओर ध्यान से देखते हुए बोला, ''कौन है हम सबमें छोटा?'' फिर एक युवक को संबोधन करते हुए बोला, ''उठ गणेशा, चल शाबाश, इधर रामदयाल की साइकिल उठा ले और बुलाकी चाचा से पैसे लेकर दो किलो लड्डू ले आ।''

''एक किलो बहुत होंगे।'' किसी ने कहा।

''नहीं, नहीं, दो किलो। कहाँ से लाएगा भला? इधर बड़ी सड़क पर नटराज सिनेमा के पीछे पंजाबी हलवाई बैठता है। अच्छी बूँदीवाले दो किलो लड्डू...'' फिर, अपने ही सुझाव का संशोधन करते हुए मतीराम बोला, ''केवल लड्डू ही खाओगे या बर्फी भी मँगवा लें?''

''बुलाकी से पूछो।''

इस पर रामदयाल ने बुलाकी को समझाते हुए कहा, ''जितनी शक्कर डालोगे उतना मीठा होगा, बुलाकीराम। इनका जितना मुँह मीठा करोगे उतना बढ़िया तुम्हारा काम करेंगे।''

मूलराज को चिंता हुई। मजाक-मजाक में तीन-चार किलो मिठाई हड़प जाएँ और बाद में बने-बनाए कुछ नहीं तो पीछे जरूर गाली-गलौच होगा, बदमजगी होगी।

"बस, बस, लड्डू ठीक हैं, बर्फी की जरूरत नहीं। मुँह लड्डू से मीठा करते हैं। यही पराचीन से चली आई है... अभी तो बुलाकी की बारात पर सब लोग सजेंगे। बर्फी तब खा लेंगे।"

गणेशा कोठरियों में से साइकिल उठा लाया। कोठरियों की ओर से लोग लपक-लपककर आने लगे। बुलाकी को लग रहा था जैसे उसके ब्याह की चहल-पहल अभी से शुरू हो गई है। उसने रेशमी रूमाल में बँधे पुलिंदे में से दस-दस के दो नोट निकालकर गणेशे के हाथों में दे दिए।

"ताजा बूँदीवाले हों। देखकर लाना।" मतीराम बोला।

जब गणेशा चला गया तो बुलाकी पंचायत को अपनी दर्द-कहानी सुनाने लगा, "तीन बार धोखा दिया चौधरी ने।" उसने रुँधे गले से कहना शुरू किया, "मुझसे भूल हुई साहिबो, मैं पहले ही तुम्हारे पास नहीं आया..."

"अब क्या कहता है चौधरी?" हीरा ने पूछा। देर से आने के कारण हीरा इस बात को पकड़ नहीं पाया था कि पंचायत बुलाकी का मौज़ू बना रही है।

"कहता क्या है," बुलाकी भर्राई आवाज में बोला, "उसने बेटी को गाँव में बड़ी बहिन के पास भेज दिया है।"

इस पर मूलराज ने मन-भर का सिर हिलाकर कहा, "बुलाकीराम, वह तुम से और पैसे झाड़ना चाहता है। मैं चौधरी की रग-रग से वाकिफ हूँ।"

"मैं तो कहूँगा चौधरी को यहाँ तलब करो। उसे दंड दो। पंचायत का दंड लगेगा तो अपने आप सीधे रास्ते पर आ जाएगा।"

इस पर बोधराज बीच में बोल उठा, "अरे, वह तो अपनी जात-बिरादरी का नहीं है, उसे क्या दंड दोगे।" बोधराज के मुँह से निकला ही था कि मतीराम ने झट-से उसे चुप कराते हुए फुसफुसाकर कहा, "श्-श्-श्... लड्डू आ जाने दे. फिर मुँह खोलना। अभी चुप बैठा रह।"

बोधराज असमंजस में पड़कर चुप हो गया।

"अब पग्गड़ उतार दे, मूले, अब यह पंचायत नहीं है।"

मूलराज ने पग्गड़ उतारकर बगल में रख लिया। उधर से गणेशा

साइकिल पर आता दिखाई दिया। सबकी बाँछें खिल गईं, सभी बुलाकी के गुण गाने लगे। और उसे यकीन दिलाया कि चौधरी को पंचायत के सामने तलब किया जाएगा और अगर वह नहीं आया तो बेशक बुलाकी उस पर मुकद्दमा दायर कर दे, वे सब उसकी गवाही देने के लिए कचहरी में जाएँगे।

जब सभा विसर्जित हुई तो बुलाकी पहले से भी ज्यादा झोल मारता हुआ मैदान पार कर रहा था। उसके चले जाने के बाद देर तक हँसी-मजाक चलता रहा। बीहड़ मैदान में जहाँ केवल कहीं-कहीं पर, किसी अधकचरी कोठरी के सामने टिमटिमाते दिये लौ दे रहे थे, बीड़ी के कश खींचते हुए, बस्ती के लोग मुँह में लड्डुओं की मिठास के चटखारे लेते हुए चौधरी और बुलाकी पर टिप्पणियाँ कसते रहे पर किसी एक ने भी मजाक तक में इस तरह की टिप्पणी नहीं की कि चौदह बरस की छोकरी के साथ साठ बरस का बुलाकी क्यों ब्याह करने जा रहा है? यहाँ तक कि बोधराज ने भी कुछ नहीं कहा।

छः

शाम के झुटपुटे में, दोनों हाथ फैलाए, बसंती, कोठरी के बीचोबीच गोल-गोल नाच रही थी, और धीरे-धीरे गाए जा रही थी, "ओ... ओ... ओ... ओ... मुझे किसी से प्यार हो गया!"

दोनों हाथ फैलाए गाती हुई बसंती लगभग सारे कमरे के अंदर घूम जाती।

"बस, बस, गाओ नहीं, आवाज बाहर जाएगी। कोई सुन लेगा।" दीनू ने कहा।

"कोई नहीं सुनेगा। यह 'दो' फिल्म का गाना है। अब याद आया। तुमने देखी है? बड़ी अच्छी फिल्म है, उसमें बहुत रोना आता है...।"

दीनू उसे देखता रहा। बसंती की आवाज खरज थी, न उसमें लोच न लय, लेकिन वह धुन पकड़ लेती थी। बीसियों बार सुनी धुनें उसे कंठ हो गई थीं।

'ओ... ओ... ओ, मुझे किसी से प्यार हो गया...' फिर बसंती रुककर बोली,

"इसकी स्टोरी इतनी अच्छी नहीं है, पर गाने बहुत अच्छे हैं । तुमने देखी है ?"

"कौन-सी फिल्म ?"

"उसमें रा–है । लड़की बीमार पड़ी है और हीरो उसे उठाकर अपने घर ले आता है । दूसरे दिन जब वह उठती है ना, तो पता है क्या कहती है ? रा–का हाथ पकड़कर कहती है–तुम तो मेरे आदमी हो !" बसंती खिलखिलाकर हँस दी, "वह लड़की बीमार है ना, उसका दिमाग खराब है । उसे याद ही नहीं कि हीरो उसे उठाकर अपने घर ले आया था... ।"

इतने में बरामदे में खुलनेवाले दूर पार के किसी कमरे में से ट्रांजिस्टर बजने की आवाज आई । बसंती सुनते ही ठिठक गई, "यह गाना भी मुझे आता है । श्यामा बीबी के घर सुना था ।"

और धीरे-धीरे दोनों हाथों से थाप देते हुए गाने लगी, "जिस जालिम ने तड़पाया उसी पे मुझको प्यार आया, बड़ी मुश्किल से..."

बसंती पहले से भी अधिक निश्चित महसूस कर रही थी, कभी गर्दन एक ओर को झुकाती, कभी दूसरी ओर को, दोनों हाथ फैलाए धीरे-धीरे नाच रही थी ।

दीनू शंकित हो उठा था । सचमुच किसी ने सुन लिया तो ?

"चुप कर बसंती, बस !" उसने कड़ककर कहा ।

बसंती चुप हो गई और दोनों हाथ मुँह पर रखते हुए बुदबुदाई, "अच्छा बाबा, अब नहीं बोलूँगी । अब जो तू आएगा तो मैं पहले से ही मुँह पर कपड़ा बाँध लिया करूँगी । पर तू घंटों बाहर रहता है, मैं क्या करूँ ? दिन-भर अकेली पड़ी रहती हूँ ।"

दीनू भी जानता था कि जब वह कमरे में आता है तो बसंती के लिए घंटों की चुप्पी के बाँध टूट जाते हैं ।

कमरे के बीचोबीच खड़ी बसंती बोली, "एक दिन गाते-गाते मैं पकड़ी जाऊँगी ।" वह हँसती हुई दीनू की ओर देखे जा रही थी, "फिर तू क्या करेगा ?"

"मैं क्या करूँगा ? साहिब उसी वक्त मुझे नौकरी से निकाल देगा ।"

बसंती उसकी ओर बढ़ आई और बड़े आग्रह से बोली, "चल, कहीं बाहर कमरा लेकर रहते हैं । यहाँ मैं सारा वक्त अकेली पड़ी रहती हूँ । मुझे छिपकर

रहना अच्छा नहीं लगता। हम छिपकर क्यों रहें?"

"तू घर से भागकर जो आई है। तेरे बाप को पता चल गया तो वह तुझे चुटिया से पकड़कर घर ले जाएगा।"

"और तू खड़ा देखता रहेगा?" कहकर बसंती हँसने लगी। "मुझे कोई नहीं पकड़ सकता।" फिर दीनू के साथ सटकर खाट पर बैठते हुए बोली, "किसी दूसरी बस्ती में चलकर कमरा ले लेते हैं। वहाँ किसी को पता नहीं चलेगा।"

"और यह कमरा?"

"तेरे पास साइकिल जो है। तू साइकिल पर आ जाया करना।"

"यह नहीं हो सकता।"

बसंती खिलवाड़ में उसके बाल सहलाती हुई बोली, "मान जा, मान जा मेरे प्यारे दीनूराम, मान जा, मान जा," और उसके बाल बिखेरती हुई खिलखिलाकर हँसने लगी, "देख तो अपनी सूरत, कैसा बंदर-सा लग रहा है।"

दीनू ने उसे अपनी ओर खींच लिया।

बसंती को अच्छा लगा। पर वह दीनू की बाँहों से निकलने की कोशिश करते हुए बोली, "पहले मेरे साथ बातें कर। मैं दिन-भर गुम-सुम पड़ी रहती हूँ। कोई बात करनेवाला नहीं।"

लेकिन दीनू का आग्रह बढ़ता जा रहा था।

"बस, बस, बस, पहले मेरे साथ बातें कर। तू तो बस एक ही बात जानता है। जब आता है मेरा आटा गूँधने लगता है!" और वह खिलखिलाकर हँसने लगी।

"चुप कर। कोई सुन लेगा।" दीनू ने कहा और उसे फिर बाँहों में बाँधने लगा।

अबकी बार जब फिर बसंती अपने को छुड़ाने लगी तो दीनू ने तड़ाक-से कहा, "तुझे लाया किसलिए हूँ?"

हर बार जब बसंती उसे रोकने की चेष्टा करती तो वह यही कहता, 'तुझे लाया किसलिए हूँ?' इस घुटन-भरे कमरे में बासी, मैले कपड़ों के बीच बसंती को अच्छा नहीं लगता था। लेकिन कमरे के अंदर घुसते ही दीनू पर भूत सवार हो जाता था, वह यह भी न देखता कि दिन है या रात। अगर रोकने की कोशिश

करो तो एक ही जवाब देता, 'तुझे लाया किसलिए हूँ!'

''मेरा क्या है, तेरे कमरे में ही टट्टी-पेसाब कर दूँगी, तू उसे साफ करते रहना!'' और बसंती खिलखिलाकर हँसने लगी।

जब से बसंती इस कमरे में आई थी, वह केवल दो-एक बार ही, पौ फटने से पहले कमरे से बाहर निकल पाई थी। बाहर मैदान में दिशा-पानी भी कर आई थी और नल पर ठंडे-ठंडे पानी से मुँह-हाथ भी धो आई थी, और उसे बड़ा अच्छा लगा था। और बसंती नाचती हुई कमरे में लौटी थी। दिन चढ़ जाने पर उसके लिए सभी दरवाजे बंद हो जाते थे, वह खिड़की में से झाँक तक नहीं सकती थी, कमरे के बाहर पैर रखना तो दूर रहा। पर यह तभी था जब उसकी नींद पौ फटने से पहले, अँधेरा रहते खुल जाए। दीनू तो बसंती को जगाने से रहा। वह स्वयं तो घोड़े बेचकर सोता था। और सूरज चढ़ने पर जागता था। बसंती अपने मैले कपड़े अभी तक नहीं धो पाई थी। दीनू से तो इस बात की आशा ही नहीं कि जा सकती थी कि वह बसंती के कपड़े छुएगा।

बसंती उसके दोनों हाथ पकड़कर, उसके साथ सटकर बैठ गई।

''आज मुझे भोली बहुत याद आई।'' बसंती बोलने लगी, ''तू भोली को नहीं जानता। वह मेरी सहेली थी, जब हम ढलान पर रहते थे। जब घर टूटे तो कुछ दिन पहले ही उसका ब्याह हो गया था। तुम्हें मालूम है, जिस दिन बस्ती टूटी, उसी दिन मेरा भी ब्याह होने जा रहा था। पर पुलिसवाले बस्ती तोड़ने आ गए, इसलिए ब्याह नहीं हुआ।''

''जानता हूँ, जानता हूँ, बहुत बार सुन चुका हूँ।''

''पर तू भोली को तो नहीं जानता ना। भोली का घरवाला उसे बहुत पीटता था। शराब पी लेता और पीटने लगता। हमारे आदमी अच्छे नहीं हैं, कच्ची शराब पीते हैं। उसे भी कहता था, तू भी पी। पर उसे अच्छी नहीं लगती थी। अच्छी नहीं लगती तो कोई क्यों पिए? कोई जबरदस्ती थोड़ी ही है। फिर जब वह ज्यादा पी लेता तो उसे पीटने लगता। तुम तो शराब नहीं पीते हो ना?'' बसंती को इस बात का भी गर्व था कि उसका पति शराब नहीं पीता।

दीनू ने कोई उत्तर नहीं दिया और अपने हाथ छुड़ाने की कोशिश करने लगा।

''एक दिन जी, कच्ची शराब का एक किलो का टीन वह कहीं से उठाकर ले

आया। अपने एक दोस्त को भी पकड़ लाया। दो आदमी सारा-का-सारा टीन पी गए। फिर जी, पीकर आपस में लड़ने लगे। पीकर हमारे लोग बहुत बोलते हैं, बहुत झगड़ते हैं। बेचारी भोली, बीच में आकर उन्हें छुड़ाने लगी तो पता है उसके घरवाले ने क्या किया? उसे घर से निकाल दिया। अब उस बेचारी का क्या कसूर था? वह तो छुड़ाने आई थी ना? दूसरे दिन उठे तो एक की आँख सूजी हुई और दूसरे का जबड़ा सूजा हुआ और भोली घर में ही नहीं। जाने कहाँ चली गई। भोली ने अच्छा ही किया ना, जो भाग गई। पता नहीं अब वह कहाँ पर है!"

गहराते झुटपुटे में, दीनू के दोनों हाथ पकड़े, बसंती बतियाए जा रही थी।

एक ही झटके से दीनू ने दोनों हाथ छुड़ा लिए। और फिर बसंती को अपनी लपेट में लेने लगा। बसंती ने फिर से हाथ पकड़ने की कोशिश की, "यह तुम्हें क्या हो जाता है, रात-प्रभात जब आते हो चिपटने लगते हो।" बसंती हँसकर बोली, "मुझे तो बड़ा गंदा लगता है। न मैं नहाई, न धोई।" फिर मानो अपने आपसे बातें करती बोली, "मेरा बापू भी ऐसा ही था। माँ रात को इसीलिए बड़बड़ाती रहती थी। इसीलिए कुतिया की तरह बच्चे जनती रही है। मुझे बड़ा गंदा लगता है..."

पर जब दीनू फिर से उसकी ओर बढ़ा और बसंती उसे रोकने लगी तो दीनू तमककर बोला, "एक झापड़ दूँगा। तुझे लाया किसलिए हूँ?"

बसंती के हाथ ठिठक गए, "बस, इसी काम के लिए लाया है?"

"और नहीं तो क्या?"

बसंती की आँखें फैल गईं। यहाँ आने का मतलब बसंती की नजर में वह नहीं था जो दीनू की नजर में था। बसंती यहाँ दुल्हन बनकर आई थी, अपने पति के घर आई थी। वह यहाँ अपने को गृह-वधू समझ रही थी। पर दीनू की आवाज में रुखाई थी और क्रूर कामोत्तेजना।

"जिसके साथ ब्याह किया हो, उसके साथ ऐसा नहीं बोलते।"

"ब्याह किसने किया है तेरे साथ?"

"तूने, और किसने? भगवान के सामने सौगंध खाई है या नहीं? मेरी माँग में रंग भरा है या नहीं? मेरे बालों में फूल टाँके हैं या नहीं? और ब्याह क्या होता है?"

"तू पीछे पड़ गई थी तो क्या करता। तेरी जैसी तो यहाँ रोज मिल जाती हैं।"

बसंती के मन को धक्का लगा। उसके हाथ शिथिल पड़ गए और वह चुपचाप दीनू के चेहरे को देखती रह गई।

इस पर दीनू की आवाज कुछ धीमी पड़ गई, "तू अपने को बीवी समझे बैठी थी। मैंने कहा समझती है तो समझती रहे, मेरा क्या जाता है।"

"तू अपने को मेरा घरवाला नहीं समझता ?"

दीनू चुप रहा। गहराते झुटपुटे में बसंती को लगा जैसे हल्की-नीली झाँववाली उसकी आँखें बसंती के चेहरे पर लगी हैं, और पहली बार बसंती कुछ नहीं जान पा रही है कि इस आदमी के दिल में क्या है।

"बोल दे, सोच क्या रहा है ? कहेगा तो आज ही चली जाऊँगी।"

पहले दिन से ही, कमरे के अंदर प्रवेश करने पर, बसंती एक पत्नी की तरह व्यवहार करती रही थी। कोठरी में झाड़ू लगाती, दीनू के कपड़े सँभाल-सँजोकर रखती। उसने पहले ही दिन खाट की रस्सी को कस दिया था। कोठरी में लौटने पर दीनू को भी अच्छा लगा था, घर का-सा भास हुआ था। बसंती भी बन-सँवर कर जूड़ा बनाकर बैठी थी और धीरे-धीरे गुनगुना रही थी। दीवार में लगे तख्तों पर उसने दीनू का सामान तरतीब से रख दिया था, बीड़ी-सिगरेटों के ठूँठ बुहार दिए थे, उसके लिए यह कोठरी अपने सुहाग का कमरा थी।

इस बार जो दीनू ने उसकी ओर हाथ बढ़ाया तो वह कुछ नहीं बोली, बल्कि ज्यों-की-त्यों बनी रही, मानो उसका ध्यान किसी दूसरी ओर हो। सचमुच दीनू की बिल्लौरी आँखों से कुछ पता नहीं चलता कि झूठ बोल रहा है या सच। एक बार फिर बसंती के मन में आया कि उसे अपने से धकेल दे—धकेलकर परे हटा दे, लेकिन फिर, सहसा ही उसके दिल में ज्वार-सा उठा। मेरे मन से तो यह मेरा पति ही है, मैंने तो इसे अपना पति ही माना है ना, पति मानकर ही इसके साथ आई हूँ। यह नहीं मानता तो न माने। मेरे लिए तो यह मेरा घरवाला ही है। और इस भावावेश में बसंती के हाथ दीनू के बाल सहलाने लगे। इसने तो मेरे साथ भला ही किया है ना, मुझे अपने साथ ले आया। नहीं तो बापू तो पंडित बुला लाया था और लँगड़ा बारात ला रहा था। और बसंती के दिल में फिर दीनू के प्रति गहरे स्नेह का उद्गार उठा, जैसे दिल के अंदर कोई प्यार का सोता फूट

पड़ा हो।

थोड़ी देर बाद बसंती फर्श पर लेटी, अँधेरे में छत की ओर देख रही थी और साथ में लेटे दीनू ने करवट बदल ली थी और बसंती की ओर पीठ करके लेट गया था। बसंती हांथ बढ़ाकर उसकी पीठ सहलाने लगी, ''तू अपने को मेरा घरवाला नहीं समझता ?'' बसंती ने दुलार से कहा।

दीनू ने बिना करवट बदले, लेटे-लेटे ही कहा, ''मेरा ब्याह कब का हो चुका है।''

दीनू की पीठ पर रखा बसंती का हाथ काँप गया और वह उसी क्षण उठकर बैठ गई।''

''क्या कहा ?''

''मेरा ब्याह हो चुका है।''

''तूने बताया क्यों नहीं ?'' बसंती ने डूबती-सी आवाज में कहा।

''मैं क्यों बताता ? तूने मुझसे पूछा था जो मैं बताता ?''

''कहाँ है तेरी बीवी ?''

''गाँव में।''

''कहाँ है तेरा गाँव ?''

''पहाड़ पर। पठानकोट से रास्ता जाता है।''

''तूने बताया क्यों नहीं कि तेरा ब्याह हो चुका है ? तूने मेरे साथ धोखा किया है।''

''मैंने क्यों धोखा किया ? तू तो मेरे साथ भागने पर तुली थी।''

''शादी करने के लिए ही तो तेरे साथ भागी थी, या यों ही भाग आई थी ?''

''मुझे क्या मालूम।''

''तूने उस वक्त भी नहीं बताया जब भगवानजी के सामने तूने कसम खाई थी ?''

''बीवी बनती है तो बनी रह, मेरा क्या जाता है। बेशक यहाँ पड़ी रह। हमारी जात में लोग दो-दो ब्याह भी करते हैं, तीन-तीन भी करते हैं।''

दीनू को वह घड़ी याद आई जब बसंती उसे खींचकर बरामदे में भगवानजी की तस्वीर के सामने ले गई थी और उसके बालों में फूल खोंसती रही थी। उसे वह सब खिलवाड़-सा लगा था। उस वक्त वह बसंती को बाँहों में भरने के लिए

मन-ही-मन छटपटा रहा था। चाँदनी में छिटके बरामदे में पास में खड़ी बसंती की देह से मादक-सी गंध फूट रही थी जिससे वह मतवाला-सा हो रहा था। उसे याद करके अपना आग्रह भी अब उसे अटपटा-सा लगने लगा था।

यों, जब से बसंती कमरे में आई थी, दीनू की आँखों के सामने कामुकता की धुंध-सी छाई रही थी। इस धुंध में न तो वह अपनी स्थिति को ठीक तरह से देख पा रहा था, न बसंती की स्थिति को; न ही देख पाने की इच्छा भी थी। एक छोकरी अपने आप, उसकी कोठरी में चली आई, और जब चाहो, वह मौजूद है, न भाग सकती है, न भागना चाहती है, उसे और क्या चाहिए। यह घर बसाने की सोच रही है, सोचने दो, मेरा क्या लेती है, देखा जाएगा जो होगा। कुछ माँगती नहीं, सारा वक्त हँसती-बोलती रहती है। खाना हॉस्टल के किचन से आता है। मुफ्त का माल, मुझे और क्या चाहिए। यों भी काम में चुस्त है। कभी काम करेगी तो दो पैसे कमाकर ही लाएगी, मेरे पल्ले से नहीं खाएगी।

बसंती देर तक दीनू की पीठ-पीछे बैठी रही। जीवन के बड़े-बड़े सदमे एक क्षण में अपनी चोट कर जाते हैं, पर घटते समय कोई प्रभाव नहीं छोड़ते, न कसक, न दर्द, न छटपटाहट, तिरते-से निकल जाते हैं, और इंसान अन्यमनस्क-सा वैसे-का-वैसा व्यवहार करता रहता है, मानो कुछ भी न हुआ हो। दर्द की टीसें तो बाद में उठती हैं।

"क्या नाम है तेरी घरवाली का?" अँधेरे में, अपने घुटने पर ठुड्डी टिकाए, बसंती बोली।

"रुक्मी।"

"कितनी बड़ी है। क्या मुझसे बड़ी है?"

"तुझसे बड़ी है।"

"गोरी है?"

"हाँ, गोरी है।"

"पहले तेरे पास यहाँ रहती थी?"

"नहीं, वह गाँव में रहती है।"

"कितने बच्चे हैं तेरे?"

"बच्चा कोई नहीं है।"

"कोई बच्चा नहीं है, क्यों?"

"नहीं है।"

''मेरी माँ के तो सात बच्चे हुए थे, उसका एक भी नहीं हुआ ?''

''नहीं है।''

बसंती चुप हो गई। गाँव में रहती है तो घास छीलती होगी, कुछ जानती-समझती नहीं होगी। उसने सिनेमा कहाँ देखा होगा, बसों में कहाँ घूमी होगी, टेलीविजन कहाँ देखा होगा। बसंती को गर्व का-सा भास हुआ, मेरे मुकाबिले में तो वह पासकू भी नहीं बैठती होगी।

''तू उसके साथ नहीं रहना चाहता ?''

''क्यों ? वह मेरी बीवी है।''

''बीवी है तो उसे यहाँ क्यों नहीं लाया ?''

''वह गाँव में रहती है, मेरी माँ के पास।''

सहसा बसंती मन-ही-मन विचलित-सी हो उठी। छटपटाकर बोली, ''तूने दूसरी शादी क्यों की है ?''

दीनू ने पहले की ही तरह स्थिर, निश्चेष्ट-सी आवाज में उत्तर दिया, ''मैंने दूसरी शादी नहीं की है। तू मेरे साथ भाग आई है, मैंने मना नहीं किया।''

''यह तो ठीक कहता है।'' बसंती ने कहा और फिर चुप हो गई। देर तक चुपचाप बैठे रहने के बाद उसने लंबी साँस ली और फिर से फर्श पर लेट गई और छत की ओर ताकने लगी।

रात गहरा गई थी। चारों ओर गहरा मौन छाया था। हॉस्टल की सभी आवाजें भी धीरे-धीरे शांत हो गई थीं। न कोई दरवाजा खुलता था, न कोई ट्रांजिस्टर बजता था, न कहीं नल की या बर्तनों की आवाज थी, दाढ़ीवाले चौकीदार की लाठी की भी खटकार अभी नहीं आ रही थी। पास में लेटे दीनू का साँस भी गहराने लगा था।

''तू उसे यहाँ ले आ। हम सब मिलकर रहेंगे। तेरी जात में दूसरा ब्याह कर सकते हैं ना ?''

दीनू चुप रहा।

''मैं सब काम कर लूँगी। उसे सबकुछ सिखा दूँगी। तू उसे यहाँ ले आ। हम अलग से कहीं कमरा लेकर रह लेंगे।''

पर दीनू की ओर से कोई जवाब नहीं आया। बसंती फिर से वही बात कहने जा रही थी जब उसने पाया कि दीनू गहरी नींद सो गया है, और हौले-हौले

खर्राटे भरने लगा है।

छत को ताकते हुए रात बीतने लगी। बसंती की आँखों से नींद भाग चुकी थी। दीनू के हल्के-हल्के खर्राटों और कमरे के अंदर घूँ-घूँ करते मच्छरों की आवाज के अलावा, चारों ओर चुप्पी छाई थी। बसंती देर तक उधेड़बुन में लगी रही। कभी सोचती, कैसी होगी इसकी बीवी? कहता है गोरी है। गोरी है तो क्या, जानती-समझती तो कुछ नहीं, केवल घास ही छीलना जानती है। दिल्ली में तो उसे रास्ता भी पता नहीं चले। सारा वक्त भटकती फिरे। मेरे साथ रहेगी तो मैं उसका हाथ पकड़कर सड़क पार करवा दिया करूँगी। घर में तो मेरी ही चलेगी। दीनू भी मुझसे ही कहेगा, यह काम कर, वह काम कर, इधर जा, उधर जा। मैं साइकिल चलाना भी सीख लूँगी, दीनू की साइकिल तो है ही।

फिर अचानक ही कहीं से गहरी हूक-सी उठी और बसंती का सारा शरीर झिंझोड़ गई। 'हरामी ने बताया ही नहीं कि उसके घर में बीवी है।' और अनायास ही दो गर्म-गर्म आँसू बसंती के गालों पर लुढ़क गए। 'बीवी है तो क्या? मैं इसके पीछे मारी-मारी तो नहीं फिरूँगी।'

व्याकुलता की एक और लहर-सी उठी और बसंती को झिंझोड़ गई। अभी उठकर चली जाऊँ? मगर कहाँ जाऊँ?

कहीं दूर टावर की घड़ी पर टन-टन हुई। नींद अभी भी बसंती की आँखों से कोसों दूर थी। आज भी मेरे साथ वही कुछ होगा। जब पौ फटने लगेगी तो मुझे नींद आ जाएगी, और फिर न दिशा-पानी जा सकूँगी, न हाथ-मुँह धो सकूँगी। कल रात भी ऐसा ही हुआ था। आधी रात को दीनू अपनी खाट उठाकर बाहर ले गया था। कहने लगा—इधर मच्छर बहुत हैं, मैं बाहर मैदान में सोऊँगा। और पानी की सुराही भी अपने साथ बाहर ले गया था। आज क्या होगा? आज तो नींद आ ही नहीं रही है। आज जब घड़ी तीन बजाएगी तो मैं उठकर बाहर चली जाऊँगी और दिशा-पानी से निबटकर अँधेरे-ही-अँधेरे कमरे में लौट आऊँगी। बाहर ठंडी-ठंडी हवा तो बहती है, झींगुरों और मेंढकों की आवाजें भी आती हैं। कभी तोतों का झुंड पर फड़फड़ाता और चीं-चीं करता किसी पेड़ पर से उड़ जाता है।...

खुली खिड़की में से आसमान का छोटा-सा टुकड़ा नजर आ रहा था। अभी तारे चमक रहे हैं और आसमान का रंग गहरा है। रात की स्याही जब कम होने

लगती है तो आँखें बंद करके अगर फिर खोलो तो लगता है उजाला एक पलक और खुल गया है। पौ फटती है तो आसमान में धीरे-धीरे लाल मिट्टी घुलने लगती है। पलक झपको तो और ज्यादा मिट्टी घुल जाती है। रात का यह पहर सबसे सुहावना होता है।

तभी धीरे-धीरे बसंती की आँखें मुँदने लगीं।

सात

श्यामा बीबी ने आँख उठाकर देखा तो सामने बसंती खड़ी थी।

श्यामा बीबी सन्न-सी रह गई।

''अरे, तू कहाँ से आ टपकी ?'' श्यामा ने कहा और झट-से दरवाजा बंद करने के लिए उठ खड़ी हुई। ''किसी ने तुझे अंदर आते तो नहीं देखा ?'' और श्यामा ने झट-से उठकर सीढ़ियोंवाले दरवाजे को बंद कर दिया और चिटखनी लगा दी।

''कहाँ से आई है ? तूने क्या सूरत बना रखी है ?''

बसंती मुस्करा रही थी—एक धीमी, अंतर्मुखी-सी मुस्कान जो जिंदगी के थपेड़े खाने के बाद इंसान के चेहरे पर अपने-आप आ जाती है।

''कहाँ रही इतने दिन ? तुझे अंदर आते किसी ने देखा तो नहीं ना ? सच बता ? इधर तेरा बाप मेरे घर के बीसियों चक्कर काट चुका है। हर बार मैं उससे यही कहती थी कि मैं कुछ नहीं जानती। यह सच भी तो है ना। मुझे क्या मालूम तू कहाँ गई है, किधर गई है, मैंने तुझे घर से जाते तो नहीं देखा ना। कहाँ थी इतने दिन ?''

श्यामा ने देख लिया कि बसंती पहले की तरह चहक नहीं रही है। बसंती का चेहरा थका-थका सा था। पहले तो आते ही बतियाने-चहकने लगती थी, ठिठोलियाँ करती, घर में कदम रखते ही इधर-उधर फुदकने लगती थी। कुछ ही महीनों में मानो इसका सारा लड़कपन झर गया हो, गृहस्थिन बन गई हो।

एक क्षीण खोई-खोई-सी मुस्कान बसंती के होंठों पर काँप रही थी। बसंती को यहाँ से गए बहुत दिन नहीं बीते थे, यही तीनेक महीने ही बीते होंगे, पर बसंती पहलेवाली बसंती नहीं रह गई थी। आँखें पहले-जैसी ही बड़ी-बड़ी थीं पर जैसे उनकी नजर अंदर की ओर मुड़ गई थी।

''कहाँ थी इतने दिन ?''

''इधर ही तो थी, बीबी जी !''

''छिपकर मिलने आई है ? पगली, छिपकर मिलने आना था तो रात के वक्त आती। दिन में भी कोई छिपकर मिलने आता है ? इधर, दो घर छोड़कर तेरा बाप बैठा है। और पीछे, इस तरफ तेरा चाचा, और तेरी बहिन मुहल्ले में सारा दिन घूमती रहती है। सभी मुझ पर शक करने लगे हैं कि मैंने ही तुम्हें कहीं भगा दिया है।''

बसंती अभी भी चुपचाप खड़ी मुस्कराए जा रही थी।

''किधर है तेरा घरवाला ? अभी भी हॉस्टल में ही काम करता है ?''

''नहीं बीबी जी, वह तो यहाँ नहीं है, वह तो अपने गाँव चला गया है।''

''क्या ? गाँव गया है ? तुम्हें अपने साथ नहीं ले गया ?''

बसंती चुप रही।

''कब गया था ?''

''हो गए कुछ दिन।''

''तू कहाँ रहती है ?''

''मैं कहीं नहीं रहती बीबी जी !''

''कहीं नहीं रहती ? क्या मतलब ?''

''मतलब कि कभी कहीं रहती हूँ, कभी कहीं।'' कहते हुए बसंती, फिर पहले की तरह धीमे-से हँस दी।

''तुझे बेघर छोड़ गया है ? सच-सच बता क्या हुआ है ? ठीक-ठीक बता।''

श्यामा बीबी को खट-से भास हुआ कि दाल में कुछ काला है, कि बसंती कुछ छिपा रही है।

बसंती ने अभी बताना शुरू भी नहीं किया था कि श्यामा बीबी तर्जनी हिला-हिलाकर कहने लगी, ''मैंने तुमसे कहा था या नहीं ? बोल, कहा था या नहीं ?''

''क्या बीबी जी ?''

"कि जिस आदमी के साथ भाग रही है वह अच्छा आदमी नहीं है।"

बसंती चुप रही, न हूँ, न हाँ।

"तुझे अकेला छोड़कर गाँव चला गया, बुरा नहीं तो क्या है?"

बसंती को सदा श्यामा की आवाज में सद्भावना की भनक मिला करती थी, और वह अपने दिल की सब बातें उसके सामने उँडेलकर रख देती थी। इसीलिए श्यामा बीबी के घर को वह अपना घर समझती थी। पर आज पहली बार उसे लगा जैसे श्यामा बीबी को इस बात से अधिक संतोष मिल रहा है कि दीनू अच्छा आदमी नहीं निकला और उसका कहा सच निकला।

"तुझे पैसे दे गया है?"

बसंती चुप रही।

बसंती को चुप देखकर श्यामा बीबी का संदेह पहले से भी ज्यादा पक्का हो गया।

"तेरा घरवाला, हॉस्टल से छुट्टी लेकर गया है?"

बसंती क्षण-भर के लिए ठिठकी, फिर धीरे-से बोली, "हमें हॉस्टल में से निकाल दिया गया था, बीबी जी।"

"निकाल दिया गया था? क्यों?"

"मैं वहाँ उसके साथ छिपकर रहती थी ना!"

"छिपकर क्यों रहती थी? तूने उसके साथ शादी नहीं की थी?"

"शादी तो की थी बीबी जी, मगर वहाँ औरतों को नहीं रहने देते। एक दिन किसी ने देख लिया और बड़े अफसर से शिकायत कर दी।"

श्यामा को फिर से अपनी सूझ को सही साबित करने का मौका मिल गया, "बीवी साथ में हो तो कोई नौकरी से थोड़े ही निकाल देगा। सच-सच बता, क्या हुआ था? उसके साथ शादी की थी?"

"हाँ तो बीबी जी!"

"कहाँ शादी की थी।"

बसंती को अभी भी इस बात में पूरी आस्था थी कि दीनू के साथ उसकी शादी बाकायदा हुई है। इसलिए उसने ब्यौरे के साथ श्यामा बीबी को बता दिया कि कैसे शादी हुई थी, कि जंतरी में से फाड़ी हुई भगवानजी की तस्वीर के सामने दोनों एक-दूसरे का हाथ पकड़कर खड़े हुए थे, कि बसंती ने उसके बालों

में तीन फूल खोंसे थे, कि उसने भी बसंती के बालों में फूल टाँके थे, कि उसने बसंती की माँग में लाल पेंसिल का रंग भरा था, बसंती ने सब सुना दिया। और यह भी कि उस समय आकाश में चाँद खिला था, और दोनों ने छिटकी चाँदनी में विवाह की शपथ ली थी।

अभी बसंती बोल ही रही थी कि श्यामा दाँतों-तले होंठ दबाए बार-बार सिर हिलाने लगी।

"इसे तू ब्याह कहती है। मैंने तुझसे कहा था या नहीं ? बोल, कहा था या नहीं ?"

"क्या बीबी जी ?"

"कि इस आदमी का कोई भरोसा नहीं, कि पहले ब्याह करना, फिर उसके घर में पाँव रखना।"

"ब्याह तो किया था।"

"इसे ब्याह कहते हैं ? ब्याह पंडित करवाता है। दो आदमी जात-बिरादरी के साथ बैठते हैं ताकि गवाही दें सकें कि हाँ, ब्याह हुआ है। वाह री बसंती, बड़ी चालाक बनती है। न पंडित, न गवाह। बड़ा ब्याह कर आई। वह आदमी तेरे साथ मजा लूटता रहा है, और अब तुझे चकमा देकर भाग गया हैं।"

"नहीं बीबी जी !" बसंती ने धीमी-सी आवाज में कहा।

"नहीं क्या ? अगर वह कह दे कि उसने शादी नहीं की है, तो ?"

"तो क्या, बीबी जी, कह दे, तो कह दे।" बसंती ने पहले की तरह कह दिया।

"तुझे बहुत रुलाएगा, बसंती, तू कुछ नहीं जानती।"

"रुलाएगा तो क्या बीबी जी, रुलाएगा तो रुलाएगा।"

बसंती की आँखें चढ़ी हुई थीं। श्यामा को लगा जैसे अभी तक बसंती के सिर पर से खुमार नहीं उतरा है, इसलिए वह स्याह और सफेद की तमीज नहीं कर पा रही। पर यह इतनी अलसाई-अलसाई क्यों है। पहले कितनी नटखट हुआ करती थी। फिर खटाक-से श्यामा को पता चल गया, "अरी, तेरे तो बच्चा होनेवाला है। मैं भी कैसी पागल हूँ। तुझे देखे जा रही हूँ और समझ नहीं पा रही। चल, बैठ इधर।"

और श्यामा बीबी ने बसंती को बाजू से पकड़कर अपने पास बिठा लिया।

बसंती का दिल भर आया।

मनुष्य तकलीफों-अड़चनों से नहीं घबराता, मुसीबतों से नहीं डरता, केवल उसे कहीं से प्यार मिलता रहे, आत्मीयता मिलती रहे, फिर वह एक नहीं, मुसीबत के बीसियों काले कोस लाँघ जाएगा। और इसी आत्मीयता की भूख उसे यहाँ खींच लाई थी।

''तेरे सिर पर से अभी खुमारी नहीं उतरी, जब उतरेगी तब तू नमक-तेल का भाव जानेगी। अभी तो तू अंधी बनी हुई है। तू अभी भी समझती है कि वह आएगा ?''

''आएगा, बीबी जी।'' बसंती ने कहा और श्यामा बीबी फिर उसके चेहरे की ओर देखने लगी।

बसंती ने जीवन में इतना अनुभव नहीं बटोरा था कि श्यामा की बात को समझ पाती, कि खुमारी क्या होती है, कि खुमारी से पहले क्या होता है, और खुमारी टूटने के बाद क्या होता है। उसे इतना अनुभव भी नहीं था कि तुलना करके जान पाती कि दुनिया का दस्तूर क्या है, दुनिया के व्यवहार को वह खरा माने या खोटा। जब से दीनू उसे छोड़कर गया था, वह एक तरह की धूप-छाँव में रहती आ रही थी, उसे याद भी करती, उसके प्रति दिल में हिलोर-सी भी उठती, उसे गालियाँ भी देती। आस का धागा अभी पहले जैसा ही मजबूत था, केवल पहले जैसा स्थिर नहीं था, कभी-कभी डोल जाता था।

''फिर ? बता फिर क्या हुआ ?'' श्यामा बीबी ने पूछा।

बसंती क्या बताए ? बसंती को स्वयं बहुत-सी बातें मालूम नहीं थीं। पर वह श्यामा बीबी के साथ कुछ-कुछ खुलने लगी।

''ओ बीबी जी, क्या बताऊँ। उसे नौकरी से नहीं भी निकालते तो भी हम ज्यादा वक्त वहाँ नहीं रह सकते थे। बीबी जी, वहाँ सारा दिन कमरे में रहना पड़ता था। खिड़की में से बाहर भी नहीं झाँक सकती थी। सारा दिन कमरे के कोने में छिपी बैठी रहती थी। बूढ़ा चौकीदार राउंड पर आता तो मैं कोने में फर्श पर लेट जाती थी, कभी दरवाजे के पीछे छिपकर खड़ी हो जाती थी।'' और बसंती फिर हँसने लगी। ''एक बार मैं अपने-आप ही चिटखनी खोलकर बाहर निकल आई। मुझे जोरों की प्यास लगी थी, मैंने कहा झट से नल पर से पानी पीकर कमरे में लौट आऊँगी।''

''तभी किसी ने देख लिया होगा।'' श्यामा बोली।

''नहीं बीबी जी ! पता नहीं कैसे हुआ। पर दीनू कहता था मंगलू रसोइए को शक हो गया था। उसी ने शिकायत की।''

यह उस दिन दोपहर की बात थी। नल पर बर्तन माँजने-मलने की आवाज थम गई थी। खाने का बड़ा कमरा खाली पड़ा था। कुछ नौकर किचन की दहलीज पर बीड़ियाँ फूँकते बैठे गप्पें हाँक रहे थे। दो-एक चटाइयों पर पसरे हुए थे। तभी दीनू उठा था और उसने रसोईघर के चूल्हे के पीछे खाने की प्लेट उठाई थी और उसे एक और प्लेट से ढककर बाहर निकल आया था और अपने कमरे की ओर जाने लगा था।

वह बरामदा लाँघकर मुड़ा ही था कि उसे भास हुआ जैसे उसके पीछे-पीछे कोई दबे-पाँव चला आ रहा है। दीनू ठिठका तो पीछे से आवाज आई थी, ''किसके लिए खाना ले जा रहा है दीनू ?''

दीनू ने मुड़कर देखा था—मंगलू था, हॉस्टल का सबसे चंट नौकर। पतली-काली मूँछें और गले में कंठी।

''चार नंबरवाले बाबू के लिए।''

''चार नंबर ? वह तो खाना खा चुका है। इधर ही, थोड़ी देर पहले खाकर गया है।''

''उसका कोई मेहमान आया है। उसके लिए ले जा रहा हूँ।''

मंगलू हँसने लगा था, ''वहाँ तो ताला चढ़ा है। चल दिखा दूँ।''

दीनू खिसिया गया था, पर जल्दी ही सँभल भी गया, ''यह उस हमारी तेजू का कसूर है। चार नंबर का बाबू बार-बार खाना माँगता रहा, यह लेकर नहीं गया। अब मैंने सोचा, मैं ले जाऊँ।''

पर मंगलू पर नजर गई तो वह मुस्करा रहा था और धीरे-धीरे अपनी गान खुजला रहा था।

''बता कौन है ?'' मंगलू ने धीमी आवाज में कहा था, और फिर आँख मारकर मुस्कराया था।

दीनू अंदर-ही-अंदर बहुत सकपकाया, लेकिन कोई रास्ता न सूझ पाने के कारण, लहजा बदलकर अपनी सफाई-सी देने लगा, ''गाँव से घरवाली आ गई है, यार, क्या करूँ। कल रात सीधी चली आई। बसंत नगर में उसका चाचा

रहता है, पर उस वक्त मैं उसे कहाँ छोड़ने जाता…"

पर दीनू ने देखा कि मंगलू अजीब नजर से उसकी ओर देखे जा रहा है, और अभी भी मुस्कराए और रान खुजलाए जा रहा है।

"हमें भी एक डुबकी लगा लेने दे !" मंगलू ने फिर से आँख मारते हुए कहा था, "तू कोठरी में नहीं जा, मैं ही खाना ले जाता हूँ।"

इस पर दीनू बौखला उठा था, और भभककर बोला था, "साले, प्लेट तेरे मुँह पर मारूँगा। कह रहा हूँ मेरी बीवी है, बक-बक किए जा रहा है।"

पर उसके दूसरे ही दिन सुपरिटेंडेंट ने दीनू को अपने दफ्तर में तलब किया था और एक घंटे के अंदर कमरा खाली कर देने का हुक्म दे दिया था।

नौकरी छूट जाने के बाद दीनू और बसंती, दीनू के एक दोस्त बरडू के खोखे में जाकर रहने लगे थे। तभी सहसा बसंती की आँखों के सामने वह दृश्य भी घूम गया जब उसका साक्षात् बरडू से हुआ था, और पहले एक कँपकँपी उसके सारे शरीर में दौड़ गई और फिर क्रोध की लहर-सी उठी और रोंगटे खड़े होने लगे।

वे लोग रात के वक्त बरडू के खोखे में पहुँचे थे। सुबह उठने पर उसने आसपास के इलाके को देखा था। सतनगर को जानेवाली सड़क के किनारे एक गहरी ढलान-सी थी, और इस ढलान पर बहुत-से छोटे-छोटे लकड़ी के खोखे बने थे, और इन्हीं में से एक खोखे में बरडू रहता था। लकड़ी के टूटे-फूटे तख्ते और खपचियाँ जैसे-तैसे जोड़कर ये खोखे बनाए गए थे। हर खोखे के दरवाजे पर फटे टाट या थिगलियाँ लटक रही थीं। टूटी ईंटें, लोहे के टुकड़े, टीन-कनस्तर जिसे जो मिला, उसी से उसने कीलें ठोक-ठाककर खोखा खड़ा कर लिया था। ऐसे बीसियों खोखे वहाँ पर खड़े थे। यहाँ दिन-भर सूअर घूमते, और बड़े-बड़े चूहे भी; और यहीं पर से सतनगर और आसपास की बस्तियों का सारा कचरा ट्रकों में उठता था। अनेक स्त्रियाँ कंधे पर से बड़े-बड़े झोले लटकाए सतनगर की सड़कों पर फटे कागज, काँच के टुकड़े, खाली डिब्बे झपट-झपटकर बटोरती फिरती थीं। और छोटे-छोटे बच्चे कचरे के ढेरों में कुछ-न-कुछ ढूँढ़ते-बीनते रहते, खाली बोतलें, अध-टूटे प्याले। ऐसे ही लोग खोखों में रहते थे। वहीं पर बरडू रहता था और वहीं पर बसंती और दीनू भी

रहने लगे थे।

कुछ दिन तक तो वे बरड़ू के खोखे में रहे, फिर दीनू ने नजदीक ही सतनगर के पास एक कच्ची-सी कोठरी किराए पर ले ली।

यहीं पर एक दिन सुबह जब बसंती ने आँख खोली तो देखा कि दीनू खाट पर नहीं है। वह आँखें मलती हुई बाहर आई तो कोठरी के बाहर जमीन पर बरड़ू बैठा था, फटी-पुरानी-सी चादर ओढ़े हुए। मैला, गंदा-सा बरड़ू।

''दीनू कहाँ है?'' बसंती ने पूछा।

इस पर बरड़ू अपने मैले-मैले दाँत दिखाते हुए हँसने लगा था।

''दीनू अब नहीं आएगा।''

''क्यों?''

''वह चला गया है।''

''कहाँ चला गया है?'' बसंती की आँखें फैल गई थीं।

''अपने गाँव चला गया है।''

कुछ दिन से दीनू गाँव जाने की बात कह रहा था। वह कहता था कि गाँव में फसल बेचकर कुछ पैसे लाएगा, लेकिन वह इस तरह कुछ भी बताए बिना चला जाएगा, बसंती को विश्वास नहीं हुआ।

बरड़ू का पिचका हुआ चेहरा, मैली-फटी हुई चादर और रूखे उड़ते हुए बाल उसकी बदहाली की कहानी कह रहे थे।

''तू यहीं पर बनी रह।'' बरड़ू बोला था, ''तू किसी बात की फिक्र नहीं कर।''

तभी बसंती को खटका हुआ था।

''तुझे दीनू कुछ कह गया है? क्या कहता था, कहाँ गया है?''

''दीनू अब नहीं आएगा, बोल जो दिया।''

''आएगा, नहीं आएगा, तुम्हें क्या?''

''मुझे क्यों नहीं,'' वह अपने मैले-मैले दाँत दिखाते हुए हँसकर बोला, ''मैंने जेब से तीन सौ रुपए दिए हैं।''

''किस बात के तीन सौ रुपए?''

''तीन सौ रुपए देकर तुझे लिया है, और क्या?''

बसंती की आँखें फैल गईं। बरड़ू क्या कह रहा है!

''सरम नहीं आती, अपने को दीनू का दोस्त कहता है। कल तक तो भाभी-भाभी कहता फिरता था!''

लेकिन बरडू की बात बसंती के मन में चुभ गई थी। गई-रात दीनू की जेब में तीन सौ रुपए जरूर थे और उन्हें देखकर बसंती हैरान भी हुई थी। पूछने पर दीनू ने बताया था कि उसने अपनी साइकिल बेच दी है। पर उसकी साइकिल अभी भी कोठरी के अंदर खड़ी थी।

जब से हॉस्टल की नौकरी से दीनू बरख्वास्त हुआ था, वह कोई काम-धंधा नहीं करता था। न ही काम-धंधे की तलाश में बाहर जाता था। बरडू के साथ ही सारा दिन घूमता रहता था।

''तू उसकी घरवाली नहीं है। उसकी घरवाली गाँव बैठी है जिसके पास वह गया है। वह तुझे मेरे हाथ बेच गया है। मैं तेरे साथ ढंग से ब्याह करूँगा। घर-बिरादरी के लोगों को लाऊँगा। पैसे खर्च करूँगा।''

सहसा बसंती हँस दी थी। उसे न जाने कहाँ से साहस आ गया था। वह चुपचाप अंदर गई और अंदर से कोठरी को लगानेवाला ताला उठा लाई, और किवाड़ भेड़कर कोठरी को ताला लगा दिया, ''मैं कैसे मान लूँ कि वह मुझे तेरे हाथ बेच गया है?''

''मैं जो कह रहा हूँ।''

''वह तो तेरे हाथ अपनी साइकिल बेच गया है बरडू। मुझे नहीं बेच गया।''

''साइकिल के अलग पैसे दिए हैं, एक सौ रुपए।''

''तेरे पास इतने पैसे कहाँ से आए बरडू?'' रहता तो खोखे में है।''

''तुझे खोखे में नहीं रखूँगा, तू इसी कोठरी में बनी रह। मैं भी यहीं आ जाऊँगा।''

बातों-बातों में बसंती कोठरी के दरवाजे पर से हट गई और धीरे-धीरे सड़क की ओर बढ़ने लगी।

''कहाँ जा रही है?''

''तू बारात ले आ। मैं अभी आती हूँ।''

बरडू बसंती के पीछे लपका, लेकिन बसंती फुर्ती से छोटा-सा मैदान पार कर सड़क तक जा पहुँची।

"कहाँ जा रही है? चुपचाप लौट आ, नहीं तो…"

"नहीं तो क्या?"

"नहीं तो तुझे उठाकर ले जाऊँगा।"

"वाह जी, उठाके ले जाएगा, बड़ा आया रावण!" और बसंती ने रफ्तार तेज कर दी और भागती हुई सड़क पर जा पहुँची।

सड़क पर आवा-जाही थी। साइकिलें और स्कूटर चलने लगे थे।

चलते-चलते ही बसंती ने घूमकर कहा, "जमुना जी में जाकर डूब मर। इधर नीचे गंदे पानी का ताल है, उसी में डूब मर। अपने दोस्त की घरवाली को उठाने आया है।"

और बसंती आगे बढ़ती गई।

"मैं छोड़नेवाला नहीं हूँ। पूरे तीन सौ जेब से दिए हैं। अभी भी लौट आ, नहीं तो मुझसे बुरा कोई नहीं होगा।"

पर बसंती आगे बढ़ती गई थी और शीघ्र ही सतनगर की गलियों में खो गई थी।

उस वक्त बरडू के चँगुल से बसंती निकल तो आई थी, पर न तो बरडू ने उसे छोड़ा था और न ही वह कोई अपना ठौर-ठिकाना बना पाई थी। कुछ दिन तक तो बसंती छिपती फिरी थी। रमेश नगर को छोड़कर दिल्ली में जहाँ कहीं वह किसी को जानती थी, बसंती उसी के पास जा पहुँची थी। पर दो-एक दिन ठहरने के बाद वहाँ से भी उसे निकल जाना पड़ता। और बरडू हाथ धोकर उसके पीछे पड़ा था। कहीं-न-कहीं से बसंती का सुराग निकाल ही लेता और उस बस्ती के पास मँडराता हुआ दिख जाता। कुछ दिन के लिए वह खान मार्किट के पास एक घर में चौका-बर्तन भी करने लगी थी, और रात को फ्लैट के बाहर बरामदे में पड़ रहती थी, लेकिन यह ज्यादा दिन तक नहीं चल पाया। बरडू का साया वहाँ भी पहुँच गया। फिर एक दिन अपने स्वभावानुकूल वह यों ही किसी बस में बैठ गई और जिस ओर बस जा रही थी उसी ओर निकल गई। वहाँ अचानक सड़क पर चलते हुए उसे लाली मिल गई, जो बस्ती में दो कोठरियाँ छोड़ तीसरी कोठरी में रहा करती थी। लाली ने इसकी बड़ी आवभगत की, इसे एक जगह पर काम भी ले दिया, सोने-रहने का प्रबंध भी कर दिया, पर यहाँ कुछ ही दिन में गर्भ के लक्षण प्रगट होने लगे थे, उसे बार-बार

मतली आने लगी थी, तबीयत खराब रहने लगी थी।

श्यामा बीबी के सामने बैठी बसंती के मन में अनेक घटनाएँ चक्कर काट रही थीं। श्यामा बीबी को वह क्या बताए, क्या नहीं बताए?

"वह घर तूने क्यों छोड़ दिया?"

बसंती क्या बतलाए कि क्यों छोड़ दिया था।

वहाँ से निकली तो बसंती अपनी कोठरी में लौट आई। पर केवल दो दिन तक ही ठहर पाई। उसे याद करते हुए बसंती हँसने लगी।

"क्यों, हँसती क्यों है?"

"मैं ताला खोलकर अंदर गई तो बीबी जी, मुझे एक ख्याल आया। मैंने अंदर से माँकल चढ़ी दी। पर खिड़की खोलकर बाहर देखने लगी। उधर से एक लड़का जा रहा था, मैंने उसे खिड़की में से ताला पकड़ाते हुए कहा, इस कोठरी पर ताला लगा दो। मुझे मालूम था बीबी जी कि बरडू वहाँ जरूर आता होगा। बाहर ताला चढ़ा देखेगा तो समझेगा कि अभी तक नहीं लौटी।" इस पर बसंती फिर से हँसने लगी।

"क्यों, इसमें हँसने की बात क्या है?"

"ओ बीबी जी, दोपहर को जब मैं सोकर उठी और किवाड़ की दरारों में से बाहर झाँककर देखा तो सचमुच बरडू वहाँ बैठा था। एक और आदमी भी उसके साथ था। मैं तो डरी, कि अब क्या होगा, पर शाम तक बैठा रहने के बाद वह वहाँ से चला गया। तब मैं भी किसी तरह वहाँ से निकल आई। उसके बाद मैं वहाँ नहीं गई।"

"फिर कहाँ पर रही?"

"ओ बीबी जी, अब क्या-क्या आपको बताऊँ? एक दिन तो मेरी समझ में ही नहीं आए कि कहाँ जाऊँ। मतली उठती थी ना, मतली नहीं उठती तो मैं परवाह भी नहीं करती। पर मतली उठती थी।"

"तो?"

"तो सच बीबी जी, मैं सीधी अपनी बहिन के घर जा पहुँची। मैंने कहा होने दो जो होता है, अब मैं क्या करूँ।"

श्यामा बीबी बड़ी दिलचस्पी से सुनने लगी।

''वह विनयनगर में रहती है। मैंने सोचा, मैं उससे कह दूँगी तो वह किसी को बताएगी भी नहीं। और विनयनगर दूर भी पड़ता है। बापू और बरड़ू को खबर होते-होते मैं वहाँ से निकल जाऊँगी।''

''फिर ?''

''फिर क्या बीबी जी, मैं वहाँ बस तीन दिन ही टिक पाई।''

''क्यों ?''

''क्या पूछती हो बीबी जी, उसका घरवाला उल्लू का पट्ठा है।''

''क्यों ?''

''सभी बीबियों के घरवाले उल्लू के पट्ठे होते हैं, बीबी जी,'' और बसंती हँस दी। ''क्यों क्या, बीबी जी, बस वह उल्लू का पट्ठा है।'' फिर स्वयं ही सुनाने लगी, ''मैं अंदर कोठरी में सोई थी, और ये मियाँ-बीवी अपने बच्चों के साथ बाहर सोए थे। मैं अंदर बेसुध पड़ी थी। तभी मुझे लगा जैसे कोई मेरी खाट पर बैठ गया है। मेरी नींद खुल गई। पहले तो मैं समझी ही नहीं कि मैं कहाँ पर हूँ। मैं नींद में थी ना। मुझे लगा मैं हॉस्टल के कमरे में हूँ और दीनू काम निबटाकर आया है। वह भी अँधेरे में आता था ना। बीबी जी, सच, मैं एक ओर को हो गई कि दीनू भी खाट पर लेट जाए। फिर मैंने कहा, अरे, यह तो मेरी बहिन का घर है। यह कौन है ? मैं हड़बड़ाकर उठी तो उसने मेरे मुँह पर हाथ रख दिया। हरामी की औलाद, बीबी जी, वह बहुत बुरा आदमी है।''

''फिर ?''

''फिर क्या बीबी जी, मेरी बहिन को खटका हुआ और वह जाग गई। पहले तो बाहर से ही बोली, 'क्या बात है बसंती, तू सोई नहीं ?' फिर वह उठकर अंदर आ गई।

बसंती हँसने लगी, ''वह हरामी बोला, 'मैं तो अंदर पानी पीने आया हूँ।' पर पानी का घड़ा बाहर रखा हुआ था। 'आ, मैं तुझे पानी पिलाती हूँ,' मेरी बहिन ने कहा, और उसे खींचकर बाहर ले गई।''

''तेरी बहिन से डरता है।'' श्यामा बीबी ने टिप्पणी की।

''कौन डरता है बीबी जी, कोई किसी से नहीं डरता। मेरी बहिन चिल्लाती है, बोलती है, गालियाँ देती है, और फिर चुप हो जाती है।''

श्यामा बीबी बसंती की ओर देखे जा रही थी और सोच रही थी कि पिछले

कुछेक महीनों में ही बसंती कहाँ-से-कहाँ पहुँच गई है। अब यह पुरुषों के स्वभाव पर टिप्पणी भी करने लगी है।

''मैं दूसरे ही दिन वहाँ से चली आई, बीबी जी। वहाँ पर रहती तो मेरी बहिन ही मुझ पर शक करने लगती। कहती, 'मेरे घरवाले पर डोरे डालने आई है।' और मुझे इस बात का भी डर था कि बरडू को पता चल जाएगा। मर्द लोग तो घूमते रहते हैं ना, बीबी जी, मेरी बहिन का घरवाला ही उसे बता देता।''

''उसे पता चला?'' श्यामा ने घबराकर पूछा, ''बरडू यहाँ तो नहीं आ जाएगा? खबरदार, यहाँ किसी को मत आने देना।''

''मैं क्यों आने दूँगी, बीबी जी, मैं तो खुद उससे भागती फिरती हूँ।''

''मैं तुझसे कहूँ बसंती...''

''क्या बीबी जी?''

''चुपचाप अपने माँ-बाप के पास चली जा।''

''वहाँ तो बूढ़ा दर्जी चक्कर काटता है बीबी जी, बाप मुझे चुटिया से पकड़कर उसके साथ बाँध देगा। उसने दर्जी से पूरे नौ सौ रुपए ले रखे हैं।''

''तुमने खुद यह सब बखेड़ा मोल लिया है।''

''क्यों बीबी जी, मैंने क्या किया है?''

''अब तेरा बच्चा होगा तो उसे कहाँ रखेगी और खुद कहाँ रहेगी? कहाँ सिर छिपाएगी?''

तभी श्यामा को ध्यान आया कि उसने बसंती से यह तो पूछा ही नहीं कि आजकल कहाँ रहती है।

''अब कहाँ पर टिकी है?''

''कहीं भी नहीं, बीबी जी।''

''क्यों, तू तो बता रही थी कि एक कोठरी तेरे पास है।''

''वहाँ कैसे जाऊँ बीबी जी, वहाँ तो बरडू बैठा है।'' और सहसा बसंती खिलखिलाकर हँस पड़ी, ''इधर जाऊँ तो बाप बैठा है, उधर जाऊँ तो बरडू बैठा है...।''

इस पर श्यामा बीबी गंभीर आवाज में बोली, ''क्या मालूम बसंती, दीनू तुम्हें उसके हाथ बेच ही गया हो?''

बसंती चुप रही।

''अगर तेरा बाप तुझे बूढ़े के हाथ बेचने के लिए नौ सौ रुपए वसूल कर सकता है तो दीनू क्यों नहीं तीन सौ लेकर तुझे बेच सकता !''

बसंती अभी भी चुप थी और अपलक श्यामा की ओर देखे जा रही थी। फिर धीरे-से बोली, ''नहीं, बीबी जी।''

''वह तुझे छोड़कर चला गया है। अब वह लौटकर नहीं आएगा।''

''वह आएगा, बीबी जी।''

इतना कुछ सहने, इतनी ठोकरें खाने के बाद भी श्यामा बीबी को बसंती की आँखों में बालसुलभ विश्वास झलकता हुआ दिखाई दिया। विश्वास की पतली-सी डोरी टूटने में नहीं आती थी। उसी पर बसंती की जिंदगी झूल रही थी।

''तू तो पागल है बसंती, न उसने कोई संदेसा भेजा है, न तेरी सुधि ली है। फिर भी कहे जा रही है कि वह आएगा ?''

''वह आएगा, बीबी जी।''

''अगर वह नहीं आया, तो ?''

''वह आएगा, बीबी जी।''

''तू तो पागल है।''

श्यामा हैरान थी। क्या सचमुच इसे इस बात का यकीन है कि दीनू ने इसे नहीं बेचा है ? इतना कुछ देखने-समझने के बाद भी यह अनजान बनी हुई है ? क्या यह कोई फिल्मी स्वाँग तो नहीं रच रही है, जैसे पहले रचा करती थी; एक तरह का मन-भुलावा कि वह इस कहानी की विरहिणी नायिका है, जो तरह-तरह की मुसीबतें झेल रही है, इस विश्वास के साथ कि उसका वीर नायक एक दिन जरूर लौटेगा।

''ये फिल्में देख-देखकर ही तेरा दिमाग खराब हुआ है।''

बसंती मुस्करा दी, ''अब तो बहुत दिन हो गए बीबी जी, मैंने कोई फिल्म ही नहीं देखी। आज कौन-सी फिल्म है टी. वी. पर ? आज शनिवार है ना ?''

''फिल्में नहीं देखती तो इस वक्त चैन से घर में बैठी होती...।''

श्यामा के वाक्य को बसंती ने पूरा किया, ''और घर में बैठी बूढ़े दर्जी के पाँव दबा रही होती; या फिर गाँव में घास छील रही होती।''

''अब तुझे क्या मिल गया है ? न घर, न घाट।''

''घर-घाट क्या होता है, बीबी जी ? जहाँ बैठ जाओ, वही तो घर हो जाता है ।'' बसंती ने कहा, फिर तनिक उत्तेजित होकर बोली, ''यह आप क्या कहती हैं बीबी जी, घर-घाट क्यों नहीं है ? घर भी है, मेरा मर्द भी है, अब बच्चा भी होगा । वह जब लौट आएगा तो मैं फिर से अपने घर में रहने लगूँगी ।''

इस पर श्यामा बीबी से नहीं रहा गया, झट-से बोली, ''अगर उसका ब्याह हो चुका है तो वह तुझे क्यों बसाएगा ?''

बसंती ठिठकी और श्यामा बीबी के चेहरे की ओर देखने लगी, फिर सिर हिलाकर बोली, ''ब्याह हुआ है बीबी जी, पर वह आएगा ।''

''क्यों ? दो-दो बीबियाँ वह कैसे रख सकता है ?''

''उसकी जात में दो-दो बीबियाँ रख सकते हैं, बीबी जी ।''

''कोई भी आजकल दो बीबियाँ नहीं रख सकता ।''

''वह रख सकता है बीबी जी, उनकी जात में दो बीबियाँ छोड़ तीन-तीन भी रख सकते हैं ।''

''तुझे किसने कहा ?''

''दीनू ने ।''

''और तूने मान लिया ?''

बसंती की आँखों में आशा और विश्वास की झलक देखकर श्यामा को वह और भी अधिक दयनीय लगी ।

''मैंने उससे कह दिया है,'' बसंती कह रही थी, ''तू अपनी बीवी को यहाँ ले आ । उसकी बीवी तो गाँव की है ना, बीबी जी, बिल्कुल गँवार है, कुछ भी नहीं जानती । मैं घर चलाऊँगी ।''

''इतने धोखे खा चुकी है, पर तू फिर भी होश में नहीं आई । तू ज़िंदगी में बहुत दुखी होगी बसंती ।'' श्यामा बीबी ने दाँतों-तले होंठ दबाकर सिर हिलाते हुए कहा ।

''ज़िंदगी क्या होती है, बीबी जी !'' बसंती ने कहा और हँस दी । उसकी हँसी में पहले जैसी गूँज फिर से सुनाई पड़ी ।

''नहीं बीबी जी, वह आएगा ।'' बसंती की फुसफुसाती-सी आवाज आई, ''उसके बच्चा नहीं है । अभी तक हुआ ही नहीं है । मेरा बच्चा होगा तो वह मुझे ही अपनी घरवाली मानेगा ।''

''कैसी बहकी-बहकी बातें कर रही है, बसंती। तेरे साथ तो उसकी शादी भी नहीं हुई। वह किसी दिन भी तुझे घर से निकाल सकता है। तुझे छोड़कर भाग गया है या नहीं ?''

बसंती की आँखों के सामने फिर एक बार उसके तथाकथित ब्याह का दृश्य घूम गया। बरामदे में छिटकी चाँदनी, ऊँचा-लंबा दीनू, उसके बालों में खोंसे हुए फूल। छिटकी चाँदनी का वह दृश्य आँखों के सामने आने की देर थी कि बसंती के अंदर अलबेलेपन की एक लहर-सी उठी और सभी शंकाएँ और चिंताएँ उसमें डूब गईं। अल्हड़पन और आंतरिक उल्लास का ज्वार-सा उठा। ऐसे ही मतवालेपन में बसंती हाथ बढ़ाकर दीनू के बाल बिखेर दिया करती थी, दोनों हाथ फैलाकर थिरक-थिरक नाचने लगती थी, घूम-घूमकर गाने लगती थी। बसंती झट-से उठ खड़ी हुई, ''लाओ बीबी जी, कमरे में झाड़ू लगा दूँ।'' वह पहले ही की तरह चहक उठी।

''बैठी रह, बैठी रह।'' श्यामा बीबी ने कहा।

''नहीं, मैं तो लगाऊँगी।''

''तेरा पैर भारी है, तू क्या झाड़ू लगाएगी।''

''मेरी माँ बच्चा जनने के दिन तक झाड़ू लगाती रहती है, उसे कुछ नहीं होता, मुझे क्या होगा ?'' और बसंती ने झाड़ू उठा लिया और बरामदा लाँघकर पिछले कमरे में चली गई।

थोड़ी देर बाद कमरे में से बसंती के गीत गुनगुनाने की आवाज आई :

तुम दीप जले आना, तुम साँझ ढले आना...

फिर सहसा बसंती बरामदे में आकर दीवार के साथ टेक लगाकर खड़ी हो गई, ''अगर वह नहीं आया बीबी जी, तो मैं अपने बच्चे को लेकर कहीं चली जाऊँगी, बस।'' कहते हुए बसंती की आँखें भर आईं और घूमकर वापस जाने लगी।

''नहीं आया तो नहीं आया!'' उसने कहा और टपकते आँसुओं के बीच फिर कमरे में जाने से पहले घूमकर बोली, ''मगर वह आएगा, बीबी जी, वह जरूर आएगा।''

बसंती कमरे में चली गई और गुनगुनाते हुए झाड़ू लगाने लगी। उसके पीठ

मोड़ने की देर थी कि श्यामा का मन किसी दूसरी ओर ही चल पड़ा। इस लड़की के साथ मैं बहुत हिल-मिलकर बातें कर रही हूँ, कहीं भूल तो नहीं कर रही हूँ? अब यह पहलेवाली बसंती तो नहीं, अब तो घाट-घाट का पानी पी चुकी है। अपने आप ही झाड़ू उठाकर पिछले कमरे में चली गई। वहाँ मेरी कितनी ही चीजें बिखरी पड़ी हैं। एकाध चीज उठा ले तो मुझे क्या पता चलेगा? आजकल तो इसे जरूरत भी रहती होगी। क्या मालूम किस काम से आई है। इतने दिन तक नहीं आई, आज ही क्यों दौड़ी चली आई है? और वह भी दिन-दहाड़े। क्या मालूम चोरी-चकारी करने लगी हो। इसकी बातों में सच क्या है, झूठ क्या है, कुछ पता नहीं चलता। श्यामा ने उसे आवाज देकर वापिस बुला लिया, "कोई जरूरत नहीं झाड़ू लगाने की, बैठ जा इधर।"

"आपके बाल बना दूँ, बीबी जी, बिल्कुल हेमा मालिनी जैसे बनाऊँगी।" और ठहाका मारकर हँस दी।

"नहीं, इसकी भी जरूरत नहीं। तू बैठ जा इधर।"

बसंती को पहले की तरह श्यामा बीबी के साथ बातें करना अच्छा लग रहा था। उसे लग रहा था जैसे कुछ भी नहीं हुआ है। सबकुछ पहले जैसा ही है।

दोनों फिर एक-दूसरे के सामने बैठी थीं। श्यामा की आँखों में दूरी आने लगी थी, बसंती उसकी आँखों से दूर होती जा रही थी। एक तरह का परायापन उसकी आँखों में उतरने लगा था, जबकि बसंती की आँखों में आत्मीयता हिलोरें ले रही थी। यही एक बीबी है जो मेरा हाल पूछती है। यही एक बीबी है जिसके घर की सीढ़ियाँ, मैं रात हो या प्रभात, सीधे चढ़कर अंदर आ सकती हूँ। पर श्यामा की आँखों में संशय उतर आया था। अब यह पहलेवाली नटखट लड़की नहीं रह गई है। अब इसका भरोसा नहीं किया जा सकता। कभी घर से भाग रही है, जाने कहाँ रहती है, क्या करती है।

"तू रात को कहाँ सोती है?" श्यामा ने सहसा पूछ लिया।

"आज की रात तो मैं आप ही के घर में सोऊँगी, बीबी जी। मैं अपनी खाट भी उठा लाई हूँ। नीचे आँगन में रख दी है।"

"तू पागल हो गई है, बसंती?" श्यामा ने घबराकर कहा। "इधर दो घर छोड़कर तेरा बाप बैठता है। उसे पता नहीं चल जाएगा? वह पहले से ही समझ रहा है कि मैंने तुझे भगा दिया है।"

''उसे कुछ पता नहीं चलेगा, बीबी जी ।''

''कैसे पता नहीं चलेगा ? मुहल्ले-भर में तेरे पीछे गिद्ध मँडराते फिरते हैं। बरडू तुझे छोड़ देगा ? यहाँ आ धमका तो ? तेरा बाप पहुँच गया तो ?''

''किसी को कुछ पता नहीं चलेगा, बीबी जी,'' बसंती ने कहा, फिर अपने आप ही बोली, ''अच्छा, मैं छत पर सो जाऊँगी । वहाँ तो किसी को पता नहीं चलेगा ।''

''तू छत पर सोएगी तो हम कहाँ सोएँगे ? और तू सुबह छत पर उठेगी तो आसपास के लोग तुझे देख नहीं लेंगे ? कैसी बातें कर रही है ?''

''फिर मैं कहाँ जाऊँ ?'' बसंती ने लाड़ से कहा ।

श्यामा बीबी घबरा गई थी । बसंती के यहाँ सोने में तो खतरा-ही-खतरा है । बसंती अपने बाप से भी छिपती फिरती है और बरडू से भी । न जाने यह बरडू कौन है, कोई लुच्चा-लफंगा होगा जो इसके पीछे पड़ गया है । यहाँ पर तो बखेड़ा खड़ा हो जाएगा ।

''न बाबा न, यहाँ पर तो मैं तुझे नहीं सोने दूँगी ।''

''मैं तो यहीं रहूँगी बीबी जी, दो-तीन दिन की ही तो बात है, फिर तो मैं कहीं काम ढूँढ़ लूँगी ।

श्यामा बीबी इतना घबरा गई थी कि उसे इस बात का भी ध्यान नहीं रहा कि गर्भ के कारण बसंती बहुत थकी-थकी और निस्तेज हो रही है । और शायद सचमुच ही सिर छिपाने के लिए उसके पास कोई ठौर-ठिकाना नहीं है ।

''सुन बसंती, तू मेरी मान, सीधी अपने बाप के घर चली जा । वही तेरा घर है, अच्छा है, बुरा है, वही तेरा घर है ।''

''ओ बीबी जी, आप भी क्या कहती हैं !''

''दर-दर की ठोकरें खाने से तो अच्छा है कि अपने घर लौट जा । बाद में देखा जाएगा क्या होगा । कुछ दिन तो आराम से रहेगी ।''

तभी बसंती के अंदर कुछ चटक-सा गया । वह श्यामा बीबी की ओर देखती रह गई । थोड़ी देर तक दोनों के बीच चुप्पी छाई रही । फिर बसंती पहले की ही तरह अल्हड़-सी आवाज में बोली, ''तो क्या बीबी जी, कोई बात नहीं । मैं कहीं और चली जाऊँगी ।''

श्यामा उसके मुँह की ओर देखने लगी । उसकी छाती पर से बोझ हट गया,

पर उसे लगा जैसे बसंती के दिल को ठेस पहुँची है।

''कहाँ चली जाएगी ?'' अंदर से राहत महसूस करते हुए भी श्यामा ने चिंतित आवाज में कहा, ''मैं जानती हूँ, तू बड़ी होशियार है।''

''कहीं चली जाऊँगी, बीबी जी,'' बसंती ने कहा और उठ खड़ी हुई।

''ध्यान रखना, कोई बेवकूफी की बात नहीं कर बैठना।'' श्यामा बीबी ने चिंतातुर आवाज में कहा।

बसंती जब सीढ़ियों की ओर मुड़ी तो श्यामा बीबी ने झट-से अपना बटुआ खोला और उसमें से पैसे निकालते हुए बोली, ''ठहर, रुक जा। यह थोड़े पैसे लेती जा।'' और श्यामा बीबी ने पाँच का नोट निकालकर उसकी ओर बढ़ा दिया।

''रहने दो बीबी जी, मेरी गुजर चल रही है।'' बसंती ने कहा।

बसंती सीढ़ियाँ उतर रही थी तो श्यामा बीबी कमरा लाँघकर छज्जे पर जाकर खड़ी हो गई, यह देखने के लिए कि बसंती किस तरफ जाती है, क्या करती है। शाम उतर आई थी और बाहर झुटपुटा-सा छाया था। बसंती सीढ़ियाँ उतरकर आँगन में पहुँची। वह दीवार के साथ रखी खाट की ओर बढ़ ही रही थी कि श्यामा का मन शंकित हो उठा। उसे अपने गुरु महाराज याद हो आए। उसे सहसा इस बात का वहम होने लगा कि बसंती की खाट आँगन से उठ गई तो गुरु महाराज को दिया वचन भंग हो सकता है, उस पर कोई मुसीबत आ सकती है, कोई अनिष्ट हो सकता है।

''खाट को वहीं पड़ा रहने दे।'' श्यामा बीबी ने ऊपर से आवाज लगाई।

''क्यों बीबी जी ?'' बसंती ने ऊपर छज्जे की ओर देखते हुए कहा।

''उसे वहीं रखा रहने दे।''

''क्यों बीबी जी, कोई उठा ले गया तो ?''

''कोई नहीं उठाएगा, उसे वहीं रखा रहने दे।''

बसंती क्षण-भर के लिए असमंजस में ठिठकी खड़ी रही, फिर फाटक की ओर बढ़ने लगी।

''ओ बसंती !'' छज्जे पर से श्यामा की फुसफुसाती-सी आवाज आई।

''क्या, बीबी जी !''

''ठहर, ठहर, रुक जा। इधर सीढ़ियों में आ।''

बसंती लौटकर सीढ़ियों में आ गई । श्यामा बीबी छज्जे पर से हट गई और सीढ़ियों के सिरे पर आकर खड़ी हो गई, ''बाहर जा रही है, अगर पकड़ी गई तो ?''

बसंती, सीढ़ियों की दीवार के साथ हाथ रखे ऊपर की ओर देखकर, शिथिल-सी मुस्कान के साथ बोली, ''तो क्या, बीबी जी ?''

श्यामा बीबी की समझ में नहीं आ रहा था कि क्या करे । बसंती को वह अपने घर में तो नहीं रख सकती थी । यह बहुत बड़ा जोखिम था । लेकिन अगर वह इस तरह से चली गई और श्यामा के साथ कोई अनहोनी हो गई तो क्या होगा ? भाग्य का क़ोप उस पर टूटा तो वह क्या करेगी ?

''रुक जा, रुक जा, मैं तेरा इंतजाम कहीं और करा देती हूँ । वहाँ किसी को पता नहीं चलेगा । आ जा, लौट आ ।''

''कहाँ, बीबी जी ?''

''सत्रह नंबर में, मेरी सहेली के घर । वहाँ वह तुझे सुला लेगी । आ जा, लौट आ ।''

''कुछ नहीं होगा, बीबी ज़ी, कुछ नहीं होगा ।''

''नहीं-नहीं, रुक जा । लौट आ ।''

और बसंती सीढ़ियों के नीचे, मुस्कराती, ठिठकी खड़ी रह गई ।

आठ

पर इसके तीसरे ही दिन बसंती पकड़ लो गई । पकड़नेवाला बरड़ू नहीं था, न ही लँगड़ा बुलाकी जिसने उसका सुराग निकाला हो । पकड़नेवाला बसंती का बाप था जो अपने दामाद और एक आदमी को लेकर पौ फटने के पहले ही श्यामा बीबी की सहेली के घर के बाहर मँडरा रहा था ।

घर के मालिक, सूरी साहिब, सुबह घूमने निकले ही थे कि फाटक पर किसी

आदमी को डोलते पाया। मैला-कुचैला ऊँचा-लंबा आदमी। पहले तो वह समझे कि कोई आवारा आदमी होगा जो नई बस्तियों में अक्सर डोलते फिरते हैं लेकिन ध्यान से देखा तो बड़ी उम्र का आदमी था, उसकी शक्ल-सूरत भी पहचानी-सी लगती थी।

"क्या बात है?" उन्होंने रुखाई से कहा, "फाटक को अपने-आप खोल दिया? अंदर घुसे चले आते हो? यह क्या तरीका है?"

सूरी साहिब ने जिंदगी के लंबे तजरबे में और बातों के अलावा यह भी सीखा था कि किसी गरीब अजनबी से बोलो तो कड़ककर बोलो। बाद में, जान-पहचान हो जाने पर भले ही नरम पड़ जाओ, पर पहली भ्रभकी जरूर तेज होनी चाहिए, और यह आदमी तो खुद गेट खोल लेने की बदतमीजी कर रहा था।

"मैं बसंती का बाप हूँ, साहिब!"

सूरी साहिब ने चौधरी को सिर से पाँव तक देखा, यों वह हर रोज उसे सैर पर से लौटते समय देखा करते थे। समझ भी गए थे कौन है, लेकिन इस समय अजनबी बने रहना ही उन्हें सही लगा।

"कौन बसंती? पहले गेट के बाहर चलो। चलो बाहर। अंदर घुसे चले आते हैं।" और वे स्वयं भी फाटक के बाहर चले आए।

गेट के बाहर चौधरी हाथ बाँधे खड़ा था। सूरी साहिब ने फिर उसे सिर से पाँव तक देखा। पहले मन में आया कह दें, मैं किसी बसंती को नहीं जानता। लेकिन घर के बाहर, आँगन में ही बसंती सोई पड़ी थी—बसंती के बहुत आग्रह करने पर भी कि उसे घर के अंदर, पिछले आँगन में खाट बिछा लेने दें, सूरी साहिब और उनकी पत्नी ने इसकी इजाजत नहीं दी थी—कैसे कह देते कि बसंती को नहीं जानते।

"तुम कौन हो?"

"मैं बसंती का बाप हूँ, साहिब!"

"अब आए हो बेटी की सुध लेने? पहले कहाँ थे जब वह जगह-जगह धक्के खाती फिर रही थी?" सूरी साहिब का बात करने का अंदाज बदलने लगा।

"अजी, वह हरामजादी, धक्के खाती···।"

"तमीज से बात करो। तुम क्या समझते हो, किससे बात कर रहे हो?"

"आपके आँगन में सोती है, हमारे मुँह पर कालिख पोत रही है।"

बसंती को लेकर जब सूरी साहिब का झगड़ा अपनी पत्नी के साथ हुआ था तो उन्होंने दूसरा तर्क पेश किया था। आवारा लड़की है, गुंडे उसके पीछे घूमते हैं, जिसके साथ भागी थी वह भी गुंडा था, जिसके हाथ वह इसे बेच गया, वह भी गुंडा है और इसकी टोह में घूम रहा है। ऐसी लड़की को मैं तो अपने घर में सुलाने के हक में नहीं हूँ। सुलाने के हक में तो पत्नी भी नहीं थी, पर लड़की को गर्भ था और गर्भवती लड़की को वह कैसे घर से धकेलकर बाहर कर देती। दसियों शताब्दियों के संस्कारों का वह कैसे प्रतिरोध करती? इस पर उसकी सहेली श्यामा ने लड़की को उसके घर भेजा था। सूरी साहिब को इस तर्क ने तनिक भी प्रभावित नहीं किया था, और वह अंत तक झगड़ते रहे थे।

पर बसंती के बाप के सामने उनका तर्क दूसरा था, "इसकी हालत देखते हो? क्या इस हालत में हम इसे घर से निकाल देते? हम इंसान हैं या कसाई?"

सूरी साहिब की आवाज में नैतिकता की गूँज आ गई थी, "तुमने तो कभी यह भी नहीं जाना कि जीती है या मर गई। क्या हम भी इसे दर-दर की ठोकरें खाने के लिए छोड़ देते?"

सूरी साहिब अपने नीतिसम्मत तर्कों से स्वयं प्रभावित होते जा रहे थे, "वह हमारी क्या लगती है? हमें क्या फर्क पड़ता है कि वह कहाँ रहती है, कहाँ सोती है, कहाँ भटकती फिरती है? मगर नहीं। हमें इस बात से गैरत आती है, पर तुम्हें नहीं आती।"

"लड़की को शहर की हवा लग गई है साहिब," हाथ बाँधे-बाँधे ही चौधरी ने कहा, "हमारे घर में और लड़कियाँ भी हैं। सब अपने-अपने बाल-बच्चों के साथ घरों में बसी हैं, यही एक कुलच्छणी..."

इस बीच बसंती खाट पर उठ बैठी थी। बाप को फाटक के बाहर खड़ा देखकर वह बुरी तरह से डर रही थी। उसका मन हुआ कि उन्हीं कदमों पीछे, घर के अंदर चली जाए। लेकिन भागना बेसूद था। भागकर जाती भी तो कहाँ। आँगन के बीचोबीच निढाल-सी खड़ी रह गई। बाप की ओर देखते हुए पहले तो वह घबरा गई थी, लेकिन फिर शीघ्र ही उसके शरीर का सारा तनाव ढीला पड़ गया और एक अंतर्मुखी-सी मुस्कान उसके होंठों पर आ गई, मानो इस

विचार से कि अब जो आई है उसके सामने छटपटाना व्यर्थ है।

चौधरी की नजर बसंती पर पड़ी तो वह गेट के बाहर से ही कड़ककर बोला, "उठा अपनी खाट और चल मेरे साथ।"

पर सूरी साहिब, पिता और गुरु की भाँति बसंती को समझाते हुए बोले, "तेरा बाप तुझे लिवाने आया है। यही ठीक है कि तुम इसके साथ चली जाओ। यों हमारे घर के दरवाजे हर वक्त तुम्हारे लिए खुले हैं, हमसे जो बन पड़ेगा, हम तुम्हारे लिए करेंगे।..."

"तुम चलो, मैं अभी आ जाऊँगी," बसंती ने धीमे-से कहा।

"नहीं, तुम अभी चलो मेरे साथ।" चौधरी ने फिर से चिल्लाकर कहा।

बसंती देर तक खड़ी अपनी स्थिति को तौलती रही। कोई दूसरा वक्त होता तो वह छलाँग लगाकर भाग निकलती, देखा जाएगा जो होगा, घर के पिछवाड़े पहुँचकर भाग जाती, गायब हो जाती, पर अब जानती थी कि न तो वह भाग सकती है, न भागकर जाने का कोई रास्ता है, और भागकर जाएगी भी तो कहाँ?

"अपनी इस हालत को देखते हुए तुम्हें अपने घरवालों के पास ही रहना चाहिए। अच्छे हैं, बुरे हैं, जैसे भी हैं, हैं तो तेरे अपने।" सूरी साहिब ने बसंती को समझाते हुए कहा।

बसंती खाट उठाने जा रही थी जब सूरी साहिब कड़ककर चौधरी से बोले, "खाट तुम उठा लो भाई, देख नहीं रहे हो, वह किस हालत में है!"

"ला, मुझे दे दे," चौधरी ने कहा और आँगन में आगे बढ़ आया।

"कैसे बदतमीज लोग हैं। देख रहा है कि..." कहते हुए सूरी साहिब घर के अंदर जाने लगे।

खाट उठाए चौधरी और उसके पीछे बसंती और बसंती का बहनोई आँगन से निकलकर दाईं ओर को जाने लगे। उनमें से किसी ने भी मुड़कर नहीं देखा।

"इतनी तमीज तो इन लोगों में है नहीं कि जिन लोगों के घर पनाह पाई है, उन्हें हाथ जोड़कर नमस्कार ही करते जाएँ। तीनों मुँह बाए निकल गए हैं। और फाटक तक बंद करके नहीं गए।"

और सूरी साहिब को फाटक बंद करने के लिए स्वयं लौटना पड़ा।

घर के अंदर पहुँचे तो सूरी साहिब बोले, "बसंती चली गई है," और सुबह

का अखबार लेकर कुर्सी पर बैठ गए।

पत्नी रसोईघर में काम कर रही थी।

सूरी साहिब कुर्सी पर बैठते हुए फिर बोले, ''बसंती चली गई है।''

''सुन लिया है।'' रसोईघर के अंदर से ही पत्नी की आवाज आई, ''उसे चले ही जाना था, यहाँ बैठे थोड़े रहना था।''

''उसका बाप आया था। न जाने उसे कैसे पता चल गया कि वह यहाँ पर है।''

पत्नी की ओर से कोई उत्तर नहीं आया। थोड़ी देर बाद आवाज आई, ''चाय बनाऊँ तुम्हारे लिए? घूमने तो अब कहाँ जाओगे। देर हो गई है।''

पत्नी के रुख से उत्साहित होकर सूरी साहिब बोले, ''मैंने ही उसे भेज दिया है। आखिर अपने अपने ही होते हैं। मैने सोचा, उन्हीं के पास इसका रहना ठीक है।''

पत्नी की ओर से फिर कोई उत्तर न पाकर सूरी साहिब बोले, ''अपनी चीजों को देख-सँभाल लिया है ना? इन लोगों का कोई भरोसा नहीं। जिस बर्तन में पीते हैं, उसी में छेद करते हैं। कहीं कुछ उठाकर ही चंपत न हो गई हो।''

और सूरी साहिब आराम-कुर्सी में बैठे चाय का इंतजार करने लगे और अख़बार बाँचने लगे।

नौ

बसंती खाट पर अधलेटी-सी बैठी थी और उसके सामने फर्श पर लँगड़ा दर्जी बैठा उसके पाँव सहला रहा था और हुमक-हुमककर बातें कर रहा था।

आखिर वही हुआ था जिससे बच पाने के लिए बसंती भागती फिरी थी। बूढ़ा बुलाकी उसे ब्याह लाया था और अब अपनी कामयाबी पर फूला नहीं समा

रहा था।

"मैं कहूँ बसंती रानी आएगी, एक दिन जरूर आएगी..." और भावविह्वल, बुलाकी का गला बार-बार रुँध रहा था। अत्यधिक आवेश में जब कोई बात कहता तो उसके गले में से गक्-गक् जैसी अजीब-सी आवाज निकलती और किसी-किसी वक्त तो मुँह से लार तक टपक जाती थी।

बसंती बहुत थक गई थी और मुँदी-मुँदी आँखों से उसकी ओर देखे जा रही थी। किसी-किसी वक्त उसकी आँख झपक जाती पर थोड़ी ही देर बाद वह हड़बड़ाकर आँखें खोल देती। उसे भास होता जैसे सपना देख रही है। पर बुलाकी सचमुच उसके सामने फर्श पर बैठा था, उसकी आँखों में काजल की लकीर थी, लाल डोरीवाला हल्के पीले रंग का अँगरखा पहने हुए था और बड़े उछाह से बतियाए जा रहा था।

"मैं वारि-वारि जाऊँ," बसंती के पैर को सहलाते हुए उसने कहा और जोर-जोर से उसका सिर दाएँ बाएँ झूलने लगा।

"सुबक-सुबक पैर! मेरी रानी के सुबक-सुबक पैर!"

बसंती बेहद थकी हुई थी। पर उसके शरीर को सुख मिल रहा था। जब से बुलाकी उसे अपने खोखे में लाया था, उसकी आवभगत कर रहा था। दो बार उसे शरबत पिला चुका था। उसे नए-नए सिले कपड़े दिखा रहा था, रंग-बिरंगे घाघरे, चोलियाँ जो उसने बसंती के लिए ही सिए थे। अधमुँदी आँखों से बसंती सब देखे जा रही थी। किसी-किसी वक्त उसके अंदर गुदगुदी-सी भी उठती, 'दबाओ पैर मेरे। अब घर में लाए हो तो पैर तो दबाओ!' शरारत-भरी गुदगुदी, 'करो मेरी खातिरदारी। अब तो पैर दबाओ, आगे जो होगा देखा जाएगा।' आज पैर दब रहा है, कौन जाने कल गालियाँ देने लगेगा। वह भविष्य के बारे में कुछ भी सोचना नहीं चाहती थी, सोच सकती भी नहीं थी। पर किसी-किसी वक्त गर्म-गर्म आँसू उसके गालों पर ढरक जाते थे। दीनू कह गया था आऊँगा, पर नहीं आया। वह सारा वक्त यह मानने से इनकार करती रही थी कि दीनू अब नहीं आएगा। सच पूछो तो उसका यह विश्वास अभी भी नहीं टूटा था। उसे मालूम है कि मेरे बच्चा होनेवाला है। वह जरूर आएगा।

बुलाकी खाट के नीचे रखी एक ट्रंकी में से कुछ रंग-बिरंगे कपड़े निकाल

लाया—हरे, लाल, पीले और एक-एक को खोल-खोलकर दिखाने लगा, "इसे पहनकर तो देख बसंती रानी, तेरे नाप की बनाई है। भला मैं तेरा नाप नहीं जानता, मैं तो अपनी रानी का अंग-अंग जानता हूँ।"

बसंती को इस तरह के अटपटे व्यवहार की आशा नहीं थी। वह समझे बैठी थी कि एक बार बुलाकी के साथ बाँध दिए जाने पर, वह आदमी वैसे ही व्यवहार करेगा जैसे उनकी जात-बिरादरी के सभी मर्द करते हैं, उस पर हुक्म चलाएगा, अपना अधिकार दिखाएगा। पर यह तो उसके तलवे सहला रहा है।

जब बसंती को एक तरह से बाँधकर इस घर में लाया गया था तो उसका मन हुआ था कि इस आदमी को काट खाए, इसके घर की एक-एक चीज तोड़ डाले, इसके खोखे को आग लगा दे। पर यह आदमी तो कुछ और ही निकला। अटपटा-सा आदमी, औरत के लिए तरसा हुआ। उसकी लिजलिजी हरकतों को देखकर पहले तो वह झेंपती रही थी, फिर उसे लगने लगा था जैसे उसके सामने कोई स्वाँग रचा जा रहा हो, जिसे वह केवल देखती रह सकती है, पर जो उसे कहीं भी छूता न हो, उसकी जिंदगी से जुड़ता न हो। धीरे-धीरे उसे इस बात का भी भास होने लगा कि यहाँ से अब वह कहीं नहीं जा सकती, न भाग सकती है, न छिप सकती है। नर्म-नर्म बिस्तर पर बैठे हुए उसने अपने शरीर को ढीला छोड़ दिया, जैसे नदी के थपेड़ों के सामने डूबता आदमी निस्सहाय होकर अपने को ढीला छोड़ देता है।

"इसे पहनकर तो देख बसंती रानी!" सामने बैठा हुआ बुलाकी दोनों हाथों में पीले रेशमी कपड़े की एक चोली उठाए, उसे बार-बार सहलाए जा रहा था। फिर उसने एक और अजीब-सी हरकत की। चोली से अपना मुँह ढाँप लिया और मतवालों की तरह दाएँ-बाएँ झूमने लगा, उसे सहलाता जाता और उसमें अपना मुँह ढाँपता जाता, उसे चूमता जाता।

बसंती ने आगे बढ़कर चोली उसके हाथ से छीन ली, "छोड़ो-छोड़ो, यह क्या कर रहे हो, बेकार की बात!"

बुलाकी ने सिर ऊपर उठाया, देर तक बसंती के चेहरे की ओर देखता रहा, फिर अकबकाकर बोला, "रूठ गई? मेरी रानी रूठ गई? मैंने तो तुम्हें कुछ भी नहीं कहा, बसंती रानी!"

दर्जी पिछले तीस बरस से, जब से सीतला माई के कोप से उसकी आँख

जाती रही थी, अपनी कल्पना के सहारे अपने सूने घर को आबाद करता रहा था। उसे अपने घर के आँगन में बहू के पैरों के नूपुर सुनाई देने लगते, दरवाजे के बाहर उसके बल खाते घाघरे और उड़ते पल्ले की झलक मिलने लगती, कोने-कोने से उसकी हँसी सुनाई देने लगती। बुलाकी बेताब हो उठता और कस्बे में अपने ब्याह की बात चलाता। एक बार एक नायन के साथ उसकी शादी की बात चली भी। दर्जी इतना उतावला हो उठा था कि अपने घर पर टिक ही नहीं पाता था। सारा दिन नायन की टोह में घूमता रहता। एक बार सड़क पर वह उसे अन्य स्त्रियों के साथ आती मिल गई। दर्जी ने वहीं खड़े-खड़े पुकारकर कहा, "चमेली रानी, एक जोड़ी अपनी चोली-घाघरा हमें भेज दे, हम तेरे आने से पहले ही तेरे लिए बढ़िया कपड़े सी देंगे।"

नायन बेहद झेंप गई, शर्म से पानी-पानी हो गई। औरतें हँसने लगीं। उस समय तो वह जैसे-तैसे वहाँ से निकल गई, पर उसके बाद गाँव-भर में ठिठोलियाँ शुरू हो गईं। सहेलियाँ छेड़तीं, मसखरी करतीं। उधर बुलाकी सारा वक्त उसके पीछे घूमता रहता। सारे कस्बे में छोटे-बड़े उस पर हँसते थे, खिल्ली उड़ाते थे। अंत में नायन कस्बा छोड़कर चली गई। और बुलाकी के पहले अभिसार का यह अंत हुआ!

अब बुलाकी जैसे नक्कू को कौन छोड़ता? लोग-बाग स्वयं गाँव में उसका ब्याह रचाने लगे। कभी एक सब्जबाग दिखाता तो कभी दूसरा। बुलाकी से पैसे अलग झाड़ लेते। हर बार वह झाँसे में आ जाता। बुढ़ापे की दहलीज तक पहुँच जाने पर भी न तो दर्जी का घर आबाद हुआ और न ही दिल की ललक शांत हुई। सारा वक्त उसका घर गृहिणी के लिए सजा रहता; सुहाग-सेज सजी रहती, गृहिणी के लिए चटकीले रंगों और बढ़िया काटवाले कपड़े अलगनियों पर टँगे रहते, दरवाजे पर बंदनवार लगा रहता, कौन जाने किस वक्त किस्मत खुल जाए और अर्द्धांगिनी पायल बजाती घर के अंदर प्रवेश कर जाए!

बुलाकी के दिल की लालसा तो पूरी नहीं हुई, पर दर्जी के नाते औरतों के कपड़े सीने में बुलाकी के हाथ में सफाई आ गई। इस हुनर में वह माहिर हो गया। दूकान पर औरतों का जमघट लगा रहता। औरतें उससे कपड़े भी सिलवातीं और ठिठोली भी करतीं। एक कहती, "देवकी तुझे बड़ा पूछती है बुलाकीराम।" दूसरी कहती, "तू उतावली नहीं करे तो छोरी भागती हुई तेरे

पास आवे। तेरे पास किस चीज की कमी है?"

इन बातों को सुनकर न तो उसका मोह भंग हो पाता, न आस छूटती। ब्याह के लिए उसकी आतुरता बराबर बनी रही। स्वयं भी बन-ठनकर रहता, आँखों में काजल की लकीर लगी रहती, और चटकीले रंगों का अँगरखा पहनकर सारा वक्त दूल्हा बना घूमता। भावी पत्नी के लिए कभी प्रसाधन का सामान—बिंदी, सुर्खी, काजल, तो कभी मोतियों के हार और क्लिप और परांदे इकट्ठे करता रहता। इतना ही नहीं, जिस कोठरी में बैठकर कपड़े सीता था, वहाँ पर उसने बच्चे का पालना भी रख छोड़ा था, पीले और लाल रंग का, जिस पर कागज के रंग-बिरंगे फूल टाँक दिए थे और पीतल की छोटी-छोटी घंटियाँ टुनटुनाती रहतीं।

पर इसी इंतजार में तीस बरस बीत गए थे। और आशा का टिमटिमाता दीपक अभी तक बुझ नहीं पाया था। दिल्ली में आने के बाद भी दो-एक जगह बात चली, पर यहाँ भी मसखरियाँ होने लगीं। फिर उसे चौधरी मिल गया, जिससे उसकी पुरानी जान-पहचान थी, और जो या तो पैसे ऐंठने की गरज से, या सचमुच बेसरो-सामान होने के कारण अपनी तीसरी बेटी से पिंड छुड़ाने की गरज से, उसके साथ ब्याह की बात करने लगा था। बात टल जाती अगर बस्ती में बुलाकी को भड़कानेवाले नहीं मिल जाते जिनकी शह में आकर बुलाकी ने चौधरी पर मुकद्दमा कर दिया था, और अभी मुकद्दमे की तारीखें चल ही रही थीं कि चौधरी ने एक दिन बुलाकी और एक पंडित को बुलाकर बसंती को उसके हवाले कर दिया।

आज सुबह ही बसंती अपने 'पति' के घर आई थी। सूरी साहिब के घर से लाई जाने के बाद बसंती माँ-बाप की कोठरी में डाल दी गई थी। बाहर कभी माँ तो कभी बाप पहरा देते रहते थे कि कलमुँही फिर कहीं भाग नहीं जाए। एक रामू था जो उसके साथ सीधे मुँह बात करता, पर वह भी माँ-बाप के मुँह से सुने वाक्य ही बसंती को सुनाता रहता। बसंती जानती थी कि अब बूढ़े के साथ बाँध दी जाएगी, पर उसके अंदर यह आस भी कसमसाती रहती कि दीनू ऐन वक्त पर लौट आएगा। दीनू कह गया था कि तीन महीने बाद लौट आऊँगा, और अब पाँच महीने बीत चुके थे लेकिन बसंती के इंतजार में कोई शिथिलता नहीं आई थी, बल्कि यहाँ तक कि वह कोठरी के बाहर आँखें भी लगाए रहती। जिस तरह

फिल्मों में ऐन आड़े वक्त हीरो पहुँच जाता है, और संकट पर काबू पा लेता है, वैसे ही यहाँ भी दीनू पहुँच जाएगा और बुलाकी और उसके बाप को मुँह की खानी पड़ेगी, और दीनू उसे यहाँ से अपने साथ ले जाएगा और माँ और बाप मुँह देखते रह जाएँगे। जिंदगी के बहुत से कड़वे अनुभवों के बावजूद बसंती इस बात के सपने देखती रहती थी कि फिल्मी हीरो की तरह, उसका दीनू ऐन वक्त पर पहुँच जाएगा। अँधेरी कोठरी में कैद, बसंती इसी तरह के सपने अभी भी बराबर देखती आ रही थी। यहाँ तक कि आज सुबह जब कोठरी के बाहर एक स्कूटर आकर रुका था तो बसंती के मन में सबसे पहले यही विचार कौंध गया था कि उसे ढूँढ़ता हुआ दीनू पहुँच गया है। लेकिन स्कूटर में से बुलाकी और पंडित उतरे थे। और लँगड़ा बुलाकी छड़ी पटपटाता कोठरी के बाहर आकर बैठ गया था।

तभी ब्याह का पूरा स्वाँग उतारा गया था। पंडित ने मंत्र बोले थे, माँ ने बसंती को नया जोड़ा पहनाया था जो बुलाकी उसके लिए लेकर आया था। बसंती के हाथ पीले किए गए थे, मुँह पर सुर्खी और काजल भी लगाए गए थे। माँ-बाप ने और तो और, बसंती के गले लगकर आँसू भी बहाए थे। चुन्नी ओढ़ाकर, छोटा-सा घूँघट गिराकर, माँ बेटी को हौले-हौले बाहर लाई थी। पंडित ने उसकी कलाई पर राँगला धागा बाँधा था और मंत्र पढ़े थे।

"लड़की अब तेरी है, बुलाकीराम, तेरे साथ जबान की थी, सो पूरी कर दी।" चौधरी ने कहा, और फिर भर्राई आवाज में बोला, "कलेजे पर पत्थर रखकर बेटी को भेज रहे हैं। सच मान, दस-दस जगह से इसके लिए वर आते थे, पर हमने कहा, नहीं, जहाँ जबान दी है, वहीं बेटी जाएगी।"

इस पर बुलाकी ने भी गद्गद आवाज में कहा था, "तेरी बेटी को फूलों की सेज पर रखूँगा, चौधरी, खातिर जिमा रख।"

बसंती की माँ का रोना तो रुकता ही नहीं था। आँसू बहाती जाती और नाक सुड़कती और अपने पल्ले से पोंछती जाती।

"जा बेटी, सुखी रह। आज से तू पराई हो गई। अपने घरवाले की सेवा करना।"

इस पर बुलाकी का भी गला भर आया था, और लंगड़ मारकर लाठी के सहारे खड़ा होकर बोला, "बेटी को विदा करते समय माँ-बाप को दर्द तो होता

ही है, पर तू समझ, चौधरी, तेरी बेटी अपने ही घर जा रही है।"

इस पर चौधरी ने भर्राई आवाज में जोड़ा, "तैने जल्दबाजी की बुलाकीराम, हम बेटी को ढंग से विदा ही नहीं कर पाए। दो-तीन दिन का वक्त मिल जाता तो घर में ढोलक बजती, बैंड-बाजा बजवाते, इसकी बहनें आतीं, बारात का खाना करते। उन्हें कोका-कोला पिलाते।"

इस पर बसंती की माँ दहाड़ मारकर रो पड़ी थी और बसंती को बाँहों में लेती हुई और पल्ले से नाक पोंछती हुई बोली थी, "इसकी किस्मत में कोका-कोला होगा तो अपने घर में जाकर भी पिएगी।"

और जवाब में लँगड़ा बुलाकी रुआँसी आवाज में सिर हिला-हिलाकर बोला था, "पिएगी, पिएगी, बसंती की माँ, यह कोका-कोला पिएगी!"

आँसुओं का सिलसिला बढ़ता जा रहा था। इस पर माँ बोली, "मेरी सबसे छोटी बेटी है, सबसे लाड़ली है। बड़े लाड़-प्यार से पाली है। अब यह चली जाएगी तो घर सूना हो जाएगा।"

बेटी की विदाई के समय बैंड-बाजा हो या नहीं हो, मित्र-संबंधी हों या न हों, इनके बिना भी जैसे-तैसे विदाई हो सकती है, पर आँसू न हों तो विदाई कैसी? इस वक्त सचमुच बसंती की माँ रो रही थी और मान रही थी कि उसने अपनी बेटी को बड़े लाड़-प्यार से पाला है, और बसंती माँ-बाप की आँख का तारा है।

पर पिछले ही दिन बुलाकी और चौधरी के बीच आखिरी सौदा हुआ था, और उसे निपट व्यावहारिक स्तर पर, बिना किसी लाग-लपेट या भावुकता के पक्का किया गया था।

"रुपए पाँच सौ तेरी तरफ निकलते हैं, बुलाकीराम, वह रकम दे दे और अपनी चीज ले जा।" चौधरी ने कहा था।

"पाँच सौ किस बात के? बारह सौ पर बात हुई थी। नौ सौ ले चुका है, बाकी तीन सौ मेरी तरफ निकलते हैं।"

"तीन सौ पिछले और दो सौ पेट के बच्चे के। तुम्हें बसी-बसाई गिरस्ती मिल रही है। इसके लिए क्या दो सौ ज्यादा हैं?"

इस पर बुलाकी झल्लाया था, "पेटवाली लड़की को ब्याहकर ले जाएँगे तो लोग हमारे मुँह पर थूकेंगे नहीं? हमने कहा, कोई बात नहीं, सुन लेंगे जो कोई

बुरा-भला कहेगा, पर दो सौ किस बात के ?"

जवाब में चौधरी ने दो-टूक कह दिया था, "हमसे क्या छिपाते हो बुलाकीराम, तीन-तीन ब्याह रचा चुके हो, बच्चा एक नहीं हुआ। सभी लुगाइयाँ भाग गईं। हमने तो सिर्फ दो सौ माँगे हैं। कोई और होता तो पाँच सौ-हजार माँगता। घर में बच्चा खेलेगा तो तेरी जात-बिरादरी में सभी का मुँह बंद हो जाएगा।" और बुलाकी लाजवाब होकर बगलें झाँकने लगा था और चौधरी पूरे पाँच सौ रुपए खींचने में सफल हो गया था।

पर अब बेटी को विदा करते समय माँ और बाप दोनों, बसंती के सिर पर बार-बार हाथ फेरते हुए उसके चिरायु और सुखी दांपत्य जीवन की कामना कर रहे थे—दूधों नहाओ, पूतों फलो!

और बुलाकी पास में खड़ा गद्गद हुआ जा रहा था।

माँ, बाप और रामू, तीनों ने हाथ देकर बसंती को स्कूटर पर भी बैठाया था, और बसंती घूँघट काढ़े बुलाकी की बगल में बैठ गई थी और स्कूटर ऊबड़-खाबड़ सड़कों पर दौड़ता हुआ बुलाकीराम के खोखे के बाहर खड़ा हो गया था।

और अब बसंती के सामने, बुलाकी हाथ में छोटे-छोटे प्यारे-प्यारे कपड़े उठाए खड़ा था, "देख बसंती रानी, तेरे बच्चे के कपड़े हैं, झग्गा, कच्छी, टोपी, मैंने पहले से बना रखे हैं..."

बच्चे के कपड़े बुलाकी के हाथ में देखकर बसंती की आँखें फैल गईं। वह कभी बुलाकी के चेहरे की ओर देखती, कभी बच्चे के कपड़ों की ओर। कुर्त्ते पर मगजी लगी थी, प्याजी रंग की टोपी पर सफेद रंग का फुदना लगा था, बड़े चटकीले, सुंदर रंगों के कपड़े बनाए थे।

बुलाकी के हाथ में बच्चे के कपड़े देखते हुए बसंती का मन न जाने कैसा हो रहा था।

"अच्छे हैं ना ?" बुलाकी उछाह से बोला, "उसे आ जाने दे, उसके लिए इनसे भी बढ़िया कपड़े बनाऊँगा। बच्चों के कपड़े बनाना क्या मुश्किल है, एक गिरह तो, कपड़ा नहीं लगता। औरतों के कपड़ों में से ही कपड़ा निकल आता है।"

बसंती को लगा जैसे पेट के अंदर उसके बच्चे ने करवट ली है। बसंती को

अच्छा लगा। उसे लगा जैसे उसके बच्चे को कोई ठिकाना मिल गया है, जैसे सुषमा बीबी के बच्चे की तरह वह भी अपने बच्चे को बोतल से दूध पिला सकेगी, उसके सामने रंग-रँगीले खिलौने रख सकेगी, उसे पालने में झूला झुला सकेगी।

''अच्छे हैं ना ?'' बुलाकी कह रहा था, ''मैं तो इन पर छोटी-छोटी घंटियाँ भी लगा दूँगा, और फूल काढ़ूँगा। जापानी धागे से बड़े अच्छे फूल बनते हैं।'

बसंती के शरीर में से तनाव ढीला पड़ने लगा। उसे लगा जैसे उसे अभी नींद आ जाएगी, वह गहरी मीठी नींद सो जाएगी, जिसमें न बरड़ू के आ धमकने की आशंका होगी, न उसके बाप की छोटी-छोटी आँखें, साँप की आँखों की तरह उसे घूर रही होंगी, न ही इस बात का भय होगा कि कोई भागते प्रेत उसका पीछा कर रहे हैं।

''क्या सोच रही है, मेरी रानी ?''

लँगड़े दर्जी की आवाज थी। बसंती तंद्रा से जागी। बुलाकी का मुँह खुला था और वह टेढ़ा सिर किए हाथों में बच्चों के कपड़े उठाए, बसंती की ओर देखे जा रहा था।

''अच्छे हैं ना ? रंग पसंद हैं ना ? बच्चों को चटकीले रंगों के कपड़े ही फबते हैं।''

तभी खोखे के बाहर कुछ स्त्रियों की आवाज़ें सुनाई देने लगीं।

''लुगाई लाया है ? उसका मुँह तो दिखा दे ?''

और दो-तीन औरतों के हँसने की आवाज आई।

किसी ने दरवाजे पर थाप दी।

''लुगाई के साथ बैठा होगा। तुम्हें किवाड़ क्यों खोलेगा।''

''खोल दरवाज़ा दर्जी, हमारे कपड़े दे दे, नहीं तेरी यह लुगाई भी हमारे कपड़े लेकर भाग जाएगी।''

इस पर औरतें फिर से हँसने लगीं।

''दिन के वक्त लुगाई से क्या मतलब ? उसके साथ बैठना हो तो रात को बैठना।''

औरतें फिर हँस दीं।

''क्यों री, रात के वक्त क्या मर्द बन जाएगा ?''

इस पर एक और औरत ने टिप्पणी की, ''कहते हैं पहले तो भला-चंगा था। सीतला माई का कोप न होता तो इसके बच्चे-बाले होते।''

दरवाजे पर फिर थाप पड़ी, ''लुगाई का मुँह तो दिखा दे।''

इस पर दूसरी स्त्री झट-से बोली, ''अरी, वही चौधरी नौए की बेटी है, और क्या। तैने कई बार देखी होगी।''

औरतें हँसती-बतियाती वहाँ से चली गईं।

''ये सब तुमसे जलती हैं, बसंती रानी, सब तुमसे जलती हैं,'' बुलाकी हड़बड़ाकर बोला, ''हर दसवें दिन कोई-न-कोई जनानी इधर मेरा दरवाजा खटखटाती है। पर मैंने कहा, नहीं शादी करूँगा तो अपनी बसंती के साथ, और किसी के साथ नहीं।'' फिर बड़े आग्रह से झुककर कहने लगा, ''इनमें से एक जानकी थी जो बहुत बक-बक कर रही थी। इसका बाप मेरे साथ इसका ब्याह करना चाहता था। मैंने इनकार कर दिया तो यह मेरी दुश्मन बन गई।''

बसंती खाट पर शिथिल-सी बैठी सबकुछ सुने जा रही थी। लँगड़े दर्जी का चेहरा पीला और बड़ा थका-थका था, और उसके मुँह में से लार टपक रही थी। सहसा बुलाकी ने आगे बढ़कर बसंती के दोनों पाँव पकड़ लिए और रोने-गिड़गिड़ाने लगा, ''मुझे छोड़कर नहीं जाना, बसंती रानी। मुझे छोड़कर नहीं जाना। मैं भला-चंगा हूँ। मुझे कुछ भी नहीं हुआ, मुझे कुछ भी तो नहीं हुआ है।''

फिर वह उठा और खाट के पीछे एक ताक पर रखी बोतल उठा लाया, ''वैद ने दी है। कहता था, सारी बोतल खत्म कर लेगा तो सीतला माता का कोप दूर हो जाएगा।''

उसने बोतल को बसंती के सामने ले जाकर कहा, ''मैं दो बोतलें पी चुका हूँ। यह तीसरी बोतल है। बस, महीने-दो महीने की बात रह गई है।''

बसंती की आँखें मुँदने लगीं। इस कमरे में भले ही और कुछ न रहा हो, नर्म-नर्म बिस्तरवाली खाट तो थी, और इधर-उधर और भी बहुत-कुछ बिखरा पड़ा था, जिससे घर की स्निग्धता का भास मिलता था। उसे बिस्तर पर धीरे-धीरे लुढ़कते जाना बड़ा सुखद लगा। उसे लगा जैसे आज उसे कहीं नहीं जाना है, कहीं पर नहीं पहुँचना है। उसकी अधमुँदी आँखों के सामने रंग-बिरंगे कपड़े उठाए, और बोतल उठाए बुलाकी न जाने कौन-से अटपटे स्वाँग रच रहा

था, क्या कर रहा था। बसंती वहीं बैठे-बैठे गहरी नींद सो गई।

रात गहरा चुकी थी जब बसंती खिड़की के सामने खड़ी थी। चारों ओर स्तब्धता छाई थी। ऐसी मौन स्तब्धता का अनुभव बसंती को पहली बार दीनू के हॉस्टल में हुआ था। वहाँ पर भी गहरी रात-गए मौन छा जाता था और बाहर मैदान में चाँदनी छिटकी रहती थी, और बसंती खिड़की में बैठी बाहर की ओर ताकती रहती थी। तब दीनू गहरी नींद सो रहा होता था, इस समय लँगड़ा दर्जी पास में पड़ा सो रहा है। यहाँ भी खिड़की के बाहर ऊबड़-खाबड़ मैदान-सा था और मैदान के पार अँधेरे के घने-घनेरे पुंज बता रहे थे कि ये कोठरियाँ और खोखे रहे होंगे। बसंती ने नजर ऊपर उठाई तो उसे असंख्य तारों से भरा आकाश दिखाई दिया। बसंती को लगा जैसे वह जीवन में पहली बार आकाश के अथाह असीम को देख रही है। दीनू की कोठरी में से इतने तारे नजर नहीं आते थे। झिलमिल करते असंख्य तारों का अनंत फैलाव। कैसा हो जो मैं इन तारों में खो जाऊँ, लोप हो जाऊँ। इनके असीम विस्तार में खो जाऊँ, और डूबती चली जाऊँ।

बाहर मैदान में आड़ी-तिरछी चाँदनी छिटकी थी। चाँदनी खिड़की पर भी पड़ रही थी। खिड़की के सामने खड़े-खड़े, बाहर चाँदनी के चिकत्तों को देखते हुए उसे बरबस दीनू का ध्यान आया। न जाने किन ऊँचे-ऊँचे पहाड़ों के पीछे जाकर छिप गया है। कहता था आऊँगा, तीन महीने में आऊँगा, मगर पाँच महीने बीत गए, अभी तक नहीं लौटा। कहाँ होगा वह ईस वक्त ? क्या मालूम वह भी कहीं खड़ा इस वक्त मेरी तरह आकाश के तारों को देख रहा हो और पास में उसकी घरवाली सो रही हो। छिटकी चाँदनी में खड़े दीनू का चेहरा, बड़ा साफ, बड़ा उजला और सुंदर, उसकी आँखों के सामने उभर आया। और बसंती को लगा जैसे उसे देखते रहने में भी बड़ा सुख है, अपार सुख ! तभी बसंती के पेट में बच्चे ने फिर करवट ली और बसंती का रोम-रोम पुलक उठा।

दस

लगभग उसी समय, जिस समय बसंती, बुलाकी के साथ स्कूटर में बैठी बुलाकी के घर ले जाई जा रही थी, दीनू, दूर पहाड़ों के बीच, एक धूल-भरी पहाड़ी सड़क पर अपनी पत्नी को लिए ज्वालादेवी के बड़े मंदिर की ओर जा रहा था। उसकी गोरी-चिट्टी पत्नी एक टट्टू कीं पीठ पर लद्दू बोरे की तरह बैठी थी और दीनू उसके पीछे-पीछे चला जा रहा था।

कच्ची सड़क पहाड़ी खेतों के बीच से होती हुई सीधी उस बड़े पहाड़ की ओर बढ़ गई थी जिसके पीछे ज्वालादेवी का मंदिर था। सड़क के दोनों ओर दूर-दूर तक खेत फैले थे और दोपहर की उजली धूप में लहलहा रहे थे। खेतों के पीछे जगह-जगह इक्का-दुक्का पहाड़ी किसानों के घर थे।

अभी कोस-भर का फासला बाकी था, जहाँ से बड़े पहाड़ के दामन में से यही सड़क बल खाती हुई पहाड़ के पीछे चली गई थी। दीनू की पत्नी टट्टू की पीठ पर जमकर नहीं बैठ पा रही थी, बार-बार कभी दाईं ओर तो कभी बाईं ओर फिसल जाती थी, जिस पर दीनू आगे बढ़कर उसे सँभाल लेता था और फिर से सीधा बिठा देता था। पाँच मील का फासला ये लोग तय कर आए थे लेकिन इसी में उसकी पत्नी की पसलियाँ दुखने लगी थीं और पीठ दोहरी हो चली थी।

''मैं तो रास्ते में ही मर जाऊँगी,'' वह किसी-किसी वक्त कहकर रो पड़ती थी, जिस पर दीनू उसे डाँट देता, ''चुप रह ! कुछ नहीं होगा। टट्टू पर बैठी है, फिर भी रोती है।''

''मेरे कलेजे में जाने क्या होता है।''

''क्या होता है ?''

''लगता है कोई चीज चाट रही है।''

किसी-किसी जगह पर दीनू टट्टू को रोक देता और पत्नी को थामकर उतार लेता और वह थोड़ी देर के लिए सड़क के किनारे लेट जाती।

माँ के बार-बार इसरार करने पर दीनू अपनी पत्नी को, अनुष्ठान कराने के लिए ज्वालादेवी के मंदिर में ले जा रहा था। गाँव के सियानों ने उसकी माँ से कहा था कि लड़की पर देवी का कोप है, जब तक वह दूर नहीं होगा, उसका गर्भ

टिक नहीं पाएगा। दो बार रुक्मी का गर्भ गिर चुका था। दो-तीन बरस पहले वह लड़की को दो गाँव दूर एक ओझे के पास ले गई थी, ओझे ने झाड़-फूक किया था, बाद में गंडा-तावीज भी करवाया गया, पर कोई लाभ नहीं हुआ था। इस बार जब दीनू को गाँव में आए तीन महीने बीत चुके थे, तो माँ इसरार करने लगी कि इसे दुर्गामाई के मंदिर में ले जाओ, ताकि देवी का कोप दूर हो और गर्भ ठहर जाए।

दोपहर ढल रही थी। सूरज बड़े पहाड़ की चोटी के पीछे उतरने लगा। कुछ ही देर में, देखते-ही-देखते, पहाड़ के साए दूर-दूर तक घाटी को ढक गए और पहाड़ के दामन में अँधेरा गहराने लगा। दीनू शंकित हो उठा कि जाने कब मंदिर में पहुँच पाएँगे। वह स्वयं भी टट्टू पर बैठ गया और बार-बार टट्टू को एड़ लगाने लगा। जब कभी कोई राह जाता किसान उनके सामने आता तो दीनू उससे पूछता, "मंदिर अब कितनी दूर है ?"

किसान बड़े पहाड़ की ओर सिर मोड़कर एक ही वाक्य कहता, "इधर नजदीक ही है।"

पर अभी तक यात्रा का अंत दिखाई नहीं दे रहा था।

"गाँव में वैद-डाक्टर होता तो दीनू अपनी पत्नी को निश्चय ही डाक्टर के पास ले जाता। दिल्ली के सभी लोग डाक्टर के पास जाते हैं। पर डाक्टर गाँव में कोई था नहीं, तहसील के वैद की दवाई रुक्मी ने बहुत दिन खाई थी पर कोई लाभ नहीं हुआ था। गंडा-तावीज भी करवा चुके थे। इसलिए जब गाँव के पंडित ने देवी के कोप की चर्चा की और माँ आए-दिन इसरार करने लगी तो संतान के लिए लालायित दीनू मान गया और रुक्मी को ज्वालादेवी के मंदिर में ले जाने के लिए तैयार हो गया। लंबे अर्से तक शहर में रहने के कारण दीनू की जानकारी बढ़ गई हो, ऐसा तो नहीं था, लेकिन उसमें मुस्तैदी जरूर आ गई थी और एक प्रकार का आत्मविश्वास भी। दूसरे ही दिन दीनू अपने चच्चा के घर से टट्टू माँग लाया था और दोनों मंदिर की ओर चल दिए थे। और दीनू ने मन-ही-मन यह धारणा भी कर ली थी कि मंदिर में पूरा अनुष्ठान कराकर लौटेगा, चढ़ावा भी चढ़ाएगा, बलि भी देगा और देवी का कोप भी उतरवाएगा।

अभी दिन का उजाला बहुत कुछ बाकी था जब ये लोग पहाड़ की तलहटी पर पहुँच गए, और अब वे एक छोटी-सी बल खाती सड़क के किनारे-किनारे

मंदिर की ओर चले जा रहे थे।

पहाड़ के पीछे पहुँचने की देर थी कि दृश्य बदल गया। बहुत-से लोग आते-जाते नजर आने लगे। किसी झरने का पानी बहता हुआ सड़क के किनारे कल-कल करता सुनाई पड़ने लगा। पीपल और बड़ के बड़े-बड़े सायेदार पेड़ थे। जगह-जगह भिखारी और कोढ़ी भी बैठे थे, और जजमानों को घेरनेवाले छोटे-छोटे लड़के भी। एक जगह, सड़क के ही किनारे हनुमान जी की मूर्ति थी जिस पर ऊपर से नीचे तक सिंदूर पुता हुआ था, और नीचे लाल-लाल आँखोंवाला एक जटाधारी साधु पास में कमंडल रखे बैठा था। मूर्ति नीचे से काली और चिकनी हो रही थी। पास से गुजरने पर साधु ने पुकारा तो दीनू ने मस्तक नवाया, हाथ जोड़े और दस पैसे का सिक्का तेल के कटोरे में फेंक दिया। रुक्मी ने भी हाथ जोड़े, मूर्ति को स्पर्श कर हाथ माथे पर लगाया और दोनों आगे बढ़ गए।

कुछ दूर जाने पर एक और शिला पर भी सिंदूर पुता था। पत्थर की आकारहीन शिला पर सिंदूर लगाकर मूर्ति का रूप दे दिया गया था।

यहाँ पर भी दीनू ने दस पैसे चढ़ाए। शहर में रह चुकने के बावजूद इस वातावरण में दीनू सहमा-सहमा-सा महसूस कर रहा था।

थोड़ी ही दूरी पर बरगद का विशालकाय पेड़ था। दीनू को पता चला कि इसी पेड़ के निकट वह चबूतरा है जहाँ बलि चढ़ाई जाती है और वहाँ से कुछ सीढ़ियाँ चढ़कर ज्वालादेवी का मंदिर है जहाँ मंदिर का पुजारी अनुष्ठान करेगा। टट्टू को किनारे के पेड़ के साथ बाँध वे लोग बरगद के पेड़ की ओर बढ़े। रास्ते में गाँवों-कस्बों से आए अनेक लोग डोल रहे थे। किसी की बगल में बड़ा-सा सफेद मुर्ग था तो कोई छोटे-से मेमने को गोद में उठाए हुए था या गले में रस्सी बाँधे उसे साथ-साथ खींचे लिए आ रहा था। ये लोग बलि चढ़ाने के लिए अपनी भेंट साथ ही लेते आए थे। वैसे बलि का मेमना मंदिर से भी मिल जाता था। उसकी कीमत चुकानी पड़ती थी। पुजारी के हाथ में उसका दाम रख दो तो मेमना अपने आप ही चबूतरे पर पहुँचा दिया जाता था जहाँ उसे काटकर बलि दी जाती थी। दीनू ने भी ऐसा ही किया।

बरगद के पेड़ से थोड़ा हटकर चबूतरा था, और उसकी बगल में एक छोटा-सा आँगन जिसके चारों ओर दीवार खिची थी। रुक्मी को बरगद के पेड़

के नीचे बैठाकर दीनू अकेला ही बलि चढ़ाने गया। आँगन में पहुँचकर दीनू ने देखा कि आँगन की दीवार के साथ-साथ देवी की तीन-चार छोटी-छोटी मूर्तियाँ स्थापित हैं। बलि चबूतरे पर कटती थी, और वहीं पर से उसकी सिरी आँगन में पहुँचा दी जाती थी। देवी की तीनों मूर्तियाँ लहू से सनी थीं। हर बार बलि देने के बाद गर्म-गर्म लहू का टीका देवी के माथे पर लगाया जाता था और फिर जजमान के माथे पर। यही विधि थी। आँगन के फर्श पर जगह-जगह खून के चित्ते, खून से लिथड़े मुर्गों के पंख आदि बिखरे पड़े थे।

एक छोटे-से छोकरे ने बलि चढ़ाने के लिए दीनू से सवा रुपया लिया था। वही उसे चबूतरे पर भी खींच लाया। जब दीनू चबूतरे के पास पहुँचा तो चबूतरे के एक सिरे पर एक अधनंगा आदमी हाथ में गँडासा लिए खड़ा था। मंदिर के छोकरे ने आगे बढ़कर मेमने को चबूतरे के बीचोबीच खड़ा कर दिया। फिर, बड़े दक्ष, सधे हाथों से मेमने की पिछली दो टाँगें थोड़ी-थोड़ी पीछे तथा दाएँ-बाएँ खींच दीं। ऐसा कर देने से मेमना उछल-कूद नहीं सकता था। उसके लिए टाँगें समेट पाना या उछल पाना असंभव हो गया था। मेमना था भी छोटा-सा, अपनी ही टाँगों पर वह अभी ठीक तरह से खड़ा नहीं हो पाता था। यों खड़ा कर देने पर मेमना वहीं जमकर रह गया। केवल मेमने की मटमैली, कोमल खाल पर कँपकँपी के लहरिए बार-बार उठ रहे थे।

मेमने को स्थिर खड़ा करने के बाद बलि चढ़ाने में देर नहीं लगी। चौड़े, लहू-सने गँडासे के एक ही वार से अनुष्ठान संपन्न हो गया। हाँ, गर्दन कट जाने पर भी मेमने की टाँगें कुछ देर तक ज्यों-की-त्यों खड़ी रहीं। छोकरे ने लपककर गर्दन उठा ली और दीनू को नीचे आँगन में चलने का संकेत किया।

दीनू जब रुक्मी के पास पहुँचा तो उसके माथे पर बलि के लाल लहू का टीका चू रहा था।

मंदिर का आँगन बहुत बड़ा था, इसमें लाल और सफेद रंग के चौके बिछे थे। एक सिरे पर बड़ के बड़े-से पेड़ के नीचे वह प्रसिद्ध कुआँ था जिसके अंदर शिवलिंग स्थापित था और जिसके दर्शनार्थ दूर-दूर से लोग आया करते थे। दीनू और उसकी पत्नी आँगन में पहुँचते ही कुतूहलवश सीधे उस कुएँ की ओर बढ़ गए। कुएँ के निकट एक पंडा मंत्रोच्चारण कर रहा था। पास में पहुँचकर उन्होंने पाया कि वह कुआँ न होकर छोटी-सी कुईं थी, पर बड़ी गहरी। दीनू ने

कुतूहलवश गर्दन आगे बढ़ाकर उसके अंदर झाँका। नीचे, बहुत नीचे, उस अँधेरे में झिलमिलाते जल का भास हुआ। वह अभी देख ही रहा था कि उसे किसी ने गर्दन से पकड़ा और पीछे की ओर खींच लिया। वह पंडा ही था, जो अभी भी मंत्र पढ़े जा रहा था। मंत्र पढ़ते-पढ़ते ही उसने बाएँ हाथ से दीनू को पीछे खींच लिया था और अपने दाएँ हाथ में पकड़े एक बड़े-से करछुल में एक रुपए का सिक्का रख देने को कहा।

चाँदी का झिलमिलाता रुपया रख देने पर पंडे ने करछुल में मुश्क काफूर की टिकिया रखी, फिर मंत्रोच्चारण करते हुए उसे आग दिखाई, और दोनों पति-पत्नी को कुएँ के ऊपर झुकने का इशारा किया। जलती मुश्क काफूर की टिकिया कुएँ के अंधकार में नीचे गिरती गई। नीचे पहुँचकर क्षण-भर के लिए उसकी आग भभकी, नीली-सी शिखा कुएँ के तल पर, बल खाते साँप की तरह तैरती रही, और उसी की लौ में झिलमिलाते जल के बीच काली-सी मूर्ति का भास हुआ। दोनों पति-पत्नी आँखें फैलाए उसे देखते रहे। फिर जब लौ बुझ गई तो दोनों हाथ जोड़, मस्तक नवा, नमस्कार कर, पीछे हट गए।

''दर्सन किए?'' पंडे ने रुखाई से पूछा, ''महाराज के गले में लोटते नागों को देखा?''

तैरती अग्नि-शिखा, कई बार टूटकर दो नीली शिखाओं में बँट जाती है, जो शिव के गले में लोटते साँपों का भास देती है। दीनू ने केवल जलती नीली शिखा ही देखी थी, जबकि रुक्मी को झिलमिलाते काले जल के ऊपर किसी मूर्ति का धूमिल-सा भास भी मिला था।

कुएँ से हटकर वे लोग मंदिर के आँगन में आ गए जहाँ लाल और सफेद रंग के बड़े-बड़े चौके बिछे थे और दाएँ हाथ पीछे की ओर मंदिर में अनेक देवी-देवताओं की मूर्तियाँ, रंगारंग के सुंदर वस्त्रों, पुष्पहारों तथा मोतियों से जड़ी झालरों के बीच झिलमिला रही थीं। आँगन में प्रवेश करने से पहले सभी भक्त एक बड़ी-सी हावदी के पास जाते जहाँ एक पंडा छोटे-से डोल के साथ हावदी में से जल ले-लेकर भक्तों के पाँव धुला रहा था। दोनों पति-पत्नी हाथ-पाँव धोकर आँगन में आ गए और दीनू ने बैठते ही एक पात्र में मिठाई, खोपरा और अनुष्ठान की अन्य सामग्री गाँठ से खोलकर रख दी, जो गाँव के पंडित के आदेशानुसार वह अपने साथ लेता आया था।

फिर वहाँ पर जो कुछ हुआ, उसका अनुभव करके दीनू का दिल दहल गया।

पुजारी आँगन के बीचोबीच बैठ गया और अनुष्ठान की क्रियाएँ विधिवत् पूरी करने लगा। रुक्मी के दाईं ओर पुजारी बैठा था, और बाईं ओर दीनू। देर तक मंत्रोच्चारण करने के बाद पुजारी उठा और एक पात्र में दहकते अंगारे डालकर ले आया। मंत्रोच्चारण करते हुए ही उसने पात्र में कोई सामग्री अथवा कोई चूर्ण डाला जो क्षण-भर के लिए भभका, मगर फिर धुआँ देने लगा। पुजारी ने पात्र को बीच में रख दिया और रुक्मी को उस पर झुकने के लिए कहा। पात्र में से धुआँ उठ रहा था। रुक्मी कुछ देर तक तो उस पर झुकी रही फिर उसके लिए झुके रहना असह्य हो गया। पुजारी ने पात्र उठा लिया और उसे रुक्मी के मुँह के पास ले जाकर मंत्रोच्चारण करते हुए गोल-गोल घुमाने लगा। पहले तो रुक्मी ने अपना मुँह एक ओर को कर लिया। उसके लिए धुएँ में साँस ले पाना कठिन हो रहा था। इस पर पुजारी ने कड़ककर दीनू से कहा कि वह स्त्री का सिर सीधा किए रहे, ऐसा नहीं होगा तो देवी नहीं पधारेंगी।

रुक्मी व्याकुल हो उठी। उसकी आँखें पलटने लगीं। चेहरा पीला पड़ गया। पर अनुष्ठान को विधिवत् पूरा करना नितांत आवश्यक था। दीनू अपने दोनों हाथों से रुक्मी के सिर को कसकर पकड़े रहा। तभी एक जबरदस्त झटके में रुक्मी ने अपना सिर छुड़ा लिया। उसकी आँखें अधमुँदी थीं और उसका सिर दाएँ-बाएँ झूलने लगा। देखते-ही-देखते उसके बाल खुल गए और झूलते सिर के साथ उसके बाल भी झूलने लगे। उसकी अधमुँदी आँखों में लाली के डोरे उतर आए।

"छोड़ दो! देवी प्रवेश कर रही हैं।" पुजारी ने कहा और दीनू एक ओर को हट गया। उसके झूलते सिर, बिखरे बालों और खुले मुँह के कारण रुक्मी पहचानी नहीं जा रही थी।

मंत्रोच्चारण ऊँचा हो गया था। पुजारी ने मिठाई की थाली, अग्नि-पात्र और अनुष्ठान का एक और पात्र पीछे की ओर खींच लिए।

"देवी क्रोध में हैं। ठोकर मारेंगी। पीछे हट जाओ।"

दीनू तनिक और पीछे हट गया। रुक्मी की भौंहें सचमुच तनी हुई थीं। उसका साँस फूला हुआ था और चेहरे पर अनेक वक्र रेखाएँ उभर आई थीं।

रुक्मी के शरीर ने सहसा एक और झटका खाया और वह छटपटाने लगी। दाईं टाँग जोर से पटकते हुए वह पछाड़ खाकर फर्श पर गिर पड़ी और लेटे-ही-लेटे, दाएँ-बाएँ छटपटाने, करवटें लेने लगीं। पुजारी पहले से भी ज्यादा ऊँची आवाज में मंत्रोच्चारण करने लगा।

"देवी क्रुद्ध हैं। देवी के तेवर देखो! देवी क्रोध के झूले पर झूल रही हैं!"

इस पर देवी को प्रसन्न करने के लिए पुजारी ने दीनू से कहा कि वह देवी के मुँह में मिष्ठान्न डाले। झूलती-छटपटाती देवी के मुँह में मिष्ठान्न डालना कौन-सा आसान काम था। दीनू ने झुककर तश्तरी में से एक लड्डू उठाया और झूलती, करवटें बदलती रुक्मी के मुँह में ठूँसने लगा। रुक्मी के होंठ भिचे हुए थे।

"डालो, डालो, देवी क्रुद्ध हैं।"

इस पर दीनू ने अपनी पत्नी की बाँह पर अपना घुटना रख दिया, और एक हाथ से उसके गालों को दबाकर दूसरे हाथ से उसके मुँह में लड्डू ठूँसने लगा। रुक्मी जोर से छटपटाई, और उसका सिर दाएँ-बाएँ झूलने लगा। दीनू ने बाएँ हाथ से रुक्मी के सिर के बाल पकड़ लिए, और उन्हें खींचते हुए उसके मुँह में लड्डू ठूँसने लगा। रुक्मी की आँखें बाहर को निकल आई थीं। माथा पसीने से तर था, उसके होंठों का रंग नीला पड़ता जा रहा था। वह हाँप रही थी और उसके लिए साँस ले पाना कठिन हो रहा था।

पुजारी पहले से भी ज्यादा ऊँची आवाज में मंत्रोच्चारण कर रहा था। भिचे हुए रुक्मी के दाँतों में लड्डू ठूँसते हुए दीनू के हाथ काँप गए और दिल धक्-धक् करने लगा।

पर अबकी बार जो दीनू ने उसके गाल दबाए तो देवी का मुँह अपने-आप खुल गया और उसने मिष्ठान्न ग्रहण कर लिया। दीनू ने लड्डू मुँह में ठूँस दिया, पर लड्डू का कुछ हिस्सा भुरभुराकर मुँह से नीचे गिर गया। रुक्मी का शरीर शिथिल पड़ गया था, उसका छटपटाना बंद हो गया। हाँपते चेहरे पर बाल छितरे हुए थे और वह बेसुध-सी फर्श पर पड़ी थी। ठूँसा हुआ लड्डू अभी भी मुँह में बंद था।

"देवी तृप्त हुईं। देवी प्रसन्न हुईं।" पुजारी बोला।

दीनू का दिल अभी भी धक्-धक् किए जा रहा था।

पुजारी ने पूजा की थाली उठाते हुए उपेक्षा से कहा, "पाँच रुपए।" और दीनू की ओर अपना दायाँ हाथ बढ़ा दिया। दीनू उठा, जेब में से तीन रुपए निकाले और पुजारी की ओर बढ़ा दिए। पुजारी ने तीन रुपए लेकर फर्श पर पटक दिए और हाथ आगे किए-किए ही बोला, "पाँच रुपए।"

इस पर दीनू बौखला उठा। उसे पहले भी पुजारी का सारा अनुष्ठान भयंकर-सा लगा था। दिल्ली में रह चुकने के बाद इन कृत्यों को वह बहुत-कुछ संशय की दृष्टि से देखने लगा था। यह तो माँ ने जिद की थी, और सभी ओर से निराश-सा हो जाने के कारण वह घरवाली को ले आया था।

"तैने फेंके क्यों? हाथ में नहीं दे सकता था?"

"देवी का अपमान करता है, चांडाल!" पुजारी ने चिल्लाकर कहा, और दीनू को इस तरह घूरकर देखा कि दीनू वहीं खड़ा-का-खड़ा रह गया।

दीनू को भास हुआ कि वहाँ पर एक नहीं, अनेक पुजारी घूम रहे हैं, चबूतरे पर गँडासेवाला, ज्वालादेवी के आँगन में बलि चढ़ानेवाला और कुएँ के पास बैठा वह वयोवृद्ध पुजारी। उधर रुक्मी फर्श पर बेसुध औंधी पड़ी थी। दीनू ने चुपचाप फर्श पर से एक-एक करके तीन रुपए उठा लिए और जेब में से दो रुपए और निकालकर पूरे पाँच रुपए पुजारी के हाथ में रख दिए।

पुजारी ने रुपए लिए और थाली में से चुटकी-भर बूँदी उठाकर दीनू की ओर बढ़ा दी।

"देवी का प्रसाद लो!"

और दीनू ने दोनों हाथ बढ़ाकर देवी का प्रसाद ग्रहण कर लिया।

"देवी का कोप दूर हो गया है। देवी की कृपा से अब इसका गर्भपात नहीं होगा।"

फिर दीनू के माथे की ओर घूरते हुए पुजारी बोला, "तेरा बेटा होगा!" देवी की कृपा से बेटा होगा। देवी को भोग लगाया कर। हर पंद्रहवें दिन भोग लगाओ!"

रुक्मी अभी भी बेसुध पड़ी थी, उसके होंठ अभी भी नीले हो रहे थे, दीनू उसे सहारा देकर उठाने और अपने गाँव लौटा ले जाने का प्रबंध करने लगा।

ग्यारह

वही मुहल्ला था लेकिन बसंती को पराया-पराया-सा लग रहा था। क्या सात आठ महीने के छोटे-से अर्से में ही चीजें पुरानी पड़ जाती हैं ? अनेक घर पुराने, मैले-मैले-से लग रहे थे। बूथ के पासवाले घर में से कपूर साहिब निकल रहे थे। वह पहले से कहीं ज्यादा बुढ़ा गए थे और उनकी पीठ झुक गई थी। वह बसंती की ओर देखे जा रहे थे, फिर भी उसे पहचान नहीं पा रहे थे—और मुड़कर धीरे-धीरे सड़क पार करने लगे थे। बसंती ने मन-ही-मन कहा, कपूर साहिब होटल में चाय पीने जा रहे हैं। पहले भी इसी वक्त घर से निकलते थे। सामनेवाले घर की माता जी, पहियोंवाली लोहे की चौखट के सहारे, सड़क के किनारे-किनारे चल रही थीं। बसंती ने मन-ही-मन कहा, पहले तो केवल लाठी के सहारे चला करती थीं। अब तो और भी दुबला गई हैं। और बसंती का दिल पसीज उठा। मेहता जी ने अपने घर के आँगन में से सभी पेड़ कटवा दिए थे। बसंती को उनका घर बड़ा नंगा-बूचा-सा लगा। भला पेड़ कटवाने में क्या तुक थी ? इस घर के आँगन में भी बसंती कई बार पेड़ों पर चढ़ी थी, कई बार यहाँ आकर छिपी रहती थी। पर अब तो पेड़ ही यहाँ पर नहीं थे।

बच्चे को गोद में उठाए, बसंती बार-बार उसे कभी दाएँ कंधे के सहारे तो कभी बाएँ कंधे के सहारे डाल रही थी, और बार-बार रुक-रुककर आस-पास के घरों को देख रही थी। थोड़ी दूरी पर, उसके पीछे-पीछे छड़ी पटपटाता, उसका घरवाला चला आ रहा था। मुहल्ले में पहुँचते ही बसंती का मन जाने कैसा होने लगा था और वह बड़ी आतुरता से आस-पास की हर चीज को देखे जा रही थी, जैसे कोई चीज छूट गई हो, जो फिर हाथ में नहीं आ रही हो।

टैक्सी-स्टैंड पर पहले से कहीं ज्यादा टैक्सियाँ खड़ी थीं। टैक्सियों के पास आवाजें कसनेवाले ड्राइवर और क्लीनर भी बहुत बढ़ गए थे। लँगड़े पति के साथ-साथ चलती हुई बसंती टैक्सी-स्टैंड के सामने से गुजर रही थी जब किसी ने आवाज लगाई, "क्या हम इस लँगड़े से भी बुरे हैं ?" और उसके पीछे ठहाका-सा उठा।

बसंती को बुरा नहीं लगा। उसे लगा जैसे किसी ने पहचाना तो। लँगड़ा

साथ में न होता तो वह घूमकर कुछ जवाब भी दे देती। ऐसा तो पहले कभी नहीं हुआ था कि कोई उस पर आवाज कसे और वह बिना जवाब दिए निकल जाए। यहाँ रोज का यही चलन हुआ करता था। जब ढलान पर कोठरी में रहते थे और बस्ती की औरतें चौका-बर्तन करने रमेश नगर में आती थीं तो टैक्सी-स्टैंड पर से रोज ही आवाजें पड़ा करती थीं। बसंती ने मन-ही-मन कहा, वक्त बदल गया पर ये मुए नहीं बदले, और आगे बढ़ गई।

दोपहर ढल रही थी और घरों के इक्का-दुक्का नौकर खाली बोतलों के छिक्के उठाए, दूध के बूथ के पास इकट्ठा हो रहे थे। क्या आज भी माँ यहाँ बैठी होगी?

''ए बसंती!'' किसी ने आवाज लगाई। जस्सा था, सुषमा बीबी का नौकर। बसंती को पहचानने में देर नहीं लगी।

''तेरी तो मूँछें निकल आईं, जस्से।'' बसंती ने हँसकर कहा, ''इतना बड़ा हो गया है! अब कहाँ काम करता है?''

''वहीं, सुषमा बीबी के पास।''

''अब बोतलों में कितना पानी मिलाता है, जस्से?''

''पानी कौन मिलाता है?''

''चल-चल, पिछवाड़े के नल से पानी मिलाता था या नहीं?''

''अब नलके देर से खुलते हैं,'' जस्से ने खिसियाते हुए कहा। फिर बसंती के पीछे की ओर इशारा करते हुए बोला, ''यह कौन है?''

''कौन?''

''वह लँगड़ू जो तेरे पीछे चला आ रहा है?''

बसंती ने पीछे की ओर घूमकर देखा और बोली, ''तेरा बाप है।''

जस्सा झट-से बच्चे की ओर संकेत करता हुआ बोला, ''मेरा नहीं, इसका बाप है।''

सहसा बसंती के मुँह से निकला, ''दीनू को कहीं देखा है?''

''दीनू यहाँ कहाँ से आया?''

बसंती को झेंप हुई, पर वह झट-से सँभल गई। वह स्वयं हैरान थी कि उसके मुँह से दीनू का नाम कैसे निकल गया। बात बदलकर बोली, ''इधर धोबी बैठता था, मेरा चाचा। वह कहाँ गया?''

"धोबी ? अभी भी इधर ही बैठता है। तुम्हें मालूम है, पुलिसवाले उसका ठेला और इस्त्री उठाकर ले गए थे।" जस्से ने बताया।

"फिर ?"

"फिर क्या ? अब वह बाबू के चबूतरे पर बैठकर कपड़े इस्त्री करता है। ठेला उसके पास नहीं है। यहीं चबूतरे पर ही रात को सोते हैं।"

"क्यों ?"

"उनके बेटे मंगलू ने उन्हें घर से निकाल दिया है। मंगलू अब फलों का ठेला लगाता है। पीछे चौक में बैठता है।"

"क्या बोल रहा है ? अपने बाप को निकाल दिया है ?"

"माँ और बाप दोनों को। धोबन और धोबी दोनों अपने बेटे के पास जाकर रहने लगे थे ना। एक दिन बेटे ने दोनों को घर से निकाल दिया।"

बसंती थोड़ी देर चुप खड़ी रही, फिर बोली, "आज काम पर आए हैं ?"

"धोबन तो कभी-कभी आती है, पर धोबी तो लच्छमी को ढूँढ़ता फिरता है।"

"क्यों ?"

"लच्छमी भाग गई है ना ! उसका कुछ पता नहीं कहाँ भाग गई है।"

बसंती चुप रही। मुहल्ले में सचमुच बहुत कुछ बदल गया था। उसे बहुत सूना-सूना-सा लग रहा था। रमेश नगर की ओर आते समय बुलाकी ने कहा था कि रास्ते में तेरे बाप से मिलते चलेंगे, बसंती ने हूँ-हाँ कुछ नहीं कहा था, उसे बाप से मिलने की कोई इच्छा नहीं थी, पर टैक्सी-स्टैंड के पास, दीवार के साथ जहाँ बसंती का बाप बैठा करता था, खाली दो पत्थर की बुत्तियाँ पड़ी थीं। बुत्तियों से थोड़ा हटकर दो और नाई खड़े काम कर रहे थे। दोनों जवान थे और अपरिचित-से जान पड़ते थे। इधर बूथ के पास पहुँची तो माँ को भी वहाँ पर नहीं देखा। अक्सर बूथ खुलने से घंटा-भर पहले माँ आकर बैठ जाया करती थी।

बूथ पर लोग इकट्ठा हो रहे थे। बहुत-से नौकर पहुँच गए थे और आपस में बतिया रहे थे। बसंती को बहुत-से चेहरे अनजाने लगे।

इस बीच बुलाकी, लाठी पटपटाता पास आ गया था। पर बसंती वहीं पर रुकी रही। पास में आने पर उसे आगे चलते रहने को कहा, "तू चल, मार्कीट में

चलकर बैठ, मैं आती हूँ।"

और जस्से के साथ फिर से बतियाने लगी। जस्से से उसे ढेरों बातों का पता चला। अब बहुत-से घरों में मदरासी मर्द और औरतें चौका-बर्तन करने लगे हैं। घरों में नौकर पहले से भी कम रह गए हैं, सभी नौकर कोई चपरासी बनना चाहता है, कोई ड्राइवर, कोई फैक्टरी में काम करना चाहता है।"

"बिशना था न, वह जो वढेरा साहिब के घर काम करता था? अब ट्रक चलाता है।"

बसंती सोच रही थी, न जाने श्यामा बीबी कहाँ होगी। क्या मालूम वह भी यहाँ से चली गई हो। वह मुझे बुढ़ऊ के साथ देखेगी तो कहेगी 'ठीक ही तो किया तेरे बाप ने। कहाँ मारी-मारी फिर रही थी। अब देख तो कैसी बढ़िया साड़ी पहनकर घूम रही है, छम-छम करती जा रही है। और बेटे को भी कितने अच्छे कपड़े पहना रखे हैं।'

बसंती जरूर श्यामा बीबी से मिलना चाहती थी। रमेश नगर में आने का उसके लिए अभी भी यही सबसे बड़ा आकर्षण था। वह श्यामा बीबी को अपना बेटा दिखाना चाहती थी, अपना 'पप्पू'। जो इस वक्त उसके कंधे से लगकर सो रहा था। और सच पूछो तो श्यामा बीबी को अपने कपड़े-लत्ते की झलक भी देना चाहती थी।

जहाँ रमेश नगर में फिर से घूमने का चाव था, वहाँ साथ-ही-साथ एक प्रकार की वितृष्णा भी थी; जहाँ किसी-किसी वक्त उछाह-सा उठता, वहाँ साथ-ही-साथ एक टीस-सी भी उठती थी। श्यामा बीबी के घर की ओर जानेवाली सड़क की ओर मुड़ने पर बसंती ने अकारण ही अपना इरादा बदल लिया और मार्कीट की ओर जाने लगी।

बसंती मार्कीट में पहुँचकर बुलाकी से जा मिली। मार्कीट में दर्जी को कुछ कपड़ा लेना था, और बसंती बच्चे के लिए दूध की बोतल लेना चाहती थी। बसंती भी अपने बच्चे को वैसी ही बोतल से दूध पिलाती थी जैसी बोतल से इन घरों में रहनेवाली स्त्रियाँ पिलाती थीं। वैसे ही नेपकिन भी बच्चे को बाँधती थी, उसे नहलाने के बाद पाउडर भी छिड़कती थी। जो कुछ इन घरों में देखती रही थी वह सब करती थी। बच्चे के पालने पर भी उसने वैसा ही बिछौना लगा रखा था, वैसे ही घंटियों और खिलौनों से उसे सजा रखा था।

अपनी खरीदारी से निबटकर वे शीघ्र ही मार्कीट के सामने बने पार्क में आ गए। उसकी उत्सुकता फिर से जाग गई थी। पार्क के सामने अब चाटवाला नहीं बैठता था। न जाने कहाँ चला गया था। क्या सचमुच इस मुहल्ले को छोड़े उसे बहुत दिन बीत गए थे?

पार्क उसे भरा-भरा और बड़ा प्यारा लगा। उसका दिल फिर से मचलने लगा। घास पर बहुत-से बच्चे खेल रहे थे, एक-दूसरे के पीछे भाग रहे थे, किलकारियाँ भर रहे थे। यहाँ वह सुमित्रा बीबी के बच्चे को बग्घी में डालकर लाया करती थी। इन बच्चों में से किसी बच्चे को पहचान पाना अब कठिन हो रहा था। पर ध्यान से देखने पर उसने एक-दो को पहचान भी लिया।

पार्क नहीं बदला था, केवल थोड़ा छोटा लग रहा था, और आसपास के घर मैले-से लग रहे थे। सदा की भाँति आज भी वहाँ पर कितने ही बेरोजगार लोग घास पर पसरे हुए थे। यह पार्क बेरोजगारी का अड्डा था और बूढ़े मर्द-औरतों का क्लब। जिन दिनों दीनू के पास काम नहीं था, वह भी यहाँ आकर बीड़ियाँ फूँकता रहता था और दिन-भर लेटा रहता था। जिन बेरोजगारों की जेब में कुछ न होता, वे किसी झाड़ी के नीचे आकर लेट जाते और घंटों लेटे रहते थे। जिनकी हालत कुछ बेहतर होती, वे मिलकर ताश खेलते, मूँगफली छील-छीलकर खाते, गप्प लड़ाते थे। पार्क के चौकोरों में लगी बेंचों पर अभी से मुहल्ले के बूढ़े आकर बैठने लगे थे, और एक कोने में बूढ़ी औरतें भी आ-आकर बैठने लगी थीं। बसंती लगभग सभी को जानती थी। कपूर साहिब बैठे अखबार बाँच रहे थे। 'ओ बीबी जी, इनके तो जेब में हर वक्त अखबार होता है। जहाँ बैठते हैं, जेब में से अखबार निकालकर पढ़ने लगते हैं?'... बसंती श्यामा बीबी को इन बूढ़े-बूढ़ियों के किस्से सुनाया करती थी। 'एक बार क्या हुआ जी, कपूर साहिब बेंच पर आकर बैठ गए, मैं पास ही सुमित्रा बीबी के टिप्पू को खिला रही थी। उस दिन उनके पास न अखबार था, न जेब में ऐनक। उनकी समझ में ही नहीं आए कि क्या करें। फिर जी, वह उठे, पास ही एक बेंच पर एक आदमी बैठा अखबार पढ़ रहा था। उससे दो पन्ने अखबार के माँगे, एक और आदमी से उसकी ऐनक माँगी और वहीं बैठकर अखबार बाँचने लगे।' बसंती हँस-हँसकर सुनाया करती थी। 'बीबी जी, तीन बूढ़े मिल बैठते हैं तो सारा वक्त दवाइयों की बातें करते रहते हैं। कोई कहता है, मैं दिन में छः गिलास पानी पीता हूँ। कोई

कहता, मैं दो चपातियाँ सुबह और एक चपाती रात को खाता हूँ। आधी रोटी की भूख अभी भी रहती है, पर मैं नहीं खाता। इससे पेट ठीक रहता है।' बसंती नकल उतारकर, पेट पर हाथ फेरकर कहती और हँसी से लोट-पोट होने लगती। 'मैं तो रात को दो सूखे रस्क, दूध में डालकर खाता हूँ। सात बजते ही खा लेता हूँ, इसके बाद कुछ नहीं खाता।' बसंती फिर किसी दूसरे बूढ़े की नकल उतारती हुई कहती, 'कब्ज सब बीमारियों की जड़ है। कब्ज नहीं होने देना चाहिए।' तीन बूढ़े मिल जाएँ बीबी जी, तो 'वाकयात' पर बातें करने लगते हैं। 'वाकयात' क्या होता है बीबी जी ?

पार्क के पीछे की ओर एक कोने में, जहाँ सीमेंट के बेंच लगे थे, अभी से बूढ़ी स्त्रियों की टोली आ बैठी थी। इनमें श्यामा बीबी की सास जरूर आई होगी। और बसंती आगे बढ़कर स्त्रियों की टोली में उसे पहचानने लगी। बसंती श्यामा बीबी के सामने, इनकी भी ठिठोली किया करती थी—इनके भी किस्से सुनाया करती थी—'बीबी जी, ये औरतें पार्क में सारी शाम बैठी रहती हैं। उस वक्त जाती हैं जब आसमान में तारे निकल आते हैं। अपनी बहुओं से डरती हैं। उस वक्त घर जाती हैं जब घर के लोग खाना खा चुकते हैं। आज सुषमा बीबी की सास कह रही थी, 'मैं तो अपने लिए दूध की एक बोतल अलग से खरीद लेती हूँ। भला हो बूथवालों का, मेरे पास टोकन नहीं है, फिर भी एक बोतल दे देते हैं। घर में यह तो नहीं सुनना पड़ता, कि दूध कौन पी गया, दूध कौन पी गया !'

पर इन स्त्रियों की बातें सुनकर बसंती का मन उदास हो जाता था। उनकी नकल तो उतारती थी, पर मन में उसे तरस आता रहता था। सुमित्रा की सास भी यहाँ रोज आती थी, और रोज ही यह सवाल पूछती थी, 'बहिन जी, भगवान के चरणों में मन कैसे लगे ? मैं रोज आरती करती हूँ, प्रार्थना करती हूँ, पर मन नहीं लगता।'

यहाँ बैठकर बूढ़ी स्त्रियाँ भजन गातीं, आरती करतीं, फिर कोई बुढ़िया कथा करने लगती, पर कभी-कभी भगवत-भजन करते हुए भी किसी का मन उचट जाता और वह शिकायतें करने लगती। कोई सुनाते-सुनाते फूट पड़ती, और पल्ले के छोर से झरते आँसू पोंछने लगती, 'धीरज रखो बहिन जी, इन बातों में क्या रखा है, भगवान का नाम लो। मोहमाया से मन हटाओ। भगवान के चरणों में चित्त लगाओ…' इस पर वह बुढ़िया आँसू पोंछकर कहती, 'जान तो

तभी निकलेगी बहिन जी, जब वक्त आएगा, अपने कहे से तो नहीं निकलेगी। बाकी तो दो जून रोटी का ही सवाल रह जाता है।'

पर जब कभी, शाम पड़ने से पहले, पार्क में से कोई बच्चा भागता हुआ इधर आ जाता, और अपनी दादी-माँ या नानी-माँ का हाथ पकड़कर उसे उठाने लगता तो मानो उस बुढ़िया के लिए स्वर्ग उतर आता, झुर्रियों में ममताभरी मुस्कानें काँपने लगतीं और आतुर बाँहें बच्चे को खींचकर छाती से लगा लेतीं, "मेरा पोता है, सुभाष। क्या नाम है तेरा? माँ जी को बताओ।"

बसंती वहाँ से हट गई। वह चाहती थी कि श्यामा बीबी की सास वहाँ बैठी हो तो उससे श्यामा बीबी के बारे में पूछे, उनके घर की खबर ले। पर जब उसे वहाँ नहीं देखा तो लौट आई और बुलाकी की ओर जाने लगी जो पार्क के अंदर गेट के पास एक बेंच पर बैठा, बसंती के बच्चे को घुटनों पर बैठाए, बसंती की राह देख रहा था।

घर लौटते समय बुलाकी ने सुझाव दिया कि पार्क से निकलकर सीधा सामनेवाली सड़क पर चलते हैं और वहाँ से बस में बैठ जाएँगे। पर बसंती ने कहा कि नहीं, ढाबे की तरफ से होकर बड़े चौराहे की ओर जाएँगे और वहाँ से बसस्टॉप की ओर घूम जाएँगे। वास्तव में बसंती के मन में श्यामा बीबी को देख पाने की धुकधुकी लगी थी। उसके घर में वह जाना तो नहीं चाहती थी लेकिन दूर से उसे देख पाने का लोभ भी वह संवरण नहीं कर पा रही थी।

ढाबे के पास पहुँचकर वे दाएँ हाथ को घूम गए। सामने ही श्यामा बीबी का घर पड़ता था। बसंती की आँखें श्यामा बीबी के घर के छज्जे पर लग गईं। वह आस लगाए हुए थी कि श्यामा बीबी छज्जे पर आएगी। श्यामा बीबी इस वक्त सोकर उठती है और जरूर दो-एक बार छज्जे पर आती है। पर छज्जे पर कोई नहीं था, केवल सुखाने के लिए डाले हुए धुलाई के कुछेक कपड़े हवा में हौले-हौले फरफरा रहे थे।

लँगड़ा बुलाकी आगे-आगे जा रहा था और बसंती सिर टेढ़ा किए अभी भी ऊपर की ओर देखे जा रही थी। पैरों में छन-छन करते पांजेब, ऊपर शोख लाल रंग की साड़ी जो बसंती के शरीर पर से फिसल-फिसल रही थी, और उससे सँभाले नहीं सँभल रही थी। बच्चे को भी पीले रंग का साटिन का कुर्ता पहना रखा था और सिर पर, इस गर्मी में भी, फुँदनेवाली टोपी।

श्यामा बीबी छज्जे पर नहीं आई।

बसंती ने सिर सीधा किया और चौक की ओर घूमने को हुई जब सहसा ठिठककर खड़ी हो गई। सामने दीनू चला आ रहा था। उसके अंग-अंग को बिजली छू गई, और वह जहाँ खड़ी थी वहीं, खड़ी-की-खड़ी रह गई।

दीनू ने भी उसे पहचान लिया। सामने सचमुच बसंती आ रही थी। बसंती को पहचानने में उसे तनिक देर लगी, इतने चमचमाते कपड़ों में उसे पहचानना कठिन था। बसंती को पहचानते ही उसकी नजर उस आदमी पर गई जो बसंती के आगे-आगे चल रहा था। टेढ़ा चलता हुआ, सिर पर पग्गड़, लाठी पटपटाता, होली के स्वाँग की तरह चला जा रहा था, और पीछे-पीछे बसंती, सीता माई की तरह चुपचाप आ रही थी। उसे अपनी आँखों पर यकीन नहीं हुआ।

बसंती ठिठकी खड़ी थी। उसे फिर से वैसा ही भास होने लगा था जैसा दीनू के समीप आने पर पहले हुआ करता था, जैसे वह डूब रही है, जैसे अपने पर उसका कोई काबू ही नहीं रह गया है, ऊपर को उठती कोई लहर उसके सिर तक पहुँच रही है और वह उसमें डूबती जा रही है। दीनू पर आँखें पड़ते ही उसका अंग-अंग शिथिल पड़ने लगा था।

"तू कब आया ?" बसंती ने उसके पास जाकर कहा। बसंती की आँखें उसके चेहरे पर से हट ही नहीं पा रही थीं। "यह तेरा बेटा है !" उसने पप्पू को आगे बढ़ाते हुए कहा, और कहते ही उसकी चोली दूध से भीग गई। "इसकी शक्ल तेरे पर गई है। गई है ना ? देख तो इसकी आँखें। तू कब आया ?"

पप्पू बसंती की बाँहों में बैठा अपनी बड़ी-बड़ी आँखों से टुकुर-टुकुर देख रहा था।

बच्चे को देखकर दीनू को भी अनूठा-सा अनुभव हुआ। उसके अंदर व्याकुलता-सी कसमसाई, फिर, अपार सुख की लहर उसे सराबोर कर गई। यह सचमुच उसका बेटा था। गाँव में अपने ब्याह के दस बरसों में भी उसके बेटा नहीं हो पाया था। ज़न्म से पहले ही बच्चे मर जाते रहे थे। और यहाँ उसी का जीता-जागता बच्चा बसंती की बाँहों में टुकुर-टुकुर उसकी ओर ताक रहा था। यह बालक उसी का था, सचमुच उसी का ! वह अचरज से बच्चे की ओर देखे जा रहा था।

और बसंती को लगा जैसे दीनू के साथ सटकर खड़े होने पर ही अतीत,

वर्तमान और भविष्य के सभी अभावों की पूर्ति हो गई है।

''तूने कहा था तू जल्दी लौट आएगा। तू आया क्यों नहीं? मुझे खबर भी नहीं की?''

बसंती ने काँपती-सी आवाज में कहा। दीनू ने बसंती की ओर देखा, फिर बच्चे की ओर। इस एक ही नजर में बच्चे ने प्रमुखता ग्रहण कर ली।

''मैं जो इधर आई तो मुझे मालूम था, आज कुछ होगा।'' बसंती ने आतुरता से कहा।

दीनू ने कोई उत्तर नहीं दिया। फिर लँगड़े दर्जी की ओर जो अब तक आगे बढ़ चुका था, देखकर बोला, ''वह तेरा घरवाला है?''

बसंती क्षण-भर के लिए ठिठकी, फिर सहसा बोल उठी, ''तू मेरा घरवाला है।''

''तू तो उसके साथ जा रही है। क्या तेरी शादी हो गई है?''

''तो क्या?''

''उसके साथ रहती जो है।''

''तो क्या?''

बसंती की छाती में फिर से उछाह-सा घुमड़ने लगा था। वह बड़ी आतुरता मे दीनू के चेहरे की ओर देखती जा रही थी। उसके अंदर फिर पहले-सा अल्हड़पन जागने लगा था। भावविह्वल, उसने बच्चे को ऊँचा उठाया और दीनू की ओर बढ़ाती हुई बोली, ''उठा अपने बेटे को!''

दीनू ने हाथ बढ़ाकर बच्चे को बाँहों में ले लिया। गुदगुदा, प्यारा-सा मांस का पुतला, जो अपनी बड़ी-बड़ी आँखों से उसकी ओर देखे जा रहा था। दीनू के शरीर में फिर से अजीब-सी झुरझुरी हुई। क्या यह सचमुच उसी का बेटा है, उसका अपना? दीनू की छाती से लगते ही बच्चे ने एक लंबी साँस ली और आश्वस्त हो गया।

''तू कहाँ रहता है?'' बसंती ने पूछा।

''रामू की कोठरी में।''

''कहाँ है वह?''

''इधर पीछे। ताल के पास।''

''चल''''बसंती ने कहा, और दीनू को कोहनी से पकड़कर उस ओर घुमाने

लगी।

बुलाकी लाठी पटपटाता, दूर नीम के पेड़ के पास जा पहुँचा था। उसने घूमकर देखा तो बसंती की धूमिल-सी आकृति सड़क के बीचोबीच किसी आदमी के साथ खड़ी नजर आई। फिर उसे लगा जैसे बसंती उस आदमी के साथ दूसरी दिशा में जाने लगी है। अब आँखें फाड़-फाड़कर उस ओर देखने लगा। उसकी समझ में नहीं आया कि बात क्या है। उन्हें दूर होते देखकर दर्जी ने ऊँची आवाज में पुकारा–

''बसंती ! बसंती रानी ! मैं इधर खड़ा हूँ !''

पर दोनों आकृतियाँ, जिनमें बच्चे की आकृति खो-सी गई थी, आँखों में दूर होती जा रही थीं। सहसा बुलाकीराम घबरा गया–

''ओ बसंती ! बसंती ! !''

और लाठी पटपटाता, तेजी से लंगड़ मारता हुआ उनकी ओर लौटकर आने लगा। बूढ़े को अंतः प्रेरणावश जैसे पता चल गया था कि कोई अनहोनी होने जा रही है।

''ओ बसंती ! !'' बुलाकी ने चिल्लाकर कहा, ''ओ बसंती, रुक जा ! कहाँ जा रही है ? मैं यहाँ पर हूँ !''

लँगड़ा उचक-उचककर सड़क पर भागने लगा। बसंती और दीनू दूर होते जा रहे थे। दोनों ढाबे के पास पहुँच चुके थे और अब दाएँ हाथ का मोड़ काट रहे थे।

''ओ बसंती !'' बुलाकी का गुस्सा भड़क उठा और उसने रुककर अपनी लाठी दूर बसंती की ओर फेंकी–''लौट आ, हरामजादी ! लौट आ ! अब भी कह रहा हूँ।''

लाठी गिरने पर ढाबे पर से दो-तीन आदमी बाहर निकल आए। पेड़ के नीचे बैठा मोची उठकर खड़ा हो गया। उस वक्त तक बुलाकी रोने-चिल्लाने लगा था–''मैं मुकद्दमा करूँगा ! मैं छोड़ूँगा नहीं ! बसंती ! ओ हरामजादी, लौट आ ! ! लौट आ !!!''

और बुलाकी चीखता-चिल्लाता, कमर पर हाथ रखे, लंगड़ मारता, उनके पीछे-पीछे चला जा रहा था। उसे मालूम नहीं हुआ कि आगे बढ़ती हुई आकृतियाँ कब उसकी आँखों के सामने से ओझल हो गई थीं।

"ओ बचाओ ! कोई बचाओ ! ओ, मेरी घरवाली को दिन-दहाड़े लिए जा रहा है ! ओ बचाओ ! ओ, मैंने नकद पंद्रह सौ दिए है ।"...

कुछ लोग हँस दिए । एकाध आदमी उसके साथ हो लिया, पर ज्यादा दूर तक नहीं गया और हँसता हुआ लौट आया । बुलाकी बराबर चिल्लाता हुआ, गली-गली, सड़क-सड़क, जाने लगा ।

बसंती को लग रहा था जैसे हर चीज फिर ठिकाने पर आ गई है । दीनू उसके पास है तो जैसे उसे सबकुछ मिल गया है, उसकी सारी भटकन समाप्त हो गई है । उसे पहली बार, दीनू के साथ-साथ चलते हुए एक समूचे परिवार का-सा भास हुआ, जिसमें पति है, पत्नी है और बच्चा है ।

रामू के डेरे तक पहुँचने से पहले, रास्ते में, इकहरे घरों की पाँत के सामने एक ऊबड़-खाबड़-सा बाग था । वहाँ झाड़-झंखाड़ ज्यादा थे, फूल पौधे कम । वहीं पर पानी का ताल भी था । इसका पानी साल-भर सूखता नहीं था, इसलिए आस-पास के लोग इसे झील का नाम देने लगे थे । वहीं पर दो पेड़ों की ओट में वे सुस्ताने के लिए घास पर बैठ गए ।

बसंती के मन में दसियों सवाल घुमड़ रहे थे, बीसियों शिकायतें उठ रही थीं, लेकिन दीनू के साथ सटकर बैठते ही उसे लगा जैसे कुछ भी नहीं पूछना है, जैसे सभी सवाल अनावश्यक हो गए हैं, असंगत और अर्थहीन हो गए हैं, जैसे सभी सवालों का जवाब मिल गया है ।

"पता है ?" बसंती बोली, "मैं रमेश नगर में आई तो धक्-से मुझे लगा जैसे कुछ होनेवाला है । मुझे लगा जैसे मेरे पाँव अपने-आप उठ रहे हैं, अपने आप खिंचे चले जा रहे हैं । भला हम लोग ढाबे की ओर घूमे ही क्यों ? हम तो दूसरी तरफ से जा रहे थे ना ! होता है न ऐसे ?"

दीनू की गोद में बैठा पप्पू फिर से सो गया था । दीनू बार-बार उसका सिर सहला रहा था । अपनी गोद में बच्चे को बैठाए, दीनू ने उसके सिर को चूमा और बोला, "कहाँ हुआ था ?"

"तुझे क्या, जहाँ भी हुआ था । तू तो फेंक गया था हम दोनों को !" बसंती ने उलाहने के स्वर में कहा ।

''कौन था तेरे पास ?''

''कोई नहीं था।'' फिर धीरे-से दीनू के कंधे पर अपना गाल रखती हुई बोली, ''तू था।''

थोड़ी देर तक दीनू के साथ सटकर बैठे रहने के बाद बसंती चहककर बोली, ''श्यामा बीबी कहती थी तू नहीं आएगा। कभी नहीं लौटेगा। पर मैं कहती थी, दीनू जरूर आएगा, बीबी जी, देख लेना। वह आएगा···मैं तुम्हें ज्यादा जानती हूँ, है ना ?''

बसंती को अभी भी लग रहा था कि कोई अलौकिक शक्ति उसे खींचकर ढाबे की ओर ले गई थी, क्योंकि दीनू वहाँ डोल रहा था। वह खिंची हुई उस ओर चली गई थी।

''तेरा घरवाला इधर तो नहीं पहुँच जाएगा ?'' दीनू ने कहा।

''तू है मेरा घरवाला।'' बसंती ने जवाब दिया, फिर ऐंठकर बोली, ''यह क्या, इसका बाप भी हमें नहीं ढूँढ़ सकता। इन गलियों को वह कहाँ जानता है, इन्हें तो मैं जानती हूँ।''

बसंती ठीक कहती थी। इस मुहल्ले की कोई दीवार न थी जिसे इसने न फाँदा हो, कोई पेड़ नहीं था जिस पर यह न चढ़ी हो, और बाद में इन्हीं गलियों में वह छिपती भी फिरी थी, कभी बरडू से तो कभी अपने पिता से, कभी किसी दीवार के पीछे तो कभी किसी घर की ड्योढ़ी में। यह आँख-मिचौनी तो वह इन गलियों में बरसों से खेल रही है।

''शक्ल तुम पर गई है,'' बसंती ने गर्व से कहा, ''आँखें बिलकुल तेरे-जैसी हैं, नीचे ठुड्डी भी, है ना ?''

''बाल तेरे बालों जैसे हैं, घुँघराले-घुँघराले,'' दीनू ने कहा।

दीनू के मुँह से दो शब्द प्रशंसा के सुनकर बसंती पुलक उठी।

''अब कहाँ घुँघराले रह गए हैं। थे, तो थे। इन्हें धोते, तेल लगाते रहो तो ठीक रहते हैं। जब मैं सुजानसिंह पार्क में काम करती थी तो उस मेम साहिब के बाल भी बड़े घुँघराले थे। मैंने एक बार बाल धोकर उसका तेल लगा लिया। मैंने सोचा वह भी यही तेल लगाती होगी। पर वह तेल था ही नहीं, कुछ और ही लिसलिसी-सी चीज थी।''

''मेम साहिब ने कुछ नहीं कहा ?''

"उसने नौकरी से निकाल दिया, कहती क्या। कहती थी, बालों पर तेल लगाना हो तो कोई दूसरा घर देख।" और बसंती कहकर हँसने लगी, "लोदी कालोनी, सुजानसिंह पार्क, उधर काम बहुत मिल जाता है, कोई-कोई साहिब तो रहने के लिए क्वार्टर भी दे देते हैं। पर पैसे अच्छे नहीं देते। खाने को भी कुछ नहीं देते। दो स्लैस और चाय का कप, बस। यहाँ इससे अच्छा है। यहाँ हर वक्त चाय चलती रहती है। सुबह काम पर जाओ तो बीबी कहती है, 'बसंती, चाय पिएगी, जा अपने लिए किचन में कप बना ले।' दस बजे जब बाबू लोग काम पर चले जाते हैं और बीबी जूड़ा बाँधती हुई सीढ़ियों में उसे छोड़कर आती है तो आते ही कहती है, 'ला, पहले एक-एक कप चाय हो जाए। जा, अपने लिए भी बना ला, मेरे लिए भी। फिर तू काम करना, मैं नहा-धो लूँगी।"

बसंती फिर से चहकने-बतियाने लगी थी।

दीनू बसंती के चेहरे की ओर देखे जा रहा था। बसंती को उसका देखना अच्छा लग रहा था। एक लहर-सी उसके अंदर बार-बार उठ रही थी। दीनू लौट आया है, बूढ़े दर्जी के चंगुल से मैं निकल आई हूँ, नहीं तो इस वक्त वह घर पर लार टपकाता, मेरी टाँगों में चिपट रहा होता। इस वक्त मेरे सामने घरवाला बैठा है, और उसकी गोद में हम दोनों का बेटा बैठा है, मुझे और कुछ नहीं चाहिए। इतने दिन बाद मिल रहा है, और बसंती का मन चाहा, हाथ बढ़ाकर दीनू के बालों को सहला दे।

सहसा बसंती पूछ बैठी, "तूने बरडू से तीन सौ रुपए लिए थे?"

दीनू की आँखें फैल गईं।

"किस बात के तीन सौ रुपए लिए थे? कुछ बेचा था क्या?"

दीनू अभी भी बसंती की ओर देखे जा रहा था।

"साइकिल बेची थी क्या?"

"हाँ तो।" दीनू ने सिर हिलाकर कहा।

"साइकिल बेची थी या बीवी बेची थी?"

"मुझे पैसों की जरूरत थी, घर जो जाना था।"

"बरडू कहता था, तूने उससे तीन सौ रुपए लेकर मुझे बेचा था?"

"तुम्हें क्यों बेचूँगा? अपनी साइकिल जो उसे दे दी थी।"

"वह कहता था साइकिल के अलग एक सौ दिए थे।"

"हरामी, झूठ बोलता है।" दीनू ने आवेश में कहा। फिर बोला, "वह साइकिल का एक सौ ही देना चाहता था, पर मैंने उससे तीन सौ लिए थे। मुझे पैसों की जरूरत जो थी।"

"मुझसे कुछ भी कहे बिना क्यों चला गया था?"

"गाँववाले दो-तीन आदमी और भी जा रहे थे। मैं उनके साथ निकल गया।"

बसंती दीनू के चेहरे की ओर देख रही थी। दीनू की बिल्लौरी आँखों पर फिर उसकी नजर ठहर गई। कुछ पता नहीं चलता कि दीनू झूठ बोल रहा है या सच। लेकिन बसंती के अंदर उछाह-सा उठा। कोई फर्क नहीं पड़ता, झूठ बोले या सच। झूठ भी बोले तो भी मुझे मंजूर है, सच बोले तो भी मंजूर है। उससे पूछूँ तो भी कोई फर्क नहीं पड़ता, न पूछूँ तो भी कोई फर्क नहीं पड़ता।

दीनू की नजर में भी बदलाव आ गया था। बसंती भी अब पहलेवाली बसंती नहीं थी, एक निःसंग लड़की जिसे वह अपनी कोठरी में ले गया था। बसंती अब उसके बेटे की माँ थी, बसंती ने उसकी गोद में बेटा डाल दिया था।

"तेरी घरवाली कैसी है?"

दीनू ठिठक गया। उसे इस सवाल का इंतजार तो था लेकिन वह नहीं जानता था कि बसंती फौरन ही पूछ बैठेगी।

"उसके बच्चा हुआ?"

दीनू ने सिर हिला दिया और एक छाया-सी उसके चेहरे पर दौड़ गई। पर फिर उसने बड़े आग्रह से पप्पू को अपनी बाँहों में भरते हुए कहा, "उसके गर्भ नहीं ठहरता। बार-बार गिर जाता है।"

"उसे यहाँ ले आ। मैंने पहले भी कहा था। कहा था ना? उसे यहाँ ले आ। शकुंतला बीबी के भी गर्भ नहीं ठहरता था। इधर सात नंबरवाली बीबी। पर मेरठ में एक औरत ने उसे दवाई दी। काली-सी दवाई थी, जैसे पिसा हुआ कोयला होता है ना? वैसी ही थी और वह ठीक हो गई। सच, उसे यहाँ ले आ। शादी के सोलह बरस बाद शकुंतला बीबी के बेटा हुआ था। और उसके बाद दो बच्चे और भी हुए। उसे यहाँ ले आ।" बसंती बड़े उत्साह से बोलती जा रही थी, "मैंने पहले भी कहा था। कहा था, ना? वह घर में रहे, मैं और तुम बाहर काम कर लिया करेंगे। है ना?"

जिसे उत्तेजना में वह शकुंतला बीबी के इलाज का किस्सा सुनाती रही थी, उसी उत्तेजना में बसंती बोली, "तूने मुझे अपनी खबर क्यों नहीं दी? तीन महीने के लिए गया था और साल-भर बाद लौटा है? मैं सारा वक्त तेरी राह देखती रही। मालूम है जिस दिन मुझे लँगड़ दर्ज़ी के घर भेज रहे थे, उस दिन भी मेरी आँखें सड़क पर लगी थीं, मैं सोचती थी, अभी आएगा, अभी आएगा···ऐसा भी कोई करता है? मैं क्या करती? कहीं सिर छिपाने को जगह ही नहीं मिलती थी। उधर पप्पू पेट में था···।"

साए उतरने लगे थे जब वे घर जाने के लिए उठे। बसंती फिर से आश्वस्त और संतुष्ट महसूस करने लगी थी। उसे लगने लगा था जैसे भविष्य ने फिर से अपनी बाँहें उसके सामने फैला दी हैं और उसका स्वागत कर रहा है। अब फिर से मंसूबे बनाए जा सकते हैं, भावी जीवन की योजनाएँ बनाई जा सकती हैं।

रामू की कोठरी के पास जब ये लोग पहुँचे तो शाम उतर आई थी। बसंती ने बच्चे को उठा रखा था और दीनू आगे-आगे चल रहा था। जब ये दीनू की कोठरी के बाहर खड़े थे तो दीनू ने आगे बढ़कर दरवाजे को खटखटाया। थोड़ी देर के बाद दरवाजा खुला तो एक गोरी-चिट्टी पहाड़न सामने खड़ी थी। बसंती उसे देखती रह गई।

"यही रुक्मी है, मेरे साथ आई है।"

बारह

अपने आप ही कोठरी में गृहस्थी का बँटवारा हो गया था। बड़ी खाट पर दीनू, अपनी पहली पत्नी के साथ सोता था, दूसरी दीवार के साथ लगी खाट पर बसंती अपने बच्चे को लेकर सोती थी। विवाहिता पत्नी का दर्जा भी रुक्मी को ही मिला, बसंती को नहीं। इसके पीछे रुक्मी का आग्रह रहा हो, ऐसा नहीं था। वह तो दीनू की ही तरह बहुत कम बोलती थी। अपने आप ही, स्थिति की सहज सूझ से ही ऐसा हो गया था। एक खाट पर पति-पत्नी सोते थे, दूसरी खाट पर माँ-बच्चा। इसमें बसंती को भी अटपटा नहीं लगा। उसकी छाती के साथ

लगकर उसका बच्चा सोता था, इससे अधिक अनुकूल क्या होगा। बेशक रुक्मी उसकी घरवाली बनती फिरे और उसके साथ सोए, बेटा तो मेरा ही है। दीनू का बेटा तो मेरे से ही है, इससे बसंती को गर्व का ही भास होता था।

बसंती तो घर में पहुँचते ही बतियाने लगी थी, पर रुक्मी धीरे-धीरे ही बसंती के साथ खुल पाई। दूसरे ही दिन जब दीनू, बरडू से अपनी साइकिल लौटा लाने के लिए निकल गया तो बसंती देर तक रुक्मी के साथ बतियाती रही थी।

''यहाँ यह घूँघट नहीं चलेगा, महारानी जी, घूँघट काढ़ोगी तो काम क्या करोगी?''

रुक्मी सचमुच बड़ी गोरी थी। पीली-पीली, गोरी-गोरी और कातर आँखें, बसंती के साथ भी बातें करने में शरमाती थी, बात-बात पर झेंपती थी और उसका चेहरा लाल हो जाता था। उसके बालों में बँधे पराँदे को देखकर बसंती खिलखिलाकर हँस पड़ी—

''यह पराँदे कौन पहनता है इधर? मैं तुम्हें रिब्बन ला दूँगी। इधर रिब्बन पहनते हैं। देख! ऐसा।''

और उसने अपने बालों में बँधा रिब्बन दिखाया।

''मैं तो बालों में फूल भी लगाती हूँ। तुम्हें भी ला दूँगी।'' फिर उसे समझाते हुए बोली, ''और मेरी बात समझ ले। इधर अकेले कहीं मत जाना। इधर सड़कों पर इतनी मोटर-लारियाँ दौड़ती हैं, तू तो सड़क भी पार नहीं कर पाएगी। मैं तुझे सिखा दूँगी सड़क पार कैसे करते हैं। तूने लाल-हरी बत्तियाँ देखी हैं?''

रुक्मी ने सिर हिला दिया।

''चौराहों पर लाल-हरी बत्तियाँ लगी रहती हैं। लाल बत्ती जले तो मोटरें-लारियाँ खड़ी हो जाती हैं। कोई भी आगे नहीं जा सकता। फिर जब हरी बत्ती मिले तो आगे जा सकते हैं। लाल बत्ती का मतलब है, खड़े हो जाओ। हरी बत्ती का मतलब है, चल पड़ो।''

फिर बसंती उसे कपड़ों के बारे में सीख देने लगी, ''क्या गाढ़े की सलवार पहनकर आ गई है। इधर गाढ़े के कपड़े कौन पहनता है?'' फिर उसे समझाती हुई बोली, ''तू भी बोडी पहना कर। बोडी कभी पहनती है?''

पहले तो रुक्मी की समझ में ही नहीं आया कि बोडी क्या होती है, पर जब बसंती ने अपने बॉडिस की पट्टी दिखाई तो शर्म से रुक्मी का चेहरा लाल हो गया, और वह जोर-जोर से सिर हिलाने लगी।

"अच्छा, मैं तुम्हें बोडी ला दूँगी।"

जिस तरह चकित हिरनी की भाँति रुक्मी आँखें फैलाए बसंती के चेहरे की ओर देख रही थी, उसी से बसंती आश्वस्त हो गई थी कि उसने अपना सिक्का जमा लिया है, रुक्मी पर उसका रौब तारी हो रहा है। इस पर तुरुप का पत्ता फेंकते हुए बसंती बोली, "तूने टीवी देखा है ?"

रुक्मी ने सिर हिला दिया, "टीवी क्या होता है ?"

"फिर तूने देखा ही क्या है ? मैं तुझे श्यामा बीबी के घर ले चलूँगी। इधर बहुत घरों में टीवी हैं।"

श्यामा बीबी का नाम मुँह से निकल जाने पर बसंती को मन-ही-मन झेंप हुई। रुक्मी को अपने साथ ले जाऊँगी तो श्यामा बीबी क्या कहेगी ? 'देखा ? मैंने कहा था ना, तेरे साथ धोखा हुआ है।' बसंती क्षण-भर के लिए ठिठकी बैठी रही, फिर सिर झटककर बोली, "टीवी भी नहीं जानती ? टीवी पर तस्वीर आती है, चलती-फिरती तस्वीर। बातें करती है, जैसे सिनेमा में होता है। टीवी पर सिनेमा की फ़िल्म भी दिखाते हैं। घर बैठकर सिनेमा देखो। मैंने बहुत देखा है। श्यामा बीबी के घर बड़ा अच्छा टीवी है। विलायती टीवी है।"

बसंती चहके जा रही थी। थोड़ी देर बाद बसंती, रुक्मी का हाथ पकड़े उसे फिल्मी गीत सुना रही थी, एक के बाद एक गीत, साथ-ही-साथ फिल्मों के नाम और गानेवालों के नाम, "मैं तुम्हें अच्छे-अच्छे गाने सिखाऊँगी। मुझे ढेर-से गाने आते हैं। जब पप्पू होनेवाला था न, और मैं बिलकुल अकेली थी, तो मैं सारा वक्त गाती रहती थी।"

फिर अपने आप ही, अपनी खरज, लयहीन आवाज में गीत गाने लगी–

"कि जिस जालिम ने तड़पाया
उसी पे मुझको प्यार आया
बड़ी मुश्किल से..."

गाना खत्म हुआ तो बसंती ने झट-से पूछ लिया, "तेरे बच्चा नहीं हुआ ना ?"

रुक्मी के चेहरे का रंग पीला पड़ गया। उसकी नजरें झुक गईं और देखते-ही-देखते उसकी आँखें भर आईं।

"अरे, रोती क्यों है? क्या हुआ जो बच्चा नहीं हुआ तो!"

फिर उसका हाथ पकड़कर बोली, "नहीं रो, रोता कौन है!" फिर रुक्मी को सुनाने लगी, "पता है? मैं कभी नहीं रोती। मुझे रोना आता ही नहीं। पर फिल्में देखते हुए रो पड़ती हूँ। पता नहीं ऐसा क्यों होता है। मुझे कोई पीट ले, मार ले, कभी नहीं रोऊँगी, पर फिल्म देखते हुए जरूर रोती हूँ।" और बसंती हँसने लगी।

"तू तो मुझसे बड़ी है। बड़ी होकर रोती है?" और बसंती ने आगे बढ़कर अपने पल्लू से रुक्मी की आँखें पोंछ दीं और हल्के-से मुस्करा दी।

"मुझे सब मालूम है, मैंने ऐसे ही तुझसे पूछ लिया। तू कोई फिक्र न कर।" और बसंती ने उसे शकुंतला बीबी का सारा किस्सा कह सुनाया। "मेरठ में एक औरत रहती है, वह दवाई देती है। वह डाक्टरनी भी नहीं और दवाई के पैसे भी नहीं लेती। छोटी-छोटी काले रंग की गोलियाँ देती है। क्या मालूम शकुंतला बीबी के पास अभी भी रखी हों? मैं आज ही पता करूँगी। नहीं तो मैं मेरठ से जाकर तुम्हें ला दूँगी। मेरठ इधर पास ही तो है। सुबह जाऊँगी और शाम को लौट भी आऊँगी। नहीं तो हम दोनों चलेंगी। तुम्हें वह औरत देख भी लेगी। पप्पू को भी साथ ले चलेंगी। ठीक है ना?"

रुक्मी की आँखों में चमक-सी आ गई और वह बड़ी उत्सुकता से बसंती की ओर देखने लगी।

पिछली रात जब दीनू बसंती को घर में लाया था तो रुक्मी हैरान रह गई थी। उसकी समझ में ही नहीं आया था कि बसंती कौन है और उनकी कोठरी में कैसे आ गई है। गाँव में दीनू ने इसके बारे में रुक्मी को कुछ भी नहीं बताया था। एक बार उनके बीच झगड़ा होने पर रुक्मी को धमकाते हुए उसने इतना-भर कहा था कि दिल्ली में भी एक लड़की है जो उसके साथ रहती है। तब रुक्मी रोने लगी थी और देर तक रोती रही थी और दीनू ने उसे चुप कराने की कोई कोशिश नहीं की थी। कुछ दिन बाद वह रुक्मी को स्वयं शहर में ले आया था, इस उम्मीद पर कि यहाँ वह अपनी पत्नी का इलाज करवा सकेगा ताकि उसे भी संतान का सुख नसीब हो। ज्यों-ज्यों रुक्मी से संतानोत्पत्ति की

आशा मंद पड़ती जाती थी, बच्चे के लिए उसकी ललक उतनी ही अधिक बढ़ती जा रही थी। बसंती के अचानक मिल जाने से उसे तसल्ली हुई थी, और अपने बच्चे को पाकर तो उसे अपार सुख मिला था। रुक्मी के बच्चा नहीं हुआ तो यह पप्पू तो मेरा है ही, इसी विश्वास के साथ वह बसंती को अपनी कोठरी में ले आया था। बसंती के अंदर आने पर रुक्मी का दिल धक्-से रह गया था, शहरी तरीकों से अनभिज्ञ होने पर भी वह अंदर-ही-अंदर मसोसती रही थी। पर अब बसंती की बातें सुनते हुए और उसकी आत्मीयता से प्रभावित होकर वह धीरे-धीरे खुलने लगी थी।

बसंती बराबर चहक रही थी, "जब दीनू को काम मिल जाएगा ना, तो मैं और तुम खूब घूमा करेंगी। मैं तुम्हें लालकिला दिखाऊँगी, कुतुबमीनार, कन्नाट प्लेस। वहाँ इतनी भीड़ होती है, इतनी भीड़ कि तुम्हें क्या बताऊँ। धक्के पर धक्का पड़ता है।..."

दीनू का नाम बसंती के मुँह से सुनकर रुक्की का चेहरा लाल पड़ गया। झट-से बोली, "नाम नहीं लेते।"

"किसका?"

"उनका।"

"उस हरामी का?" बसंती ने रौब गाँठते हुए कहा, झट-से हँसने लगी।

रुक्मी का चेहरा तमतमाने लगा और उसने पल्ले से अपना मुँह ढाँप लिया।

"नाम लो तो पाप लगता है।"

"तुझे पाप लगता है तो तू उसे डार्लिंग बुलाया कर," बसंती हँसकर कहने लगी, "श्यामा बीबी अपने घरवाले को डार्लिंग बुलाती है।" और बसंती श्यामा बीबी की नकल उतारने लगी, "डार्लिंग, चपाती और लोगे, डार्लिंग? एक छोटी-सी चपाती और ले लो डार्लिंग। तुमने तो कुछ भी नहीं खाया, डार्लिंग!" और ठहाका मारकर हँसने लगी।

"इधर जब काम लग जाएगा, तो हम-तुम एक जैसे कपड़े बनवाएँगी। एक ही रंग के, एक ही काट के। क्यों? है ना?"

रुक्मी को यह सुझाव बड़ा अटपटा-सा लगा।

"फिर एक साथ घूमने जाया करेंगी, मैं तुम्हें सारी दिल्ली की सैर

करवाऊँगी। मैंने एक-एक जगह देखी है, लाल किला, कुतुबमीनार, इंडिया गेट। वहाँ आइसक्रीम मिलती है। तूने कभी आइसक्रीम खाई है ?''

रुक्मी फिर बच्चों की तरह आँखें फैलाए बसंती की ओर देखे जा रही थी।

''मैं और लाडो बसों में बहुत घूमती थीं। तब हम इधर बस्ती में रहते थे। हमने बस का कभी टिकट नहीं लिया। एक बार भी नहीं पकड़ी गईं।''

बसंती उछाह में बोले जा रही थी, ''हम एक साथ तस्वीर भी खिचवाएँगी। इधर रमेश नगर में एक दूकान है। उधर फोटो उतारते हैं। मैं तुम्हें ले चलूँगी।''

बसंती को लग रहा था जैसे वह फिर से जीवन आरंभ कर रही है, जैसे उसका बचपन अपनी सभी इच्छाओं, आकांक्षाओं के साथ फिर से जाग उठा है, और बीच के साल समय के किसी गर्त में डूब गए हैं, अपना अस्तित्व और अपनी भयावहता खो बैठे हैं।

पर तभी दीनू घर पर लौट आया था—वर्तमान के समूचे यथार्थ को अपने साथ बाँधकर लाता हुआ।

उसी दिन शाम को एक ऐसी घटना घटी जिसकी बसंती को आशा नहीं थी। दीनू बाहर से घूमकर लौटा तो बसंती, जिस तरह रौब गाँठने की आवाज में रुक्मी के साथ बोलती रही थी उसी लहजे में, दीनू के सामने भी बोलने लगी, ''किसे उठा लाया है ? यह तो जाहिल है, कुछ भी नहीं जानती। यह तो घर से निकलते ही रास्ता भटक जाएगी। इसे तो सब सिखाना पड़ेगा।''

इस पर दीनू को लगा जैसे वह रुक्मी का नहीं, दीनू का मजाक उड़ा रही है, कि उसकी बीवी इतनी जाहिल है। पर इस पर भी बस न था। जब बसंती के मुँह से निकला, ''यह किसे पकड़ लाया है'' तो सीधा एक तमाचा उड़ता हुआ उसके गाल पर पड़ा और बसंती सिर से पाँव तक झनझना उठी। और जब वह हैरान-परेशान दरवाजे में खड़ी अपना गाल सहला रही थी तो दीनू ने चिल्लाकर कहा, ''खड़ी देख क्या रही है ? चूल्हा तू जलाएगी या मैं जलाऊँगा ?''

बसंती जिस भविष्य की कल्पना करने लगी थी उसमें दीनू का स्थान उसने ठीक ढंग से नहीं आँका था। वह भूल गई थी कि दीनू दो बीवियों का मालिक है, घर में उसी की चलेगी। बसंती समझे बैठी थी कि चूँकि उसकी गोद में बेटा है, या इसलिए कि वह काम कर सकती है और कमा सकती है, घर में उसकी

चलेगी। वह भूल गई थी कि इस घर का धुरा दीनू था, वह नहीं थी।

बसंती देर तक दरवाजे में खड़ी बिसूरती रही। यथार्थ के एक ही झाँपड़ ने इच्छाओं-आकांक्षाओं और सपनों को चूर-चूर कर दिया हो, ऐसा तो नहीं था, लेकिन बसंती भौंचक-सी जरूर देखती रह गई थी कि यह क्या हो गया है। अजब यह था—और बसंती के जीवन की विडंबना भी इसी में थी—कि न तो विषमताएँ बसंती का पीछा छोड़ती थीं और न बसंती का सपने देखनेवाला स्वभाव ही बदल पाता था।

दिन-पर-दिन बीतने लगे। दीनू अभी तक कोई धंधा-वंधा नहीं करता था। न उसकी उसे बहुत तलाश ही थी। पहले कुछ दिनों तो बरड़ू से अपनी साइकिल लेने में निकाल दिए। इसके लिए भी सत्तर रुपए बसंती से ले गया जो लँगड़े दर्जी के पैसों में से उसके पास बच रहे थे। ब्याह-शादियों का मौसम निकल गया था और अब नई साइत निकलने में तीनेक महीने पड़े थे। दीनू घर का काम नहीं करना चाहता था। बसंती ने दो-तीन पुराने घर पकड़ लिए थे, लेकिन दीनू इस काम पर नाक-भौं चढ़ाता था। बसंती ने उसे दो-एक बार कहा कि तुम भी कुछ घर पकड़ लो तो पलटकर बोला, "इस काम में क्या रखा है। मैं तो किसी फैक्टरी में काम करूँगा, या सरकारी दफ्तर में चपरासी बनूँगा।"

"मिलेगी तो करेगा, अपने आप कैसे कर लेगा?"

कभी-कभी दीनू पीतल-तांबे को लेकर सोना बनाने की बात भी करता। कहता है कि विनयनगर में एक आदमी यह हिकमत जानता है, वह उसके पास जाकर यह हिकमत सीखेगा और फिर पीतल-तांबे को सोने में बदला करेगा। वास्तव में अपने को ऊँची जात का समझनेवाले, तथा दो बीवियों और एक साइकिल के मालिक के लिए घरों में चौका-बर्तन का काम करने में उसकी हेठी थी। तंबाकू खाने की उसे लत पड़ गई थी—यह एक नई बात थी जो बसंती ने उसमें देखी थी। या फिर कोठरी के बाहर पप्पू को गोद में लिए घंटों बैठा रहता। यही उसकी दिनचर्या बनती जा रही थी। साइकिल छुड़ाने के बाद वह दिन को किसी वक्त एक चक्कर बाहर का लगाता था, कुछ पता नहीं था कि कहाँ जाता। दोपहर ढलते घर आ जाता, दोनों बीवियों पर हुक्म चलाता, बसंती को सीख देता, तरह-तरह की हिदायतें देता, "अगर सुषमा बीबी तीस रुपए नहीं दे सकती तो तू काम छोड़ दे। हमें ऐसे काम की जरूरत नहीं है। कोई और घर

पकड़ लेना।"

या फिर बाहर बैठे-बैठे हुक्म चलाता था, जो उसकी पुरानी आदत थी। और रात को कभी रुक्मी का तो कभी बसंती का शरीर चिचोड़ता रहता था। लगता था उसने यही एक धंधा अपना रखा है।

बसंती, अपने स्वभावानुसार, बड़ी जल्दी नई परिस्थिति की अभ्यस्त हो गई। उसके अनुरूप अपने को ढालने में उसे देर भी नहीं लगी थी। यही होगा, ऐसे ही चलेगा, वह मन-ही-मन कहती। ज्यादा दूर तक तो वह देख ही नहीं पाती थी, और कोशिश करने पर उसे कुछ नजर भी नहीं आता था। उस जैसे लोगों के लिए एक दिन दूसरे से जुड़ा नहीं होता, प्रत्येक दिन अलग-अलग इकाई-सा होता है। वह आज के दिन को आनेवाले दिन के साथ जोड़कर नहीं देख सकती थी। आज काम है तो है, कल काम नहीं होगा तो नहीं होगा। एक दिन दूसरे दिन से तब जुड़ता है जब काम को पक्का रख पाना अपने बस की बात हो। जहाँ किसी दिन किसी घड़ी भी काम छूट सकता हो, घरवाला भाग सकता हो, बसी-बसाई बस्ती मलबे का ढेर बन सकती हो, वहाँ कोई दिनों और महीनों और सालों की योजना कैसे बना सकता है। जो दिन जैसा बीत जाए, बीत जाए, अगला दिन आएगा तो देख लेंगे। बसंती की भी ऐसी ही मनःस्थिति थी। आज जिंदगी ऐसे ही चलने लगी है, ऐसे ही चलेगी, जब तक इसे चलना है।

दिन बीत रहे थे, घर में घुटन बढ़ रही थी, तरह-तरह की नई पेचीदगियाँ उठ रही थीं और कोठरी में बसनेवालों के आपसी रिश्तों में तरह-तरह के तनाव आने लगे थे।

शुरू-शुरू में ऐसा नहीं था। कोठरी में जब पहली बार दीनू उसके पास आया था तो बसंती को अच्छा लगा था, दीनू की वहशियों-जैसी भूख और हड़बड़ाहट भी उसे बुरी नहीं लगी थी। बड़े आग्रह से उसके गले में हाथ डालते हुए बसंती ने कहा था, "आज बड़ा प्यार आया है, उस वक्त कहाँ था जब पप्पू होनेवाला था। और तू मुझे अकेला छोड़कर चला गया था?"

इस पर बिना कुछ कहे दीनू अपना हाथ पप्पू की ओर बढ़ाकर उसका सिर सहलाने लगा था, और यह भी बसंती को बड़ा अच्छा लगा था। दीनू के साथ इस तरह सटकर लेटने में उसे बड़ी तृप्ति का अनुभव हुआ था। कोई शिकायत मन में उठती भी थी तो उसे मुँह पर लाने को जी नहीं चाहता था। और

साथवाली खाट पर रुक्मी की उपस्थिति भी खलती नहीं थी। तरह-तरह की यादें उसके मन में उठती रही थीं, अच्छी भी और बुरी भी, लेकिन उसने दीनू से कुछ नहीं कहा था। बल्कि दीनू के साथ और भी ज्यादा सटकर लेट गई थी, क्योंकि उसके निकट होने से वह अधिक सुरक्षित महसूस करती थी। तभी दीनू ने उससे पैसे भी माँग लिए थे और बसंती ने उसी वक्त उठकर उसे पूरे सत्तर रुपए दे दिए थे। तब भी दीनू के व्यवहार में उसे किसी कोमल भावना का, किसी आत्मीयता या अपनेपन का भास मिला हो, ऐसा न था। दीनू तब भी इसका शरीर ही चिचोड़ता था। लेकिन बसंती को उसके सामीप्य से ही असीम सुख मिलता था। पर फिर, गिरस्ती की गाड़ी हिचकोले खाती, धीरे-धीरे आगे बढ़ने लगी तो यह सब पीछे छूट गया और इसके स्थान पर घुटन, ईर्ष्या-द्वेष, कृपणता अपने फन उठाने लगे और रात पड़ते ही कोठरी से वासना की घिनौनी-सी बू आने लगती।

अभी तक तीनों में से केवल बसंती ही काम करती थी और कुछ कमाकर लाने लगी थी। पहले, तीन घर पंद्रह-पंद्रह रुपए के, और बाद में दो घर और दस-दस रुपए के बसंती ने पकड़ लिए थे। पप्पू को दीनू और रुक्मी के सहारे कोठरी में छोड़ जाती, पर कई बार ऐसा होता कि कुछ घरों को निबटाकर वह भागती हुई घर लौटती तो देखती कि घर में चूल्हा ही नही जला है, दीनू घर पर नहीं है, किसी के साथ गप्पें हाँकता निकल गया है, और रुक्मी ने चूल्हा इसलिए नहीं जलाया कि घर में चढ़ाने-बनाने को कुछ था ही नहीं, और पप्पू कोठरी की दहलीज के आर-पार रो-रोकर सो गया है। बसंती मन मसोसकर रह जाती। थोड़े-से वक्त में चूल्हा जलाती और खाना बनाती तो दीनू भी पहुँच जाता और रुक्मी भी आकर बैठ जाती। इस पर दीनू हुक्म चलाता, "सुषमा बीबी ने पगार बढ़ाई है या नहीं ? तेरे मुँह में जबान नहीं है ? उसे कह नहीं सकती कि हमें पंद्रह रुपए मंजूर नहीं हैं ? आज उसे कहकर आना।"

और अब रुक्मी भी दीनू के कान भरने लगी थी। न जाने क्या खुस-फुस करती रहती थी। पर बसंती को कुछ कहते नहीं बनता था। पप्पू को जो उनके सहारे छोड़ जाती थी। रोता था या खेलता था, इनके पास तो रहता था। काम पर वह उसे कहाँ उठाए फिरे। दो-एक बार वह उसे अपने साथ ले भी गई थी पर उसने बीबी का फर्श गंदा कर दिया था और बीबी ने उससे सारा घर

धुलवाया था और बच्चे को फिर से लाने की मनाही कर दी थी।

एक रात, अभी बसंती की आँख नहीं लगी थी, और पप्पू दूध पीते-पीते सो गया था, और साथवाली खाट पर रोज की-सी खुसर-फुसर चलने लगी थी और तरह-तरह की आवाजें आने लगी थीं, जब थोड़ी देर बाद दीनू की आवाज आई, "तू भी आ जा, चाहती है तो!"

इस पर बसंती जवाब में कुछ कहे या न कहे, कि सहमा उसे उबकाई आ गई और उसने मुँह में पल्ला ठूँस लिया। और अपनी मतली को दबा पाने के लिए करवट बदल ली।

"ए बसंती, आना चाहती है तो तू भी आ जा।"

बसंती ने जोर-जोर से सिर हिला दिया और ऊँ-हूँ, ऊँ-हूँ कहती रही। पर फिर वह सचमुच उठ बैठी और भागकर कै करने बाहर चली गई। दीनू की समझ में नहीं आया कि क्या बात है। वह अपनी खाट पर ही पड़ा रहा।

थोड़ी देर बाद बसंती बाहर से लौटी और आकर फिर से अपनी खाट पर पड़ रही।

"मुझे कुछ नहीं चाहिए। तू पड़ा रह।"

"आती है तो आ जा," दीनू ने एक बार फिर कहा।

"क्यों? उससे तेरा जी नहीं भरा?" बसंती बोली, "मुझे नहीं चाहिए।" और उसने करवट बदल ली, "इस कोठरी में मेरा दम घुटता है।"

दीनू कुछ नहीं बोला। उसका आग्रह भी शिथिल पड़ गया था। पहले ही शायद उसका आग्रह अनमना-सा था। हॉस्टल में उसके आग्रह से बसंती परिचित थी। बसंती विरोध भी करती तो वह मानता नहीं था।

सहसा बसंती भभककर उठ बैठी।

"तूने बरडू से पैसे लिए थे?"

"कौन-से पैसे? क्या बक रही है?"

"तीन सौ रुपए? बोल, लिए थे तीन सौ रुपए?"

दीनू को इतने तीखे प्रश्न की आशा नहीं थी।

"तुम्हें बोल जो दिया मैंने उसे साइकिल बेची थी।"

"और उसने सत्तर में साइकिल लौटा दी?"

"बाकी पैसे उसे फिर दूँगा। अब बक-बक नहीं कर।"

''वह कहता था तू मुझे उसके हाथ बेच गया था।''

दीनू चुप रहा। बसंती का पारा चढ़ता जा रहा था।

''बोल, बोलता क्यों नहीं ? तू मुझे उसकी रखैल बना गया था ?''

''चुप रह, चुप रह, चिल्ला नहीं। नहीं, एक झाँ''ड़ दूँगा, सारे दाँत बाहर आ जाएँगे।''

पर बसंती मानो आपे से बाहर होती जा रही थी, ''तू भी हरामी, वह भी हरामी। खबरदार जो मेरे बच्चे को हाथ लगाया। बड़ा आया बेचनेवाला। मेरे पेट में अपना बच्चा देकर मुझे बेचने चला था, हरामी, बेशर्म, बदजात !''

बसंती को क्या हो गया था, उसे खुद मालूम नहीं था। सहसा ही वह भड़क उठी थी। उन क्षणों में भी, जब वह अकेली भटकती फिरती थी और तरह-तरह की यातनाएँ सह रही थी, उसके मुँह से दीनू के प्रति एक भी बुरा शब्द नहीं निकला था। वह कभी-कभी, मन-ही-मन, कलपती रही थी, पर दीनू को सदा निर्दोष ही पाया था। पर आज सहसा ही जैसे कोई दबी चिंगारी भभक उठी हो। उस पर जुनून छाता ही जा रहा था, बढ़ता ही जा रहा था, ''कल ही मैं अपने बच्चे को लेकर कहीं चली जाऊँगी, कोई दूसरी कोठरी लेकर रहूँगी।''

''बेशक चली जाना, अभी चली जा, मगर पप्पू कहीं नहीं जाएगा।''

''क्या कहा ? पप्पू को हाथ लगाया तो मैं तेरी बोटी-बोटी काट डालूँगी ! बड़ा आया पप्पू को अपना कहनेवाला।''

दीनू, जो सचमुच आवेश में आकर बसंती को झाँपड़ लगाने जा रहा था, और कई बार लगा भी चुका था, उसकी तीखी, क्रुद्ध आवाज सुनकर चुप हो गया और अपनी खाट पर ही पड़ा रहा।

''दोनों पिल्लों की तरह घर में पड़े रहते हो। बेसरम। बेहया। पप्पू भूखा रो-रोकर सो गया था...''

''अब बोली तो एक झाँपड़ दूँगा।'' दीनू ने कहा, पर उसकी आवाज में पहलेवाला दम न था।

''मैं तेरी आँतें खींच लूँगी, तू समझता क्या है ? लगा तो हाथ मुझे।''

सहसा पप्पू जाग पड़ा और जागते ही जोर-जोर से रोने लगा। शायद ऊँचा-ऊँचा बोलने की आवाजें सुनकर वह डर गया था। इस पर दीनू खाट से उठा और उसके पास चला गया।

"बस, बेटे, बस। सो जा, सो जा।"

"खबरदार जो मेरे बेटे को हाथ लगाया।" ...बसंती ने फुँकारते हुए कहा, पर दीनू ने तब तक आगे बढ़कर बच्चे को उठा लिया था।

"बस, बस, बेटा, सो जा, बस, बस।"

और वह पप्पू को थपथपाते हुए सुलाने की कोशिश करने लगा। दीनू भले ही बसंती के साथ बुरा बोले, पप्पू को सारा वक्त दुलारता रहता था। पप्पू ने दो-एक दर्दभरी, गहरी साँसें लीं, और फिर दीनू के थपथपाते हाथ के नीचे उसकी छाती से लगकर चुप हो गया और कुछ ही देर में दोनों आँखें बंद करके सो गया।

बसंती का पारा जितनी तेजी से चढ़ा था, उतनी ही तेजी से उतरने भी लगा। पप्पू अब अपने बाप का हाथ पहचानने लगा था, कोठरी में छाए अँधेरे में भी बसंती मानो देख रही थी कि दीनू पप्पू को वैसे ही बाँहों में लिए सुला रहा था जैसे वह सुलाती थी, वैसे ही उस पर झुका हुआ था जैसे वह झुकती थी।

वह चुपचाप खाट के पायताने बैठ गई।

"चला जा, अब मैं इसे सुला लूँगी।"

"सो गया है, तू क्या सुलाएगी।"

और दीनू उठकर दूसरी खाट पर चला गया।

बसंती का सारा गुस्सा ठंडा पड़ गया। मेरे साथ बुरा बोलता है, पर पप्पू को तो छाती से लगा लेता है। उसके बिना तो नहीं रह सकता।

बसंती ने ठंडी आह भरी और खाट पर पड़ रही। बसंती को फिर से आत्मीयता का-सा भास हुआ। क्षण-भर के लिए उसे लगा जैसे कोठरी में केवल वही तीनों हैं, दीनू, पप्पू और बसंती; और चौथा कोई नहीं है। और जिस घर की वह कल्पना किया करती थी, वह सचमुच अस्तित्व में है, टूटा नहीं है।

"तू लेटता है पप्पू के साथ तो लेट जा, मैं फर्श पर पड़ रहूँगी।" बसंती ने कहा।

दीनू ने कोई जवाब नहीं दिया और थोड़ी ही देर में खर्राटे भरने लगा।

तेरह

दूसरे दिन जब बसंती उठकर बाहर आई तो सदा की भाँति ही सबके साथ हँस-बोल रही थी, मानो रात का कांड हुआ ही न हो।

''महारानी जी, तुम आग जलाकर चाय के लिए पानी रखो, मैं दूध लेकर आती हूँ।'' उसने रुक्मी से कहा। फिर उसी तरह कोठरी के अंदर झाँककर दीनू को संबोधित करती हुई बोली, ''अभी साहिब बहादुर सो रहे हैं। चाय तैयार होने तक जाग जाएँगे। तू चाय बना।''

इसी तरह काम पर जाने से पहले रुक्मी को हिदायत देने लगी, ''पानी का घड़ा भरकर ले आना। नल दस बजे बंद हो जाते हैं।'' फिर हँसकर बोली, ''किसी से पूछ लेना दस कब बजते हैं। और साहिब बहादुर का कुर्ता और पैंट नल पर से ही धो लाना।'' फिर उसी लहजे में साहिब बहादुर से बोली, ''साहिब बहादुर, मैं काम पर जा रही हूँ। लंच पर मुलाकात होगी! टा-टा!'' बसंती बाबुओं के घरों से सुने वाक्य किसी अभिनेत्री की तरह दोहरा रही थी। वह बाहर निकल गई और फुर्ती से अपनी साड़ी का पल्लू कमर में खोंस लिया। फिर चलते-चलते ही बीड़ी सुलगा ली और लंबे-लंबे कश लेती हुई मुहल्ले की ओर बढ़ गई।

कल तक बात-बात पर दीनू का मुँह जोहनेवाली बसंती, आज अपने आप ही घर-मालकिन की तरह व्यवहार करने लगी थी, जैसे उसने अपने को पहचान लिया हो, जैसे उसने यह भी समझ लिया हो कि घर टूट नहीं सकता, इसे बनाए रखने में ही कुशल है। दीनू, पप्पू को बहुत चाहता है, मैं पप्पू को उससे अलग क्यों करूँ? दीनू, रुक्मी को भी नहीं छोड़ सकता। वह उसे यहाँ लाया है तो कैसे छोड़ दे? रुक्मी अब उसे सौत नजर नहीं आ रही थी, पर एक ऐसी औरत जो उस पर निर्भर थी, जो उसकी कमाई खाती थी। बसंती की नजर में एक संतुलन-सा आ गया था, और संतुलन आते ही अपनी स्थिति पर उसकी पकड़ मजबूत हो गई थी। दबती तो वह पहले भी नहीं थी, करती भी सदा मनमानी ही थी। पर अब मानो उसने अपनी स्थिति का भेद पा लिया हो और निस्सहायता, संशय और अनिश्चय का भाव, शरद् के सूखे पत्तों की तरह झर गया हो। एक

ही रात में यह सब हो गया था, वह अपना लड़कपन लाँघ आई थी और घर में स्त्री की भूमिका निभाने लगी थी।

दिन फिर बीतने लगे। उसने साइकिल चलाना सीख लिया, और अब काम पर जाती तो दीनू की साइकिल पर बैठकर, बीड़ी के कश छोड़ती हुई। चुस्तदुरुस्त, उजले कपड़े, पीछे जूड़ा बँधा हुआ और उसमें लाल रंग का रिब्बन लहराता हुआ। घरों में चौका-बर्तन का काम वह पहले भी बड़ी मुस्तैदी से करती थी। सुबह-सवेरे काम पर निकल जाती, जाने से पहले घर का सारा प्रबंध करके जाती, पप्पू को दूध पिला जाती और घरवालों को हिदायतें भी दे जाती। तीन घर निबटाकर वह साइकिल के पैडल मारती घर लौटती, और घर के अंदर घुसते ही सिर पर से पल्ला उतार फेंकती, पप्पू को दूध पिलाती और आग सुलगाकर रोटियाँ सेंकने लगती।

दीनू और रुक्मी उसके साथ बदल तो नहीं गए थे, लेकिन उसके साथ वे बराबरी भी नहीं कर सकते थे। रुक्मी, बसंती से खम भी खाती थी और उससे डाह भी करती थी। पर अंदर-ही-अंदर। वह दिल्ली में अपने पति के साथ आई थी, पर यहाँ पति का दबदबा भी वह नहीं रह गया था जो गाँव में हुआ करता था। यह कलमुँही कौन है जो कोठरी में आ घुसी है और अपने बेटे को भी साथ ले आई है, और मेरी छाती पर आकर बैठ गई है। कभी-कभी एक सालती हुई आग की लपट उसके अंदर उठती और उसका कलेजा चाट जाती। पर फिर, उसकी निस्सहायता उसे और भी ज्यादा दुर्बल और शिथिल बना देती। उसके बच्चा नहीं हुआ, जबकि इस कलमुँही ने दीनू की गोद में अपना बच्चा डाल दिया है। दिल्ली शहर में वह कोठरी के बाहर कदम नहीं रख सकती थी। बात-बात पर बसंती का मुँह जोहना पड़ता है, वह पैसे न दे तो घर में चूल्हा नहीं जलता था। और तो और, अपने इलाज के लिए भी वह बसंती पर ही आस लगाए बैठी थी कि शायद इसकी मदद से कभी उसका गर्भ टिक जाए। उधर दीनू पहले की तरह ही ऐंठता था, पहले ही की तरह गुर्राता भी था, अपनी हुकूमत भी चलाता था, पैसे भी बसंती से ऐंठकर ही ले जाता था, लेकिन अंदर-ही-अंदर वह भी जानता था कि बसंती पर वह पहले की तरह हुकूमत नहीं चला सकता।

उधर और भी बहुत-सी बातें हुईं। लँगड़े दर्जी ने सचमुच मुकद्दमा कर दिया, और महीने में एकाध बार पेशी भी होने लगी। कचहरी में दीनू भी गया

और वहाँ पर बयान दे आया कि मेरी शादी बसंती से हो चुकी है, और उसने इसलिए शादी की कि उसके घर बच्चा नहीं हो रहा था और शादी के सबूत, अपने बच्चे को भी पेश किया। मुकद्दमे के कारण बसंती का बाप बहुत सटपटाता था, लेकिन दीनू और बसंती को डराने-धमकाने के बावजूद, उसका अभी तक बना-बनाया कुछ नहीं था। बसंती, साइकिल पर बैठी, फर्राटे से रोज उसके सामने से गुजर जाती थी। दूध के बूथ पर उसकी अपनी माँ से भी भेंट होती, और माँ उसे देखकर अपना मुँह दूसरी तरफ फेर लेती, पर बसंती को इसकी भी परवाह नहीं थी। एक दिन अपने आप ही अपनी बोतलों का छिक्का माँ के सामने रखती हुई बोली—मुझे काम है, मैं जा रही हूँ। यह लो पैसे, मेरी बोतलें भी ले लेना।

मतलब, कि बसंती की गृहस्थी की गाड़ी चलने लगी थी, और लगने लगा था कि उसकी गति समतल ही बनी रहेगी।

तभी कुछेक महीने के बाद की बात रही होगी कि बसंती श्यामा बीबी के घर जा पहुँची। श्यामा बीबी के घर वह फिर से थोड़ा-बहुत आने-जाने लगी थी, हालाँकि श्यामा बीबी की आँखों में पहले जैसी सद्‌भावना नहीं रह गई थी।

बसंती ने श्यामा बीबी की दहलीज पर कदम रखा ही था कि श्यामा बीबी ने छूटते ही उससे कहा, ''तू चोरियाँ करती फिरती है, मुझे बदनाम कर रही है!''

''मैंने किसकी चोरी की है, बीबी जी?'' बसंती ने हँसकर कहा। बसंती की समझ में नहीं आया कि श्यामा बीबी ठिठोली कर रही है या सचमुच शिकायत कर रही है।

बसंती अपना बच्चा गोद में उठाए हुए थी और खुद हल्के पीले रंग की साड़ी पहने हुए थी। कोई उसे देखकर यह नहीं कह सकता था कि यह घरों में चौका-बर्तन करती है। पप्पू को तो विशेष रूप से बना-सँवारकर लाई थी—उसके सिर पर फुँदनेवाली गुलाबी रंग की टोपी थी, आँखों में काजल था, और पाँवों में मौजे थे।

''तेरे पास इतने पैसे कहाँ से आए, इतने बढ़िया कपड़े बच्चे को भी पहना रखे हैं और खुद भी पहने हुए हैं।''

बसंती हँस दी।

''ओ बीबी जी, पहले पूछ तो लिया होता।'' बसंती ने कहा और चुपचाप

मूढ़े पर श्यामा बीबी के निकट बैठ गई, ''यह साड़ी तो मुझे मेरे घरवाले ने लेकर दी है।''

''कौन-से घरवाले ने?''

''लँगड़े दर्जी बुलाकीराम ने, और किसने?'' और वह फिर हँसने लगी, और बुलाकी की नकल उतारते हुए बोली, ''कहने लगा, देख तो बसंती रानी, तेरे लिए क्या लाया हूँ? तेरा नाम भी बसंती, साड़ी भी बसंती।'' और खी-खी करके हँसने लगी।

''बच्चे के जूते? ये कहाँ से लिए है? लँगड़े दर्जी का घर छोड़े तो तुझे महीनों बीत चुके हैं।''

बसंती का चेहरा लाल पड़ गया।

''ये भी कहीं से मिल गए।''

''कहाँ से मिले?''

''ओ बीबी जी, आप तो पीछे ही पड़ जाती हैं। मिल गए कहीं से।''

''और ये नाइलॉन के मौजे?''

''यह तो अपने ही हैं बीबी जी!''

''तू मेरे घर नहीं आया कर, बसंती।''

''क्यों बीबी जी? आप कहेंगी तो नहीं आऊँगी।''

''तू ये करतूतें करने लगी है, तुझे कोई घर में घुसने नहीं देगा। सच-सच बता, तूने बच्चे के जूते कहाँ से लिए?''

इस पर बसंती धीमे-से बोली, ''छोटी-मोटी चोरी तो सभी करते हैं, बीबी जी, पर मैंने नहीं की।''

''तूने कहाँ से लिए हैं?''

''पप्पू के जूते बीबी जी, मुझे पार्क में पड़े मिले थे। जहाँ बच्चे झूला झूलते हैं ना, वहाँ एक झाड़ी के पास पड़े थे। पहले दिन मैंने नहीं उठाए। उन्हें थोड़ा और पीछे सरका दिया, झाड़ी के नीचे कर दिया,'' बसंती हँसने लगी, ''दूसरे दिन भी उन्हें लेने कोई नहीं आया, फिर जब अँधेरा हुआ तो मैंने उठा लिए।'' बसंती ने चुटकी बजाते हुए कहा, ''यह चोरी तो नहीं ना?''

''चोरी नहीं तो क्या है?''

''यह आधी चोरी है बीबी जी, पूरी चोरी नहीं।''

''और मौजे ?''

''मौजे बीबी जी, मैंने अपने पैसों से खरीदे हैं। सच।''

''नाइलॉन के मौजे तूने अपने पैसों से खरीदे हैं ?''

''लँगड़े दर्जी के पैसों से। वह भी तो अपने ही पैसे थे ना।'' बसंती ठहाका मारकर हँस दी, ''ये तो मेरे पास बहुत दिन के पड़े हैं। जूते अच्छे हों तो मौजे भी तो अच्छे होने चाहिए ना। पार्क में तो बीबी जी, किसी को मालूम भी नहीं पड़ता कि पप्पू मेरा बच्चा है। वहाँ तो लोग समझते हैं कि मैं इस बच्चे की आया हूँ, इसे घुमाने लाई हूँ। सच !''

पर श्यामा बीबी के चेहरे पर अविश्वास का भाव देखकर बसंती बोली, ''देखो बीबी जी, जो कुछ तो मैं अपने पप्पू के लिए करती हूँ ना, उसे तो मैं चोरी मानती ही नहीं। कोई कुछ भी कह ले। अपने लिए कुछ उठाऊँ तो बेशक मुझे चोर कह लो।''

श्यामा बीबी अभी भी उसके चेहरे की ओर घूरे जा रही थी। बसंती ने अपनी सफाई देते हुए कहा, ''ओ बीबी जी, कुछ लोगों के घर में इतनी चीजें बिखरी रहती हैं कि उन्हें मालूम ही नहीं होता कि उनके घर में क्या है।''

''इसका मतलब है तू वहाँ चोरी कर ले ?''

''चोरी कौन करता है बीबी जी, मैं तो यों ही आपको बता रही हूँ।''

''माँगकर ले तो तुम्हें कोई दे भी देगा।'' श्यामा ने कहा।

''माँगने पर कोई कुछ नहीं देता बीबी जी ! माँगो तो कोई कच्ची कौड़ी की चीज भी नहीं देता।''

''तू तो निरी जानवर है।''

''क्यों बीबी जी, मैं जानवर कैसे हुई ?''

''पप्पू को इतने अच्छे कपड़े पहनाएगी तो कोई तुझे घर में घुसने नहीं देगा। सब तुझे चोर समझेंगे।''

''बच्चे को अच्छे कपड़े पहनाओ तो भी चोर ! अपने पैसों से खरीदकर पहनाओ तो भी चोर !''

श्यामा बीबी बसंती के चेहरे की ओर देखती रही। फिर उपेक्षा के स्वर में बोली, ''आज आई कैसे है ?''

''ओ बीबी जी, सच, मैं तो आपको बहुत बड़ी खबर सुनाने आई हूँ। आपने

इधर दूसरी बातें शुरू कर दीं। रुक्मी के बच्चा होनेवाला है।"

"अच्छा?"

"उसका गर्भ सचमुच ठहर गया है बीबी जी, सारा दिन लेटी रहती है।"

"तू उसे मेरठ ले गई थी क्या? शकुंतलावाली दवाई दी थी?"

"नहीं बीबी जी, दीनू उसे डाक्टरनी के पास ले गया था। मैं भी साथ में गई थी। उसने कहा, बस लेटी रहे। उसके मजे हैं बीबी जी, घर का कोई काम-वाम नहीं करती। सारा वक्त लेटी रहती है।"

कुछ देर तक श्यामा बीबी चुप बनी रही, फिर सिर झटककर और भौंहें सिकोड़कर बोली, "तू सारी उम्र मारी-मारी फिरेगी, बसंती।"

"क्यों, बीबी जी?"

"उसके बच्चा हो गया तो घर में तुझे कोई जूती-बराबर भी नहीं समझेगा।"

"क्यों बीबी जी?" बसंती का चेहरा पीला पड़ गया और वह श्यामा बीबी के चेहरे की ओर देखने लगी।

"आप ठीक नहीं कह रही हैं, बीबी जी, पप्पू से वह बहुत प्यार करता है। वह तो उसे अपनी गोद में से उतारता ही नहीं।"

"पप्पू से प्यार उस वक्त तक ही है जब तक उसका अपना बच्चा नहीं हो जाता।"

"यह भी तो उसका अपना ही बच्चा है, बीबी जी।"

"तू कभी नहीं समझेगी। पप्पू उसका बेटा है, पर वह तेरा पति तो नहीं है।"

"क्यों बीबी जी, यह तो कचहरी में भी कह आया है कि उसकी मेरे साथ शादी हुई है।"

"कह आया है तो कह आया है। पर तुझे अपने पास रखे या नहीं रखे, यह तो उसकी मर्जी पर है ना।"

"मेरे बिना यह घर चल ही नहीं सकता बीबी जी, मैं ही तो अकेली काम करती हूँ।"

श्यामा बीबी ने फिर से सिर झटककर कहा, "सुन बसंती, तेरी हैसियत तो इस घर में तेरे बच्चे की वजह से है। रुक्मी को बच्चा हो गया तो तेरी हैसियत दो

कौड़ी की रह जाएगी।''

''हैसियत क्या होती है, बीबी जी ?''

''हैसियत यह होती है कि फिर तुझे इस घर में कोई पूछेगा नहीं।''

बसंती एकटक श्यामा के चेहरे की ओर देखे जा रही थी, ''या तो यह हो कि अबकी बार भी उसका बच्चा न हो। पर अगर न भी हो तो भी तो दीनू जो चाहे कर सकता है।''

''क्या कर सकता है, बीबी जी ?''

''क्यों ? उनके बच्चा न हो और वह पप्पू को लेकर यहाँ से चले जाएँ।''

''आप क्या कहती हैं, बीबी जी, पप्पू को मुझसे कौन छीन सकता है ?''

''अगर कचहरीवालों ने तुम्हारी शादी की बात मान ली तो दीनू बिट्टू का बाप हुआ या नहीं ?''

''पर वह यह थोड़े ही कर सकता है कि मेरे बेटे को ले जाए, और मुझे यहाँ छोड़ जाए ?''

''वह कुछ भी कर सकता है।''

बसंती सिर हिलाती, नहीं-नहीं करती रही, लेकिन उसका दिल आशंका से भर उठा।

''तू तो अंधी है, बसंती, तुझे तो कुछ दिखाई नहीं देता। दीनू कोई काम नहीं करता, बल्कि जैसे काम वह करने लगा है, उनसे तो, एक दिन पकड़ा गया तो, जरूर जेलखाने की हवा खाएगा। उधर गाँव में उसकी जमीन है, बूढ़ी माँ है...''

''वह अपनी बीवी को गाँव में छोड़कर वापिस भी तो लौट सकता है। बीबी जी, पहले भी तो उसकी बीवी गाँव में रहती थी और वह शहर में रहता था।''

''मैं क्या जानूँ क्या होगा। पर मुझे तो आसार अच्छे नजर नहीं आते।''

बसंती को श्यामा की बातें समझ में नहीं आ रही थीं, श्यामा बीबी की सोच ही निराली थी। पर बसंती का दिल दहल-सा गया और मन शंकित हो उठा।

''तू पागल न होती तो तेरी यह हालत ही क्यों होती।''

''मैंने क्या किया है, बीबी जी ?''

''बिना जाने-समझे दीनू के साथ भाग गई। यह पागलोंवाली बात नहीं थी तो क्या था ?''

''ओ बीबी जी, उसके साथ नहीं जाती तो बूढ़े के साथ बाँध दी जाती।''

"फिर भुगत जो भुगतना है।"

"ओ बीबी जी..." बसंती ने कहा और चुप हो गई।

श्यामा बीबी की बातों को सुनते हुए एक अँधियारा-सा साया बसंती की आँखों के सामने उतर आया।

एक विचित्र-सा परिवर्तन आ गया था। पहले श्यामा बीबी बात करती थी तो उसमें सद्भावना का स्वर सुनाई पड़ता था। अब सद्भावना के स्थान पर एक प्रकार की कटु आलोचना आ गई थी। बसंती के प्रति अपना कर्त्तव्य वह अभी भी निभाती थी, लेकिन जैसे अब केवल औपचारिकता का निर्वाह कर रही थी। उधर बसंती जो पहले कभी भी श्यामा बीबी की बातों की ओर कोई विशेष ध्यान नहीं देती थी और बात-बात पर 'तो क्या बीबी जी' कहकर उड़ा दिया करती थी, अब श्यामा बीबी की बातों को ध्यान से सुनने लगी थी, और उन्हें सुनते हुए उसके अंदर सिहरन-सी उठती थी। पहले सारा वक्त उसके मन में एक प्रकार की तरंग-सी उठती रहती थी, अब श्यामा बीबी की बातें सुनते हुए उसका दिल डूब-डूब जाता था।

दोनों एक-दूसरी के सामने बैठी थीं। बसंती की ओर देखते हुए श्यामा का मन फिर से शंकित हो उठा था। जाने यह कौन है और क्या करती फिरती है। जिस आदमी के साथ रहती है वह भी कोई आवारा-सा आदमी है। मैंने इसे बहुत ढील दे रखी है, कहीं किसी दिन मुझे पछताना ही न पड़े।

बसंती कुछ देर तक बैठी रही, फिर उठ पड़ी, "अच्छा बीबी जी, अब चलूँगी। बहुत देर हो गई है। अब घर जाकर खाना बनाऊँगी।"

बच्चे को बाँहों में लेकर बसंती ने अपना थैला उठाया। सीढ़ियों की ओर बढ़ रही थी कि श्यामा बीबी को शक हो गया।

"थैले में क्या कुछ उठाए घूम रही है, बसंती? दिखा तो इसमें क्या है?"

"कुछ भी नहीं बीबी जी, पप्पू के कपड़े हैं।"...

"देखूँ तो।" और श्यामा ने आगे बढ़कर उसके थैले में हाथ डाल दिया।

थैले के अंदर एक बड़े-से डिब्बे पर उसका हाथ लगा, "यह क्या है?" श्यामा बीबी ने कहा और उसे बाहर निकाल लिया। बड़ा-सा हॉर्लिक्स का दूध का डिब्बा था।

"यह कहाँ से उठा लाई है, बसंती?"

"बाजार से लिया है बीबी जी, पूरे ग्यारह रुपए लग गए हैं। घर में कभी पप्पू को दूध मिलता है, कभी नहीं मिलता। मैं यह ले आई।"

देर तक श्यामा बीबी बसंती के चेहरे की ओर देखती रही, फिर डिब्बे को वापिस थैले में रखते हुए बोली, "आगे से आओ तो अपना थैला नीचे आँगन में रखकर आया करना बसंती।..." और कमरे की ओर घूम गई।

चौदह

घटनाएँ तेजी से घटने लगीं। और घटनाएँ भी ऐसी जिनकी उम्मीद नहीं की जा सकती थी।

एक तो यह कि रुक्मी के बेटा हुआ। रुक्मी के बच्चा होने पर बसंती की प्रतिक्रिया अजीब-सी हुई। टिमटिमाते दिए की लौ में जहाँ दाई रुक्मी की देखभाल कर रही थी और बसंती उसके पास बैठी थी, बसंती फटी-फटी आँखों से रुक्मी की छटपटाहट को देखे जा रही थी। उसकी प्रसव-पीड़ा में एक ओर तो बसंती गहरी वेदना का अनुभव करती, दूसरी ओर फटी-फटी आँखों से वह यह भी देखना चाहती थी, कि बच्चा प्रसूत में मर जाएगा या जिंदा पैदा होगा। और जब नन्हें-मुन्ने का रुदन कोठरी में गूँजने लगा और रुक्मी हाथ-पैर पटकने के दबाद गहरी नींद सो गई तो बसंती के मन में एक ओर तो गहरे संतोष का सैलाव-सा उठा, और दूसरी ओर घोर निराशा के साए भी घुमड़ने लगे।

ऐसी ही मनःस्थिति बच्चे के पैदा होने के बाद भी बराबर बनी रही। एक बार उसे ऐसा भास हुआ जैसे रुक्मी का दूध सफेद न होकर काला है। और काला दूध पीनेवाला बच्चा कैसे बच सकता है?

"मैं सच कहती हूँ बीबी जी, उसका दूध काला है।" बसंती भागी हुई श्यामा बीबी को यह सूचना देने आई थी।

"दूध भी कभी काला हुआ है, पगली?"

"इसका काला है। मैंने देखा है, मैला-मैला, गंदा-गंदा।"

श्यामा बीबी उसकी ओर देखती रही थी और बसंती के मन में उठनेवाले

भाव उसे अधिक स्वाभाविक और अनुकूल जान पड़ रहे थे।

''तू उसके बच्चे की चिंता नहीं कर, वह तो बचेगा या नहीं बचेगा, भगवान जाने, तू अपनी फ़िक्र कर।''

बसंती को, जो अड़चनों-मुसीबतों के बीच भी लापरवाह रहा करती थी, अब सारा वक्त यही लगता जैसे परेशानियों के घटाटोप से घिर गई है। सारा वक्त उसके मन को धुकधुकी लगी रहती, बात-बात पर कुढ़ने-खीजने लगती।

रुक्मी के प्रसूत को दो महीने बीत चुके थे। रुक्मी के काले दूध से बच्चे को कोई नुकसान नहीं पहुँचा था। पर बसंती के अंदर पहले-सी ही धुकधुकी चल रही थी। हर बार जब रुक्मी अपने बच्चे को दूध पिलाने लगती तो बसंती अजीब नजरों से उसे देखने लगती। हर बार जब रात को बच्चा रो उठता तो बसंती हड़बड़ाकर उठ बैठती, कि शायद बच्चे को पेट में सूल उठा है। कभी-कभी उसे सचमुच लगता कि बच्चे की साँस उखड़ी हुई है। उसे इतना भी भास होता कि बच्चे की चमड़ी नीली पड़ रही है और शरीर ऐंठ रहा है।

''इसे क्या हो गया है ? देखो तो कैसे हाथ-पाँव पटक रहा है ?''...वह एक बार खाट के पास खड़ी चिल्लाने लगी थी। उसकी आँखें टेढ़ी-सी हो रही थीं।

दीनू ने ध्यान से बच्चे को देखा। बच्चे के हाथों को अपने हाथ में लिया। हौले-से उसकी छाती पर अपना हाथ रखा। बच्चे का साँस समगति से चलने लगा।

''कुछ भी तो नहीं है इसे। क्या है ?'' दीनू ने अधिकारपूर्ण आवाज में कहा, ''यों ही चिल्लाए जा रही है।''

''यह रोया जो ऐसे था। ऐसे भी कभी बच्चा रोता है ? जरूर उसके पेट में सूल उठा होगा।''

''एक झाँपड़ दूँगा तेरे मुँह पर,'' दीनू ने उल्टा हाथ बसंती की ओर उठाते हुए कहा, ''सूल उठा था तो अब चुप क्यों हो गया है ?''

''मुझे क्या है। अपना गंदा दूध पिलाती है। अपने बच्चे को बीमार करेगी, मुझे क्या है !''

रुक्मी को भी अब बसंती बुरी लगने लगी थी। उसे बसंती से डर लगने लगा कि कहीं वह उसके बच्चे को कुछ खिला नहीं दे। पुल पर बैठनेवाले एक

ज्योतिषी ने भी रुक्मी का हाथ देखकर बताया था कि घर के किसी व्यक्ति का साया उसके बच्चे पर भारी है और रुक्मी ने यही समझा था कि वह बसंती का ही साया होगा। बच्चे के जन्म से पहले जो बसंती उसकी नजरों में सहेली थी, उसकी शुभचिंतिका थी, बच्चे के जन्म के बाद वही बसंती डायन बन गई थी। बसंती की बड़ी-बड़ी आँखें ही उसे किसी डायन की आँखों-जैसी लगने लगी थीं।

उधर बसंती सारा वक्त बेचैन रहती। काम पर जाते समय वह पहले पप्पू को घर छोड़ जाया करती थी। दीनू और रुक्मी ही इसे खिला-पिला देते थे। पर अब वह उसे अपने साथ ले जाने लगी थी। वह आँगन में खेलता रहता और खुद घर में चौका-बर्तन करती रहती। पर ऐसे काम कर पाना कठिन था। बाबू लोगों और उनकी पत्नियों को यह मंजूर नहीं था। पप्पू के हाथ से कुछ टूट जाता या वह फर्श गंदा कर देता तो मुसीबत आ जाती। उसे गोद में उठाकर ले जाना और जगह-जगह उठाए फिरना भी आसान नहीं था। पर उसके लिए चारा भी क्या था? एक बार जब वह उसे दीनू के पास छोड़ आई थी तो मुश्किल से एक घर का काम निबटा पाई होगी कि भागती हुई वापिस लौट गई थी और उसे उठाकर ले आई थी। बसंती के स्वभाव की सारी लापरवाही छूमंतर हो गई थी। और उसकी जगह, अंदर-ही-अंदर, धुएँ से भरी आग सुलगने लगी थी। हर बार जब रुक्मी का बच्चा रोता तो बसंती की उम्मीदों को चाबुक-सी लगती कि क्या मालूम अबकी बार काले दूध ने अपना असर कर डाला हो और सचमुच बच्चे का बदन ऐंठने लगा हो।

इधर रुक्मी भी पहलेवाली रुक्मी नहीं रह गई थी, जिसकी आँखें, बसंती की बातें सुनते हुए विस्मय और आश्चर्य से फैल जाया करती थीं। वह अब बात-बात पर कुढ़ने और बोलने लगी थी, और जब कुछ बोलती तो दीनू का झाँपड़ पहले से तैयार रहता था।

स्थिति अब यह बन गई थी कि इस छोटी-सी कोठरी में जैसे दो साँप लोट रहे हों। रुक्मी अपने बच्चे को बसंती के साए से बचाती थी और बसंती पप्पू को रुक्मी के साए से। दोनों का मन सारा वक्त शंकित बना रहता, और दोनों की आँखों में एक तरह का तिरछापन आ गया था।

उसी के साथ एक और उलझन भी पैदा हो गई थी। बस्ती में बसंती की

साख जाती रही थी। उजले कपड़े पहने, कभी भड़कीली साड़ी तो कभी सलवार-कमीज डाले और बनी-ठनी, अपने बच्चे को गोद में लिए जब वह बस्ती की सड़कों पर जा रही होती तो गृहणियों में खुस-फुस होने लगती कि इसके पास इतने पैसे कहाँ से आए कि छैली बनी घूमती है। श्यामा बीबी ने भी अपनी एकाध सहेली को बता दिया था कि उसे बसंती के थैले में से हॉर्लिक्स का डिब्बा मिला था। और यह बात बहुत स्त्रियों तक फैल चुकी थी। उसके साथ पिछली घटनाएँ भी जुड़ गई थीं कि वह किसी आदमी के साथ भाग गई थी, कि वह चाल-चलन की अच्छी नहीं है। पहले भाग गई थी, और अब एक ऐसे आदमी के साथ रह रही है, जिसकी पहले से घरवाली है। यहीं तक बस होता, तो कोई बात न थी, पर एक दिन बाबू जगन्नाथ के घर में, जहाँ बसंती काम करती थी, उस पर घड़ी चुराने का साफ इलजाम लगाया गया। अब बसंती ने सचमुच घड़ी चुराई थी या नहीं, भगवान जाने, उम्मीद तो नहीं थी कि बसंती ने ऐसा काम किया हो, क्योंकि इस प्रकार के जीवन से ही तो वह अपने को उबारने की कोशिश करती आ रही थी, पर फिर भी किसी के दिल की कौन जाने। नतीजा यह हुआ कि उसे चौका-बर्तन के काम पर से हटा दिया गया। घर का मालिक इतना बिगड़ा था कि उसने कहा था, अगर बसंती कभी उस तरफ आई तो वह उसकी टाँगें तोड़ देगा और उसे हवालात में बंद करवा देगा।

बसंती के पास पाँच घरों की जगह तीन घर रह गए थे, और इससे गुजर नहीं चलती थी। दीनू को चौका-बर्तन के काम से चिढ़ थी, और अन्य किसी काम के लिए वह हाथ-पैर नहीं हिलाता था। तभी बसंती को यह सूझा था कि घरों में चौका-बर्तन का काम छोड़कर कहीं तंदूर लगा ले।

''उधर खाली जमीन पड़ी है। बीबी जी, झट-से मैं तंदूर लगा लूँगी। दो पैसे रोटी लगवाई लिया करूँगी। बहुत लोग हैं जो घर पर रोटी पकाना नहीं चाहते।''

पर तंदूर लगाने के लिए पैसे कहाँ से आते?

जब से श्यामा बीबी ने उसके मन में यह बात डाली थी कि रुक्मी के बच्चा हो जाने पर बसंती की हैसियत दो कौड़ी की रह जाएगी, बसंती की नींद हराम हो गई थी। और दिन-प्रतिदिन उसकी बेचैनी बढ़ती जा रही थी। पहले श्यामा बीबी की बातें वह लापरवाही से टाल जाया करती थी, कुछ देर के लिए उसने

श्यामा बीबी के घर जाना भी छोड़ दिया था, विशेषकर जब श्यामा ने उसे आँगन में सोने की मनाही कर दी थी और अपनी सहेली के घर भेज दिया था जहाँ से दो ही दिन बाद वह पकड़ी गई थी, पर दीनू के लौट आने पर वह भागती हुई फिर से श्यामा बीबी के घर की सीढ़ियाँ चढ़ गई थी, दिल की बातें कहने के लिए वह किसके पास जाती ? श्यामा बीबी की बातें उसके लिए अनूठी हुआ करतीं, पर जब से रुक्मी के साथ बसंती रहने लगी थी, अनूठी होते हुए भी श्यामा बीबी की बातें बसंती के मन पर गहरा असर करने लगी थीं । और दिन-प्रतिदिन वह अपना मानसिक संतुलन खोती जा रही थी । अब आए-दिन वह श्यामा बीबी के घर पहुँच जाती थी और हर बार ही पहले से कहीं अधिक अशांत और उद्विग्न होकर लौटती थी । सारा वक्त उसके मन में तनाव-सा बना रहता । सारा वक्त जैसे कुछ आवाज़ें सुनती रहती हो, जो किसी और को सुनाई नहीं पड़ रही हों । बसंती, जिसे कभी अपने भविष्य का ख्याल तक नहीं आता था, अब श्यामा बीबी के साथ बैठकर तरह-तरह के मनसूबे बनाती रहती थी ।

पर अकेले में जब कभी उसका मन बहुत बेचैन हो जाता तो वह अपने-आपसे कहती, यह मुझे क्या हो गया है ? जब बरडू पीछे पड़ गया था, तब भी मैं बेचैन नहीं थी, जब बापू घसीटकर ले गया था और लँगड़े दर्जी से बाँध दिया था, तब भी मैं इतनी दुखी नहीं थी, पर अब ? जब दीनू भी मेरे पास है और मेरा बच्चा भी, तो मैं क्यों सारा वक्त तड़पती रहती हूँ ? कभी-कभी धूमिल-सा, उसे इस बात का भी भास होता कि अगर वह श्यामा बीबी के घर जाना छोड़ दे तो शायद मन में इतनी बेचैनी नहीं होगी; वह जैसा उसका मन कहेगा, वैसा ही करेगी । श्यामा बीबी के पास बैठने पर उसे लगता जैसे श्यामा बीबी हर बार कोई पर्दा उठा देती है और पर्दे के पीछे से कोई डरावना, घिनौना जंतु अपने जहरीले दाँत और लाल-लाल आँखें दिखाता हुआ सामने आ खड़ा होता है ।

तभी एक दिन रुक्मी के नन्हे बेटे को सचमुच काले-काले दस्त आने लगे । कोठरी में सभी जाग गए थे । बसंती ने दिये की झपकती, अस्थिर रोशनी में देखा तो उसे लगा जैसे बच्चे का शरीर शिथिल होकर लंबा हो गया है, मुट्ठियाँ भी अधखुली हैं और आँखें भी । जब बच्चा कराहा तो उसे वह निस्सहायता का क्रंदन जान पड़ा, ऐसी आवाज जो हाथ-पैर पटकते सामान्य बच्चे की न होकर ऐसे बच्चे की हो जो आधा इधर और आधा उस पार पहुँच चुका है ।

''इसे क्या हो गया है ?'' बसंती ने चिल्लाकर कहा ।

अभी तक रुक्मी घबराई नहीं थी, समझ रही थी कि पहले की ही भाँति बच्चे को दस्त लगे हैं और पेट में दर्द उठा है, पर बसंती की आवाज सुनकर वह थर-थर काँपने लगी ।

''क्या है ? मेरे बेटे को क्या हो गया है ?''

और रुक्मी भी वैसे ही कराहने लगी जैसे उसका बेटा कराह रहा था ।

दीनू अभी भी नींद में था । उसे रुक्मी ने झिंझोड़कर उठाया तो वह आँख मलता हुआ उठा और बेटे की ओर मुड़ गया, ''क्या है ? कुछ भी तो नहीं है । दस्त तो इसे रोज लगते रहते हैं । इसे बना दे सौंफ का पानी जैसे बैदजी ने बताया है ।''

''देखो तो कैसा हो रहा है ? तुम कहते हो इसे कुछ भी नहीं !'' बसंती ने कहा, और वह आँखें फाड़े बच्चे की ओर देखे जा रही थी । ''मैंने पहले ही कहा था, रुक्मी का दूध काला है ।''

दीनू ने आँखें तरेरकर बसंती की ओर देखा ।

''क्या बके जा रही है ?'' उसने कहा और खाट से उठकर खड़ा हो गया ।

''देखते नहीं, इसकी साँस कैसे चल रही है ?'' बसंती बोली ।

रुक्मी को काटो तो खून नहीं । उसकी त्रस्त आँखें बार-बार दीनू की ओर उठ रही थीं । उसकी आवाज इतनी क्षीण, इतनी काँपती-सी थी कि दीनू भी असमंजस में पड़ गया था ।

''इस डायन ने मेरे बच्चे को कुछ खिला दिया है !'' रुक्मी रोते हुए बोली ।

''मैंने ?'' बसंती जवाब में बोली, ''मैंने इसे क्या खिलाया है ? मैं क्या खिलाऊँगी ?''

बच्चा अभी भी ऊँ-ऊँ किए जा रहा था और उसकी साँस उखड़ी हुई थी ।

''इसके मुँह में पानी तो डाल !'' दीनू बोला । उसे कुछ नहीं सूझ रहा था कि क्या करे । यदि बसंती इतना चिल्लाती नहीं तो वह बच्चे की तकलीफ को सदा की भाँति मामूली-सा पेट-दर्द ही समझता और करवट बदलकर सो जाता । पर अबकी बार वह भी घबरा गया था ।

''तेरा दूध काला है तो मैंने क्या किया है ?'' बसंती बोली ।

उसकी आँखें बच्चे पर लगी थीं। बसंती को लगा जैसे उसका पेट भी फूला हुआ है और उसकी साँस धौंकनी की तरह चल रही है। इन लोगों को यह क्यों नजर नहीं आ रहा था? दिये की बार-बार झपकती, अस्थिर रोशनी में बसंती को लगा जैसे मौत के साए कोठरी में उतर आए हैं और रुक्मी के बच्चे की खाट के आसपास मँडराने लगे हैं।

बच्चे को कँपकँपी हुई और उसने फिर एक बार दस्त कर दिया। उसने मुट्ठियाँ भींचीं और फिर छोड़ दीं। इस बीच रुक्मी पानी ले आई थी और रोती हुई, बच्चे के मुँह में बूँद-बूँद करके डालने लगी थी। बसंती ने देखा कि रुक्मी के हाथ काँप रहे हैं, और पानी बच्चे के मुँह के बाहर गिर रहा है।

"इस डायन ने मेरे बच्चे को कुछ खिला दिया है। हाय मैं क्या करूँ?" रुक्मी बिलखकर बोली।

"मैंने खिलाया है? मैं क्यों खिलाऊँगी?" बसंती ने ठंडी-सी आवाज में जवाब दिया। स्वयं बसंती को ही मन-ही-मन ऐसा भास होने लगा था कि उसी ने बच्चे को कुछ खिला दिया है और इसका पता रुक्मी को चल गया है।

"जिसने मेरे बच्चे को कुछ खिलाया है उसका अपना बच्चा मरे।"

रुक्मी की कराहती-तड़पती आवाज ने कहा और वह बिलख-बिलखकर रोने लगी।

"तू मेरे बच्चे को क्यों गाली देती है? मैंने क्या किया है?"

पर बसंती की आँखें अभी भी बच्चे पर लगी थीं।

दीनू को अपनी माँ का टोटका याद आया। वह दस्त लगने पर, बच्चे के पेट को कपड़े से अच्छी तरह लपेट देती थी और उसकी गर्माइश से पेट का दर्द धीरे-धीरे दूर होने लगता था। उसे और तो कुछ नहीं सूझा, उसने बच्चे को साफ करके उसकी कमर के आस-पास कपड़ा लपेट दिया।

पर बसंती को लगा जैसे बच्चे की आँखें टेढ़ी हो रही हैं, और उसकी साँस ऊपर-नीचे होने लगी है।

तभी बसंती जैसे सिर से पाँव तक काँप उठी। उसके मुँह में से भी कराह-सी निकली, सारे शरीर को झिझोड़ देनेवाला क्रंदन–"हाय, इसे क्या हो गया है? तुम देख रहे हो, करते कुछ भी नहीं?" और दूसरे क्षण बसंती चील की तरह बच्चे की देह पर झपटी, उसे दोनों बाँहों में उठाया, चादर से लपेटा और दरवाजा

खोलकर भागती हुई बाहर निकल गई।

''वह मेरे बच्चे को मार डालेगी, मार डालेगी!'' रुक्मी चिल्लाई।

दीनू हतबुद्धि-सा देखे जा रहा था जब रुक्मी चिल्लाती हुई उठी और दरवाजे की ओर लपकी। दीनू दरवाजे के पास जाकर बसंती को पुकारने लगा, ''लौट आ बसंती! लौट आ, मैं कहता हूँ! इसे कहाँ ले जा रही है?''

प्रभात के झुटपुटे में, मैदान के पार, पेड़ के पास उसे बसंती का भागता साया नजर आया, सर्दी का मौसम था और धुंध गहरी हो रही थी। बसंती भागती हुई धुंध और कोहरे के धुँधलके में खो गई।

''वह मेरे बच्चे का गला घोंट देगी। वह उसे मार डालेगी। मेरा बच्चा ठिठुरकर मर जाएगा।'' रुक्मी बिलखती जा रही थी।

''बसंती, लौट आ!!'' दीनू ने फिर चिल्लाकर कहा।

''जाओ ना। हाय, जाओ, मेरे बच्चे को मार डालेगी!'' रुक्मी ने फिर तड़पकर कहा।

दीनू कोठरी में से बाहर निकला। बसंती को पुकारता हुआ उसके पीछे-पीछे गया। पर बसंती आँखों से ओझल हो चुकी थी! बसंती न सड़क पर नजर आई, न ताल के पास, न झाड़ियों के झुरमुट के निकट जो ताल के किनारे खड़ा था।

दीनू लौट आया और चुपचाप आकर खाट पर बैठ गया। रुक्मी जमीन पर औंधी पड़ी हाथ-पाँव पटक रही थी और कराहे जा रही थी।

''कुछ नहीं होगा, कुछ नहीं होगा, रोना बंद कर,'' सभी निष्क्रिय लोगों की भाँति दीनू ऊँचा-ऊँचा बोलकर अपने को भी और रुक्मी को भी आश्वस्त करना चाहता था कि खतरे की कोई बात नहीं।

''अगर मेरे बच्चे को कुछ हो गया तो मैं उसके बेटे को संखिया दे दूँगी। तुम बैठे मुँह ताकते रहे हो, और वह डायन मेरे बच्चे को उठाकर ले गई है।''

प्रातः के झुटपुटे में बसंती एक डॉक्टर के घर के बाहर मँडरा रही थी, और छः बार दरवाजा पीट चुकी थी। कुछ ही क्षण रुकने के बाद वह फिर से दरवाजे पर घूँसे मारने लगती।

''डॉक्टर साहिब! डॉक्टर जी! दरवाजा खोलो। डॉक्टर जी, दरवाजा खोलो!''

आखिर जब अंदर की बत्ती जली, और डॉक्टर ने दरवाजा खोला तो एक बेसुध-सी हाँपती हुई लड़की बच्चे को बाँहों में लिए खड़ी थी।

''इसे देखिए तो, डॉक्टर जी, इसे काले दस्त आ रहे हैं! इसका साँस भी कैसे चल रहा है।''

डॉक्टर बड़बड़ाया, ''न वक्त देखते हैं, न जगह देखते हैं, दौड़े चले आते हैं,'' पर बसंती के व्याकुल, घबराए हुए चेहरे को देखकर नरम पड़ गया।

''अंदर ले आओ।'' डॉक्टर ने कहा और अंदर की ओर घूम गया।

डॉक्टर ने बच्चे को मेज पर लिटाया। कमर के आसपास लपेटा कपड़ा खोला। उसके पेट को टटोल-टटोलकर देखा, आँखों की पलकों को उठाकर देखा, देर तक अच्छी तरह मुआइना करता रहा।

''इसकी आँखें कैसी हो रही हैं, डॉक्टर जी?''

''उधर जाकर बैठ जा।'' डॉक्टर ने बसंती से रुखाई के साथ कहा।

बसंती पीछे बिछे बेंच पर जाकर बैठ गई।

''बच जाएगा न, डॉक्टर जी?'' उसने भर्राई हुई व्याकुल आवाज में कहा।

डॉक्टर बच्चे पर झुका चुपचाप मुआइना करता रहा।

''क्या है बच्चे को?''

''इसे काले दस्त आ रहे हैं, डॉक्टर जी।''

''कहाँ काले दस्त आ रहे हैं?'' और बच्चे का पोतड़ा उठाकर बसंती के सामने इसे बढ़ाते हुए बोला, ''कहाँ हैं काले दस्त?''

''डॉक्टर जी, तो यह बच जाएगा ना?''

''इसे हुआ क्या है?''

''इसे दस्त आए डॉक्टर जी, इसका साँस उखड़ने लगा था, इसकी आँखें टेढ़ी हो रही थीं, हाथ-पैर ठंडे हो रहे थे। मैं इसे उठाकर ले आई।...''

डॉक्टर बहुत बोलनेवाला आदमी नहीं था। उसने कागज लेकर नुस्खा लिख दिया और सिर से पाँव तक घबराई-काँपती बसंती की ओर मुस्कराकर बोला, ''इसे तीन-तीन घंटे के बाद देती जा। तेरा बच्चा ठीक हो जाएगा।''

बसंती उठ खड़ी हुई थी और डॉक्टर की ओर देखे जा रही थी। उसके

अंग-अंग में गहरे संतोष की लहर-सी उठ रही थी।

दिन चढ़ आया था जब बसंती, रुक्मी के बच्चे को छाती से लगाए, कोठरी की ओर लौट रही थी। सूरज की पहली किरणों में कोहरे की धुंध छँटने लगी थी। बसंती को लग रहा था जैसे कोई दुःस्वप्न टूट गया हो और आसपास की चीजें फिर से सुहावनी नजर आने लगी हैं। जैसे दुःस्वप्न के भंग होने पर उसने आँखें खोल दी हों और सारा संसार शांत और प्रातः की किरणों में नहाया-नहाया नजर आने लगा हो। उसका रोम-रोम महसूस कर रहा था कि रुक्मी का बच्चा उसके कंधे से लगकर गहरी नींद में सो रहा है, और उसकी साँस बड़ी समतल, बड़ी धीमी चल रही है।

मुझे क्या हो गया था? बसंती बार-बार अपने से एक ही सवाल पूछती चली जा रही थी।

कोठरी में पहुँचकर उसने बच्चे को रुक्मी की गोद में रखा, "ले अपना लाल! मैं दवाई लेने जा रही हूँ।" और बक्से में से पैसे निकालने लगी, "मैं डॉक्टर के पास गई तो मेरे पास पैसे नहीं थे। पर डॉक्टर जी ने फीस माँगी ही नहीं।"

पंद्रह

दिन बीतने लगे। बसंती की भीगी-भीगी ममता जो एक बार फूटी तो फिर थम नहीं पाई। उसी से उसका सारा द्वेष, सारी घृणा, सारी ईर्ष्या बह गई। उसके मन में फिर से स्थिरता आ गई। वह फिर से चहकने-बोलने लगी। यों भी बसंती भावनाओं के झूले पर झूलनेवाला जीव थी। अंदर से ज्वार उठता तो वह नाचने लगती, प्रियजनों से लिपटने लगती, हँसने-बोलने लगती। उसका स्वभाव ही ऐसा था।

उस दिन प्रातः जब वह रुक्मी के बच्चे को छाती से लगाए, मुस्कराती हुई कोठरी में लौटी थी, तो रुक्मी तो केवल इतना ही समझ पाई थी कि बसंती जो उसके बेटे को मारने निकली थी, वास्तव में उसे मौत के मुँह से निकालकर ले

आई थी। उसके मुँह से बोल नहीं फूट रहा था, वह केवल अपने बच्चे को छाती से लगाकर, फूट-फूटकर रोने लगी थी। केवल बसंती को अभी भी इस बात का यकीन नहीं हो रहा था कि बच्चे की मृतप्राय स्थिति उसका भ्रम मात्र था या सचमुच बच्चे की साँस उखड़ने लगी थी।

एक बार सहज हो जाने के बाद उसका मन फिर डोला नहीं।

कुछ ही दिन बाद, एक दिन उसने अपना फैसला सुनाते हुए घरवालों से कहा, ''इधर मैं तंदूर लगाने जा रही हूँ। हम सब मिलकर तंदूर पर काम करेंगे।''

बात अभी भी दीनू के जेहन में नहीं उतरी थी। बसंती हँसकर बोली, ''इस तरह उल्लू की तरह क्या देखे जा रहा है? कह जो दिया इधर तंदूर लगाऊँगी। इधर पास में जमीन का टुकड़ा खाली पड़ा है ना, वहीं पर हम अपना तंदूर लगाएँगे। रोटियाँ सेंककर भी देंगे और बेचेंगे भी, और साथ में दाल-सब्जी भी बना दिया करेंगे। यहाँ पर पहले भी किसी का तंदूर लगा था।''

दीनू अभी भी नाक-भौं चढ़ा रहा था। उसे यह काम झंझटवाला लगा, कुछ इसमें तौहीन भी नजर आई। कहाँ बारात के लिए खाना बनाने का नकचढ़ा काम और कहाँ पैसे-पैसे की रोटी लगानेवाला तंदूर! लेकिन न बारातों में उसे अभी तक कोई काम मिला था और न ही कहीं नौकरी मिल पाई थी, और घर में दो-दो बच्चे और दो-दो बीबियाँ। फिर भी अपनी हुकूमत जताए बिना वह नहीं रह सकता था, ''कोई तंदूर-वंदूर नहीं लगेगा। कह दिया।''

''मेरे पास पाँच घरों में से अब तीन घर रह गए हैं। इससे गुजर नहीं चल सकती। तंदूर लगा लेंगे तो हम तीनों उस पर काम कर लेंगे।''

दीनू बड़बड़ाता रहा, पर बसंती ने उसके साथ बहस करना जरूरी नहीं समझा और दूसरे ही दिन बसंती इस काम पर जुट गई। कुछ ईंटें उसे अपनी कोठरी के पिछवाड़े से बिखरी पड़ी मिल गईं। दो-दो करके वह उन्हें उठा लाई। लोहे की दूकान के बाहर सरियों के टुकड़े बिखरे पड़े थे, बसंती वहाँ से दो टुकड़े उठा लाई और स्वयं ही मोड़-माड़कर उन्हें ठीक कर लिया। एक बोरी का टुकड़ा भी आ गया। चबूतरे पर बिछाने के लिए वह टाट का टुकड़ा और तीन-चार बोरियाँ श्यामा बीबी के घर से माँग लाई थी। मिट्टी का घड़ा वह एक पिआऊ पर से उठा लाई थी, जहाँ जाड़ों के कारण पियाऊ बंद पड़ा था। बसंती

की कल्पना अब तंदूर के इर्द-गिर्द अपने इंद्रलोक का निर्माण करने लगी थी। जब तंदूर चल निकलेगा तो मैं पीतल के दो बड़े पतीले भी ले आऊँगी। तंदूर पर पीतल का चमचमाता पतीला रखा हो तो राह जाते को भी भूख लग जाती है। दीनू रोटियाँ सेंकेगा, मैं थाली परोसूँगी, और पैसे वसूल किया करूँगी। वक्त आने पर, गर्मियों से पहले ही इधर एक छप्पर भी डाल देंगे। छप्पर के नीचे एक लंबी छड़ टाँगकर उस पर चमचमाता हरीकेन लैंप टाँग देंगे। अगर पैसे हुए तो गैस का लैंप ले आएँगे, उसकी रोशनी तो सड़क तक जाएगी। चबूतरे पर दोनों बच्चे खेला करेंगे। कभी-कभी तो बसंती को सचमुच लगता जैसे तंदूर के पास, चबूतरे पर, पीतल के पतीले चमक रहे हैं, टाट पर एक ओर को रुक्मी का बालक सो रहा है, और चबूतरे के ऊपर पप्पू बैठा गोलियाँ खेल रहा है। खूँटे पर से लटकता लैंप जैसे उसके भविष्य को भी रोशन कर रहा है।

तंदूर बनकर तैयार हो गया। सचमुच बसंती रोटियाँ सेंकने लगी और सचमुच ही नन्हा तंदूर के आस-पास खेलने लगा। और तंदूर पर खाना खानेवाले पहले ग्राहकों में—कोई माने या नहीं माने—लँगड़ा बुलाकी था जो बसंती की ही टोह में उधर आ निकला था, और भूख लगने पर तंदूर पर खाना खाने बैठ गया था।

इस वक्त दीनू तंदूर पर बैठा रोटियाँ सेंक रहा था और बसंती पास में बैठी दाल में करछुल चला रही थी। बुलाकी ने दीनू को नहीं पहचाना। पर बसंती ने बुलाकी को देखकर झट-से घूँघट काढ़ लिया था और टेढ़ी होकर बैठ गई थी।

खाना खाते समय बुलाकी दीनू और बसंती के बारे में सवाल पूछने लगा, कि क्या वह दीनू नाम के उस हरामी को जानता है जो उसकी घरवाली को दूसरी बार भगाकर ले गया है, कि वह इधर ही कहीं रहता है। इस पर घूँघट के पीछे से बसंती हँसकर फुसफुसाई थी, ''इनसे पूछो जी, कौन थी इनकी घरवाली ?''

बुलाकी ने नाम बताया तो फिर घूँघट के पीछे से बसंती फुसफुसाई, ''पूछो जी, इनसे, वह क्यों भाग गई थी ?''

और देर तक बसंती उसके साथ ठिठोली करती रही थी।

खाना खा चुकने पर बुलाकी ने कहा था, ''भगवान तुम्हारा भला करे। उस हरामी का पता चले तो भय्या, इधर चौधरी नाई बैठता है उसे बता देना। बाकी बंदोबस्त हम खुद कर लेंगे।'' और लाठी पटपटाता चला गया था और बसंती

देर तक हँसी से लोट-पोट होती रही थी।

पर तंदूर चल नहीं पाया। बसंती का तंदूर बाबू लोगों के दोमंजिला घरों से थोड़ा दूर पड़ता था, और रमेशनगरवाला ढाबा बस्ती के बहुत से लोगों की जरूरत पूरी कर रहा था। वक्त रहते बसंती का तंदूर चल भी निकलता क्योंकि बसंती उस पर दिन-भर पसीना बहाती थी, पर उसके जीवन में फिर से बादल घिरने लगे थे। दीनू और रुक्मी के बीच फिर से खुस-फुस होने लगी थी, फिर से रुक्मी की नजर टेढ़ी होने लगी थी और उसमें संशय और ईर्ष्या और अविश्वास झलकने लगे थे। फिर से दीनू भी कड़वा बोलने लगा था और बात-बात पर झाँपड़ की धमकियाँ देने लगा था। और बसंती के हाथ में से दिन-भर की कमाई के पैसे छीनने लगा था। बसंती को इस बात का भास होने लगा कि फिर से कोई संकट आनेवाला है, पर उसने विशेष ध्यान नहीं दिया और अपने काम में लगी रही।

फिर एक दिन तूफान फट पड़ा।

रुक्मी ने सुबह उठते ही अपना सामान बाँधना शुरू कर दिया, और शीघ्र ही दीनू भी उसके साथ शामिल हो गया। बसंती हैरान-सी खड़ी देखती रह गई।

''क्या कर रहे हो ?'' बसंती ने पूछा तो दीनू ने रुखाई से कहा, ''देख तो रही है क्या कर रहा हूँ। हम लोग गाँव जा रहे हैं।''

बसंती अवाक्-सी उनकी ओर देखती रह गई। इसके बाद न उन दोनों ने कुछ कहा और न ही बसंती कुछ बोली। केवल पप्पू को बसंती ने अपने साथ सटा लिया था और चुपचाप खड़ी यह नया कौतुक देखती जा रही थी।

और अब बसंती अपने बेटे को कंधे पर बैठाए, धीरे-धीरे बस-स्टॉप की ओर से अपनी कोठरी की ओर लौट रही थी। रुक्मी और दीनू, अपने नन्हे बेटे को लेकर गाँव लौट गए थे। बसंती अभी-अभी उन्हें बस पर चढ़ाकर आ रही थी और बड़ा खाली-खाली महसूस कर रही थी। बस-कंडक्टर ने बस के अंदर उनकी ट्रंकी रखने से इनकार कर दिया था और दीनू उससे उलझ गया था। फिर बसंती ने चवन्नी कंडक्टर के हाथ में रखी थी और उसने बड़बड़ाते हुए ट्रंकी को रखने की इजाजत दे दी थी। दीनू कहता तो था कि रुक्मी और बच्चे को छोड़कर लौट

आएगा। मगर कौन जाने लौटेगा या नहीं लौटेगा। बसंती का मन कह रहा था कि नहीं लौटेगा, इसे अब मेरी जरूरत नहीं रह गई है, यह क्यों लौटेगा ? रुक्मी अपने बेटे को छाती से लगाए बस में बैठी बड़ी खुश नजर आ रही थी। मेरी तरफ देखा तक नहीं, पप्पू से भी बोली तक नहीं। नहीं बोली तो क्या ? दीनू ने भी पप्पू से प्यार-दुलार नहीं किया। बस छूटने से पहले कुछ देर तक तो उसे गोद में उठाए रखा, और जब बस चलने को हुई तो मेरी गोद में देकर पीठ मोड़ ली। झूठा कहीं का ! फिर से उसे पटककर चला गया है। अब यह नहीं लौटेगा। अब उसी के साथ रहेगा।

दिन खुल गए थे और हवा में कलियों की सुगंध फैली थी। धूप में चलना अच्छा लगता था। आस-पास का वातावरण भी जाड़ों के खत्म होने के बाद निखरा-निखरा-सा लग रहा था। पर बसंती बेसुध-सी, अपने बच्चे को उठाए चली जा रही थी।

श्यामा बीबी के घर के सामने से गुजरते हुए बसंती ने आँख उठाकर छज्जे की ओर देखा, पर उसका मन नहीं किया कि सीढ़ियाँ चढ़कर ऊपर जाए। श्यामा बीबी को बताऊँगी तो वह यही कहेगी, 'चला गया या नहीं ? मैंने कहा था या नहीं कि बसंती तू साँप पाल रही है। रुक्मी की कोख से बच्चा हुआ तो तू धूल-मिट्टी हो जाएगी। मैंने कहा था या नहीं, कि दीनू दो कौड़ी का आदमी है। देख लिया ? तुझे जूती में पानी पिला गया है।' श्यामा बीबी सदा इस तरह बात करती है जैसे उसने कोई बाजी जीत ली हो। श्यामा बीबी को इस बात का दुःख नहीं होगा कि दीनू फिर से मुझे छोड़ गया है, उसे इस बात की ज्यादा खुशी होगी कि उसका कहा सच निकला। श्यामा बीबी से अब बसंती का मन उचट गया था। उसने बहुत दिनों से श्यामा बीबी के घर जाना छोड़ दिया था, खासतौर से उस दिन के बाद से, जब रात को रुक्मी के बेटे को 'काले दस्त' लगे थे और बसंती सारा वक्त ईर्ष्या की आग में जलती रही थी। वह फिर वैसा अनुभव नहीं करना चाहती थी। पर पुरानी आदत के मुताबिक जब कोई घटना घटती तो बसंती को श्यामा बीबी का ध्यान आता था, कि उसे जाकर सारा किस्सा सुनाऊँ। पर आज वह श्यामा बीबी के घर नहीं गई, सामने से होकर सीधी मार्कीट की ओर जाने लगी।

पप्पू को उठाकर चलना बसंती के लिए आसान नहीं था। बार-बार वह रुक जाती, किसी-किसी वक्त उसे उतारकर थोड़े-थोड़े कदम उसे अपने साथ पैदल चलवाती।

वह तंदूर को बनाए रखेगी। सारे घर की न सही, दो जीवों की रोटी का जुगाड़ तो हो ही जाएगा। पप्पू उसकी आँखों के सामने तो रहेगा। आगे देखा जाएगा जो होगा। अब दिन भी खुल गए हैं। जाड़ा खत्म हो गया है। अकेले में मुश्किल तो बहुत होगी, पर देखा जाएगा। अपने लोगों से जाकर मिलूँगी, क्या मालूम राधा ही लौट आई हो और मेरे साथ तंदूर चलाने को तैयार हो जाए। क्या मालूम माँ ही मेरे पास इधर आकर बैठ जाया करे। इधर ही तो काम करती है। माँ का ध्यान आते ही उसका मन हुआ, माँ से जाकर मिले। उस रोज दूध के बूथ पर माँ मिली थी तो उसके साथ पहली बार प्यार से बोली थी। पहले तो नाक-मुँह चढ़ाकर मुँह फेर लिया करती थी। बापू से डरती जो थी, इसीलिए। अब तो गली-मुहल्ले के लोगों से मेरे बारे में पूछती भी रहती है।

इन्हीं ख्यालों में उलझी बसंती चली जा रही थी जब उसे पीछे की ओर से अजीब-सा शोर सुनाई दिया। बसंती ने इधर-उधर मुड़कर देखा। उसकी समझ में नहीं आया कि यह कैसा शोर है। वह सड़क के पार पेड़ की ओर देख रही थी जब उसे अपने दाएँ हाथ भागते कदमों की आवाज आई। एक घर की दीवार के साथ बैठनेवाला बूढ़ा मोची अपना बक्सा सिर पर उठाए, हाँपता हुआ भागकर सड़क पार करने लगा था और दीवार के पास एक पुलिस का सिपाही खड़ा, बड़ी-सी गैंती के साथ चबूतरा तोड़ रहा था। पास में ही तीन-चार सिपाही और भी थे। सभी ने सिर पर हरे रंग की लोहे की टोपियाँ पहन रखी थीं और उनके ऊपर मोटी रस्सी की जाली लगा रखी थी।

देखते-ही-देखते सारे इलाके में भगदड़ मच गई थी, जगह-जगह पुलिस के आदमियों की टोपियाँ नजर आ रही थीं। कहीं पर कोई पुलिस का आदमी डंडा हाथ में उठाए किसी के पीछे भाग रहा था, कहीं पर वह लाठी के साथ कुछ तोड़ रहा था। इतने ज्यादा पुलिस के आदमी सहसा पहुँच गए थे जितने बसंती ने केवल उस दिन देखे थे जब टीले पर बस्ती तोड़ी गई थी।

''पटरीवालों को उठा रहे हैं! पटरीवालों को उठा रहे हैं!'' यह आवाज बिजली की तेजी से चारों ओर फैल रही थी।

बसंती पप्पू को लेकर एक ओर हट गई। उसने देखा, मार्कीट को जानेवाली सड़क पर एक फलवाला, जो हथठेला लगाता था, कुछ आदमियों से घिरा खड़ा है और कोई हंगामा-सा हो रहा है। यहाँ भी हड़बड़ी है और हवा में लाठियाँ उठ रही हैं और फिर सहसा सड़क पर बहुत-से संतरे और सेब और जाने क्या-क्या लुढ़कने लगे हैं। कुछ दूर चौराहे के पास, पटरी पर बैठा फलवाला हड़बड़ाया हुआ, अपने फलों की टोकरियाँ उठा-उठाकर, लपक-लपककर, पिछले घर के आँगन में रख रहा था। 'उठाओ! उठाओ!' वह बार-बार बोले जा रहा था।

भागते हुए बूढ़े मोची का बक्सा सिर पर गिर गया और गिरते ही खुल गया। चमड़े के बदरंग से छोटे-छोटे टुकड़े, थिगलियाँ, धागे, टायर के टुकड़े, सभी औजार और छोटे-छोटे कील, सड़क पर बिखर गए। बूढ़ा मोची इतना घबराया हुआ था कि उसकी समझ में नहीं आ रहा था कि क्या उठाए और क्या नहीं उठाए। हड़बड़ाया हुआ ही वह बार-बार सिपाहियों की ओर देख रहा था। अपनी ओर एक पुलिसवाले को आता देख वह बक्सा वहीं छोड़कर भागता हुआ पार्क के फाटक में घुस गया। नाली के पार, एक खोमचेवाले का खोमचा, और चमचमाता पीतल का बड़ा-सा पतीला वहीं उलट दिए गए थे, और एक लट्ठ खोमचेवाले के जलजीरे से भरे मिट्टी के घड़े पर पड़ा, जिससे सारा जलजीरा फव्वारे की तरह उछला और सड़क के किनारे बहने लगा।

फिर पहले-सी घरघराती हुई आवाज आई। बसंती ने मुड़कर देखा, पीछे से एक लारी, घरघराती हुई चली आ रही थी। उस पर भी लोहे की हरी-हरी टोपियाँ पहने पुलिस के सिपाही खड़े थे। लारी बड़ी तेज रफ्तार से आ रही थी। बसंती झट-से एक तरफ को हट गई। लारी निकल गई तो थोड़ी देर बाद बसंती ने देखा, उसका बाप, सड़क पर, लारी के पीछे-पीछे भागता आ रहा है।

"दे जाओ! मेरा थैला दे जाओ! ऐ साहिब, मेरा थैला दे जाओ!"

बसंती का बूढ़ा बाप दौड़-दौड़कर बदहवास हो रहा था। उसकी टाँगें लड़खड़ा रही थीं पर वह फिर भी दौड़े जा रहा था, "ऐ साहिब, मेरा थैला दे जाओ!"

उसका नीले रंग का कुर्ता पसीने से भीग गया था और वह बुरी तरह हाँप रहा था। लारी उत्तरोत्तर दूर होती जा रही थी, पर लड़खड़ाते कदमों से चौधरी अभी भी भागता जा रहा था। लारी के अंदर हथठेले, मेज, बक्से, जाने

क्या-क्या लदे थे।

बाप को यों भागता देखकर बसंती को रुलाई आ गई, उसका गला रुँध-रुँध गया। उसने अपने बाप को इस हालत में पहले कभी नहीं देखा था। वह सदा उसकी आँखों के सामने एक दैत्य-सा लगा करता था। उसे मालूम नहीं था कि किसी दिन वह उसे नंगे सिर, निस्सहाय, पसीने से तर, लाचारगी में भागता हुआ देखेगी।

बसंती ने वहीं खड़े-खड़े चिल्लाकर कहा, ''बापू!''...पर उसके बाप ने नहीं सुना। बसंती उसके पीछे-पीछे भागकर जाना चाहती थी, लेकिन उसने पप्पू को गोद में उठा रखा था, कैसे भागती?

बाप का नीला कुर्ता दूर चला गया था। लारी आँखों से ओझल हो चुकी थी। पर बसंती का बाप, बार-बार हाथ उठाता, सड़क के बीचोबीच अभी भी उसके पीछे भागा जा रहा था।

तभी उसे सड़क पर अपनी माँ भागती हुई नजर आई। वह भी घबराई हुई थी और हाथ पसार-पसारकर पुकार रही थी–

''हाय जी, लौट आइयो! लौट आइयो! हाय जी, लौट आइयो!''

माँ का पल्ला गले में आ गया था और पैर नंगे थे। उसकी आवाज फुसफुसाकर रह जाती थी। लगता था माँ अभी गिरी कि गिरी।

बसंती ने माँ को पुकारा, पर आस-पास के शोर में माँ ने भी नहीं सुना। इसी बीच एक और लारी दहाड़ती हुई सड़क पर से गुजर गई।

अगर बापू का थैला पुलिसवाले उठाकर ले गए हैं तो चाचे की इस्त्री और चचेरे भाई का हथठेला भी उठाकर ले गए होंगे।

तभी उसे बड़ी सड़क की ओर से गोबिंदी भागती नजर आई। वह रोए जा रही थी। भारी-भरकम गोबिंदी से भागा नहीं जा रहा था। वह दो कदम भागती, फिर रोती हुई धीरे-से चलने लगती, और फिर से भागने लगती।

''डाढ़ीजार, सब तोड़ गए हैं। मैं कहीं की नहीं रही। सब तोड़ गए हैं। डाढ़ीजार, मेरा बक्सा उठाकर ले गए हैं। डाढ़ीजार, सब तोड़ गए हैं।'' वह रोती-हाँपती हुई बोले जा रही थी।

मार्कीट के बड़े-बड़े दूकानदार और कितने ही मनचले, दूकानों के बाहर आकर खड़े हो गए थे, और खोमचेवालों, नाई, धोबी, मोची, पटरी पर बैठकर

धंधा करनेवालों को खदेड़े जाने का तमाशा देख रहे थे।

"वह मारा !" एक दूकान के चबूतरे पर खड़े एक मोटे से आदमी ने अपनी रान खुजलाते हुए कहा। बसंती ने देखा, बैंक की इमारत के बाहर छोटी-सी बहँगी पर रखे, चाट के बर्तन पर लाठी पड़ी थी और बर्तन सड़क पर लुढ़कने लगा था। उसकी आँखें पार्क के सामने पटरी पर खड़े सिपाहियों पर गईं जिन्होंने चाटवाले का बर्तन डंडों से उलट दिया था और बर्तन लुढ़कता हुआ सड़क के बीचोबीच चला आया था।

"वह मारा !" एक आवाज आई।

नजदीक ही, पुलिस के एक सिपाही ने बूट पालिश करनेवाले एक लड़के का पालिश का बक्सा उठा रखा था और उस लड़के की टोपी सिर पर से उतारकर दूकान की छत पर फेंक दी थी। आसपास खड़े दूकानदार हँस रहे थे। पुलिस का सिपाही खुद भी हँस रहा था।

"भाग जा, भाग जा, नहीं तो तुझे भी उठाकर छत पर फेंक दूँगा।"

पुलिसवाले ने कहा और आसपास खड़े दूकानदारों की ओर देखकर हँसने लगा, और लड़के का पालिश का बक्सा अपने पास पटरी पर रख लिया। दूकानदार भी हँस रहे थे।

बसंती की माँ भी अब आँखों से ओझल हो चुकी थी। न जाने दोनों घिसटते हुए कहाँ जा रहे थे। बसंती का चेहरा पीला पड़ गया था, और आँखों में से टपटप आँसू गिर रहे थे।

उसके बाद दो-तीन लारियाँ और वहाँ से गुजरी थीं। सभी पर सिपाही थे, सभी पर पटरी से उठाया हुआ सामान था, कुछ पर इक्के-दुक्के और लोग भी थे। ये वे लोग होंगे, जिन्हें पुलिस पकड़कर अपने साथ ले जा रही थी, वे लोग, जिन्होंने अपना सामान नहीं उठने दिया होगा।

तभी बसंती को अपने तंदूर का ध्यान आया। क्या मालूम उसे भी तोड़ गए हों। मेरा तो बेंच भी वहाँ रखा है और परात और भाँडे भी, और आटे का कनस्तर भी। बसंती घबरा गई। रुक्मी और दीनू के साथ घर से निकलते समय, वह एक बुढ़िया पड़ोसिन को तंदूर के पास बिठा आई थी। बसंती पार्क के साथ-साथ आगे को बढ़ने लगी। पप्पू को गोद में उठाकर उसके लिए तेज-तेज चल पाना कठिन हो रहा था। उसका दिल कह रहा था कि तेज-तेज चलने में

अब कोई तुक नहीं है, कोई लाभ नहीं है। जो होना था, हो चुका होगा।

मोड़ काटने पर ही उसे भास हो गया कि सब समाप्त हो चुका है। अहाते में धूल उड़ रही थी। यों वहाँ पर कोई नहीं था, न सिपाही, न कोई लारी, हाँ, कुछ बच्चे जो अभी तक लारियों और सिपाहियों का तमाशा देखते रहे थे, इधर-उधर डोल रहे थे।

मिट्टी के मलबे पर दो बाँस आड़े-तिरछे खड़े थे। इन पर वह अपना लैंप टाँगा करती थी। चबूतरे के नीचे हरीकेन लैंप औंधा पड़ा था, उसकी चिमनी टूट चुकी थी। पास में दो-तीन प्लेटें टूटी पड़ी थीं। सिपाहियों की गैंतियाँ उसके टूटे-फूटे बेंच पर भी पड़ी थीं और वह भी जमीन पर औंधा पड़ा था और उसकी टाँगें ऊपर को उठी थीं। टाट नजर नहीं आ रहे थे, शायद, मलबे के नीचे दबे पड़े थे। मिट्टी की परात की ठीकरियाँ, कुछ चबूतरे के ऊपर, कुछ नीचे, बिखरी पड़ी थीं। तंदूर को गैंतियाँ मार-मारकर वैसी ही निर्ममता से तोड़-फोड़ दिया गया था जैसे बस्ती तोड़ने पर घरों के चूल्हों और अँगीठियों को तोड़ा गया था।

इस खँडहर के पास बसंती देर तक खड़ी अपनी उजड़ी गिरस्ती का रूप देखती रही। तभी उसे सामने से, मोड़ काटकर आती, श्यामा बीबी नजर आई।

''मार्कीट में मैंने पुलिसवालों को देखा, तभी मुझे खटका हुआ। मैंने कहा, जाकर अपनी आँखों से देख आऊँ।''

फिर इधर-उधर देखते हुए बोली, ''दीनू कहाँ है ? और उसकी घरवाली ? मुझे यही डर था कि तेरे तंदूर को भी नहीं छोड़ेंगे।''

आस-पास डोलते बच्चे भी बसंती के पास आ गए। एक लड़के ने कहा, ''तेरे बर्तन पुलिसवाले लारी में लादकर ले गए हैं। आटे का कनस्तर भी।''

फिर दूसरा बोला, ''बुढ़िया ने शोर मचाया तो एक पुलिसवाले ने उसे गाली दी और डंडा मारा।''

बसंती चुपचाप खड़ी रही।

''दीनू कहाँ है ? और उसकी घरवाली ?'' श्यामा बीबी ने फिर से पूछा।

''वे तो यहाँ से चले गए हैं, बीबी जी।''

''चले गए हैं ? कहाँ गए हैं ?'' श्यामा बीबी का सारा ध्यान और दिलचस्पी, टूटे तंदूर से हटकर, दीनू और रुक्मी पर आ गई थी।

"वे अपने गाँव लौट गए हैं, बीबी जी !"

"और तुमने उन्हें जान दिया," फिर बसंती की ओर देखकर बोली, "और तुम्हें इस हालत में छोड़कर चला गया ?" फिर बसंती के पास आकर अपनी तर्जनी चमकाती हुई बोली, "देखा, बसंती ? मैंने कहा था या नहीं ?"

बसंती मुस्करा दी ।

"हाँ बीबी जी, आपने कहा था ।"

"मैंने पहले दिन ही कहा था यह आदमी अच्छा नहीं है । यह एक दिन तुझे बर्बाद करके छोड़ेगा ।"

बसंती चुपचाप खड़ी रही, हौले-हौले मुस्कराती हुई बोली, "तो आप बीबी जी !"

श्यामा ठिठककर बसंती के चेहरे की ओर देखने लगी, "अब क्या करेगी, पगली ? कहाँ जाएगी ?"

"क्यों बीबी जी, पीछे मेरी कोठरी है, पास में पप्पू है ।"

मलबे के ढेर की ओर नजर घुमाकर, श्यामा बीबी सिर हिलाते हुए बोली, "मैंने कहा नहीं था यहाँ तंदूर मत लगाओ । किसी दूसरे आदमी की जमीन पर तुमने अपना तंदूर बना लिया था ।"

"तो क्या बीबी जी !" बसंती ने अनमनी-सी आवाज में कहा ।

"अब उसे पुलिस ने तोड़ डाला या नहीं ?"

बसंती चुप रही, सिर को तनिक झटक दिया । एक उदास-सी मुस्कराहट उसके चेहरे पर खेल रही थी ।

बसंती ने पप्पू को गोद में उठा लिया जो जमीन पर पड़े टूटी प्लेट के टुकड़े के साथ खेलने लगा था, और बसंती जिस ओर से आई थी उसी ओर जाने लगी ।

"तू कहाँ जा रही है, बसंती ?" श्यामा बोली ।

"बापू का थैला उठाकर ले गए हैं, बीबी जी, वह लारी के पीछे-पीछे भाग रहा था । माँ भी भाग रही थी । मैं उनकी ओर जा रही हूँ । देखूँ, कहाँ पर हैं ।"

और बसंती, पप्पू को छाती से लगाए पिछली सड़क की ओर घूम गई ।

• • •